蔵の中の鬼女

友成純一

アトリエサード

カバー・オビ写真：タイナカジュンペイ

目次

●第一部　炭鉱怪異譚
邪神の呼び声 …… 9
地の底の哄笑 …… 29
蔵の中の鬼女 …… 50
●第二部　人外幻覚境
夢見る権利 …… 69
ありふれた手記 …… 86
鬼になった青年 …… 103

●第三部　恐怖霊異譚

後ろを見るな……123
幽霊屋敷……147
お伽の島にて……164

●第四部　猟奇名画座

壁の中の幻人……183
二人の男……200
恐竜のいる風景……219
妖精の王者……237
ハイヒール……256
缶詰めの悪夢……275
あとがき──過去の亡霊と向き合う……293

蔵の中の鬼女　友成純一

本短篇集は、著者が雑誌《小説ＣＬＵＢ》（本誌および増刊号：桃園書房刊）に一九九一年から九五年まで、読み切り連載した短篇小説から、十五篇を選んだものである。

（編集部）

第一部　炭鉱怪異譚

第一部には、作者が少年時代を過ごした、筑豊の炭鉱地帯を舞台にした作品をまとめた。

「地の底の哄笑」（《小説ＣＬＵＢ》一九九四年八月増刊号）は、アンソロジー『クトゥルー怪異録』（一九九四）にも収録された、著者の〈クトゥルー神話〉の代表作である。その前日譚が、次の回（一九九四年十月増刊号）に発表された「邪神の呼び声」。本書ではじめて、邪神にまつわる郷村家の物語が、作品中の時系列で読めるようになった。

表題作「蔵の中の鬼女」（一九九四年六月増刊号）は、作者が親族から聞いた実話を元にした作品。夢野久作の「いなか・の・じけん」と通じるものを感じる一作。子供の頃の作者は、このような事件の話を大人から聞くことが、実際にしばしばあったという。

邪神の呼び声

1

自己紹介から始めよう。

私の名は郷村春樹（さとむらはるき）、一九五七年八月生まれで、今年三十七になる。

生まれたのは福岡県だが、博多ではない。山間部の田川郡というところにある、金城町という小さな町だ。まさに田舎というべきこの閉鎖的な町で、小中学校時代を過ごしたが、家に金があったのと、ちっとは成績も良かったせいで、高校は博多の県立高校に進んだ。

大学は、東京の多摩にある美大を選んだ。絵を描くのが好きだったからである。以降約十五年間、資産家の親兄弟にねだって東京に小さなマンションを一つ買ってもらい、そこを拠点に日本ばかりでなく世界中を点々と旅行して、金にもならない好き勝手な絵を描いて暮らして来た。絵描きとして、まさに理想の生活と言えるだろうか。

この旅行は、実は絵を描くことだけが目的なのではなかった。もう一つ、私自身の存在に関わる、大切な調査という目的もあった……が、これについて書くのは、後だ。物事には、順番がある。

まず、私の子供時代のことを記しておこう。

私の生まれ育ったのは、田川郡の金城町という小さな町だと、たった今記した。まさに田舎である。

田舎と聞くと、軽蔑する人が少なくない。田舎の出身だと、恥じる人も少なくない。が、私は不思議に、虚栄心の強い我が儘な子供の頃から、その田舎にいることが嬉しくてならなかった。

山が好きだったせいだろう。

物心付いてから博多の県立高校に進学するまで、私はずっと筑豊の山の中で暮らした。屋敷のすぐ裏が山になっているので、土曜日曜には一日中、平日も学校が終わるとそのまま日が暮れるまで、同世代の子供たちと山に登って遊んだ。

山には、炭焼きの爺さんが出入りするための細い道があった。また、山の中腹には可愛らしい滝とお太子様があり、そこにお参りに来る人のための道もあった。

道といっても、人もほとんど通わぬ山の中のそれだ。そこを道と知っている人でなければ、とても歩く気にはなれまい。

その道に沿って、夏から秋にかけて、アケビや野イチゴ、イチジク、栗などの実を採ることが出来た。また、鬱蒼と生い茂った樹木や草に隠れるようにして細いきれいなせせらぎがあって、そこに浸かると、蟹や川魚、タニシなどを採れた。これらを採って食うのが、何よりの楽しみだった。

春や夏の休みには、道があろうがなかろうがお構いなしに歩き回ったものだ。崖っぷちに穴蔵を見付けたり、あるいは自分たちで穴を掘ったりして、そこで一夜を明かしたりもした。

夜の山は、昼とはまるで雰囲気が変わる。空には、莫大な数の星が輝き、まさに降って来そうに明るいというのに、地上は闇に沈んでいる。月と星の明りを頼りに動くのだが、すぐ目の前の物の輪郭がかろうじて見分けられるだけで、事実上全く何も見えないに等しかった。

得体の知れない夜行性の動物が、不意に茂みを騒がせて通り過ぎてゆく。風もないのに、樹木が葉擦れの音を立て、草がザワザワと騒いだ。そして、唐突に耳元を掠(かす)めて通る昆虫ども。

そんな中で、穴蔵の入り口に悪ガキどもと身を潜め、怪談話をする恐ろしさと来たら……。

もう三十代も後半に入り、東京に住むようになった今から考えると、まさに夢のような生活である。あの裏山にも今では舗装された立派な県道が走っているという。山の様子も、ずいぶん変わってしまったことだろう。

変わってしまったのは、自然ばかりではない。町並みもだ。

私の生まれ育った町について、もう少し詳しく記しておこう。

田川というのは、福岡県の内陸部の、筑豊地方というところにある。

筑豊と聞けば、「ああ」と頷く人も少なくないだろう。かつて日本一の石炭の産地だったからだ。炭鉱開発の始まった明治の半ばから、大正、第二次大戦と、筑豊の石炭が日本経済を支えた。戦後の日本経済の回復も、筑豊の石炭なくしては考えられなかった。やがて、石油がエネルギー産業の表舞台に登場し、石炭は急速に廃れたせいで、筑豊地方も日本経済からあっさりゴミのように切り捨てられ、今では歴史の背後に押しやられつつあるけれど。

田川、飯塚、そして直方の三都市が、筑豊の中心都市だった。三つとも、石炭開発のために出来たような町で、この三都市の周囲には大小の炭鉱が無数にひしめき合い、ぼた山が林立していた。

今の十代、二十代の人にぼた山と言っても、聞いたことがないかも知れない。

炭鉱では、地面に蟻の巣のように穴を掘り抜き、石炭を採掘する。目的とする石炭ばかりでなく、それ以外にもただの土とか、ほとんど実用にならない石炭とかが莫大な量、出てくる。これを、炭鉱のすぐ近くに積み上げ、まさに高さ数百メートルの山になってしまったのが、ぼた山なのである。

ぼた山は、みごとな三角錐を描いてそそり立っていた。三角錐の斜面に沿ってレールが敷かれ、トロッコで時々刻々とぼたが運び上げられてゆく。これはまさに、現代のピラミッドと呼べるのではないか。石炭の採掘が続く限り、この山は刻々と数を増し、また高くなって行ったものだった。

私の実家は資産家だと言ったが、実は、この炭鉱を経営していた。それも、明治時代に創業した地元でも最大手の一つで、三井三菱のような中央の財閥ではなく、地方財閥だったために戦後の財閥解体も逃れることができた。一族で経営する同族企業で、しかも財閥解体を逃れたのだから……その資産たるや、実は日本でも五本の指に入ると言われているのだ。だから私は一生働くことなく、家長に生活の面倒は見て貰える立場にある。

一族の経営する炭鉱は、田川と直方のあちこちに点在していたが、メインはやはり何と言っても、地元の金城町にある金城炭鉱だった。

うちの屋敷の裏山のことを記したが、その裏山の反対側に、炭鉱の坑道の入り口が設けられていた。そして鉱脈はもちろん、裏山の地底にまで広がっていた。私と我が悪ガキどもは、親たちが近代的な掘削設備を駆使して地底を掘り抜いているその上で、大自然ゴッコをして遊んでいたわけだ。崖っぷちに穴を掘って遊んだりしたのは、案外これを知っていて、大人の真似をしていたのかもしれない。

炭鉱の風景も、もちろん覚えている。

山のこちら側は、郷村一族の屋敷がある上、農業地帯でもあり、炭鉱の雰囲気は全く感じられなかった。が、山の向こうに抜けると、石炭輸送のための鉄道が走り、大きなダンプが出入りし、ぼた山もそそり立つ、煤煙と炭塵の匂いに満ち満ちた風景が広がっていた。坑夫たちの住む赤錆色の炭鉱長屋と、石炭の黒と、トロッコと蒸気機関車のイメージが、炭鉱町の彩りとして強烈に脳裏に残っている。

奇妙に殺伐として恐ろしく、かつ懐かしい風景だった。


うちはそもそも鎌倉時代に、北九州のこの地に根を張っていた平氏一門に代わって入って来たそうである。以来、この地の大地主、つまり土豪として財を成して来た。大名とか華族とか、そんな身分ある存在ではなかったので、却って地元では力を持ち、歴史の変遷に飲み込まれることなく、巧みに時代を生き抜いて来たらしい。

明治以降は単なる地主の地位に満足することなく、炭鉱経営に乗り出した。それで築いた富を基礎に、周辺の産業にも手を延ばし、学校や病院経営まで始めて、この地方の一大財閥に成長した。だから炭鉱が廃れたからと言って、郷村一族の地位は今さら微塵も揺らぎはしない。揺らぐどころか、早くも六十年代の半ばに炭鉱に見切りをつけたほど変わり身が早く、同業者や坑夫たちからは裏切り者のように言われたものだった。

が、郷村一族としては、炭鉱問題が泥沼化する前に手を引けたわけで、戦後の復興の祖といわれる先代当主正春の、これは先見の明とも今では言われている。

うちの系図は、平安時代にまで遡れる。鎌倉以降ずっとここに住んで来たので、敷地内にある二つの蔵には、大昔からの品物が無造作に放り込んであった。さらに、大正から昭和に掛けては朝鮮半島や中国大陸にも進出し、現地から莫大な財宝を持ち帰っており、これらも一時は蔵に無造作に放り出されていた。

現在の当主、私の兄の正治は、これらの財宝というか骨董品を元に、二十年ほど前に、田川市内に私設の郷村美術館を作った。この動機は、大陸からの盗品をいつまでも私蔵していることに、さすがに罪の意識を覚えたからだと言われている。が、結局はこの美術館のおかげで、世間は却って、郷村一族がどれほどの財産を所有しているか、その一端をまざまざと見せられることとなってしまった。美術館開館をきっかけに、郷村家の財産について週刊誌やスポーツ新聞で話題になり、今では郷村家が、日本でも五本の指に入る大金持ちだと知れ渡ってしまった。

ただし、郷村なんて名字は、日本ではたいして珍しくない。貧乏絵描き然としている私が、あの郷村一族の一人だとは、誰も思わないでくれるのは、幸いである。

2

さて、我が家の骨董品についてだが、本当に値打ちのある品物は、この美術館に収納されている。蔵に残っているのは、ガラクタばかりだ。とは言え、それは美術館に陳列した国宝級の品々に比べての話なので、世間一般の基準で言うなら、出すところへ出せばウン千万の値段がつく代物はゴロゴロ転がっている。書画骨董や陶器の好事家にとって、我が家の蔵は依然、宝の山には違いないのだ。

中にはもちろん、因縁絡みの物もある。

先代当主、つまり私の父の正春が集めた塑像(そぞう)の中に、正体不明の物が幾つかある。どうやら像らしいことは見れば判るのだが、果たして何の像なのかが、さっぱり判らない。素材や製法がえらく古いことから考えて、おそらく原始社会の宗教で使われた物で、神か何かを象(かたど)ったものであろうと思われる。おそらく大陸で手に入れたのだろうが、中国にもインドにもこんな像を崇めた痕跡はなく、全く謎の像とされている。

もちろんこんな物に、骨董的な値打ちがあるはずはない。しかし、考古学的には面白いのではないかと、美術館の一角に陳列されたのだ。

あれはもう、三十年近く昔だったと思う。

六十年代の半ばで、私は当時、小学校の一年か二年だった。その年頃の男の子の常として、悪戯盛りで、薄暗くて古い物がたくさん積み上げられている蔵の中は、格好の探検場所だった。いつもこの中に潜り込んでは、母や使用人たちから叱られたものだった。

「蔵ん中あ、大事な宝が一杯詰まっちょるとばい。あんた、失(な)くしたり壊したりしたら、お父さんにくらわさるるばい」

しかし、入るなと言われればますます入りたくなるのが、人間の常である。私は、母や使用人たちに止められれば止められるほど、蔵にこっそりと忍び込んだ。

しかし、物を壊したりはしなかった。絵巻物や浮世絵を薄暗い中でじっくり眺めたり、奇妙な手触りの陶器類をこっそり撫でたり匂いを嗅いだりすることに、何とも言い様のない心地好さを覚えたのだ。おそらく、蔵の中でのこうした快楽を経て、私は絵描きになりたいと思い始めたのだと思う。

ある日、ついにこの秘密の快楽が、父正春に知られる日が来た。父は、おそらく使用人の誰かに、私が蔵に入って家宝ともいうべき品々を玩具にしていると、密告されたのだと思う。私が蔵に入っている現場に、不意に踏み込んで来た。

その時のことを、私はまだ鮮明に覚えている。

蔵の二階の奥の長持ちの中に、絵巻物が幾つも放り込まれていた。平安時代の、商人や貴族の生活を絵にした物あり、お釈迦様が雲に乗って降りて来る話を絵にしたものあり、妖怪の群れが街をさまよい歩く絵もあり、男女の営みを鮮明に描いた息苦しくなるような絵もあり……それらを一枚一枚ひっくり返し、じいっと眺めるのが、私の何よりの楽しみだった。

絵巻物は、一見ただの細長い絵だが、端から順番に眺めてゆけば、一つの物語になっているのだと判ってくる。絵を順番に眺めながら、子供心にこの物語をあれこれと想像してゆくのが、面白かったのである。

その時私は、百鬼夜行の絵を眺めていた。

蔵とは一種のタイム・カプセルであり、俗世間から隔離された別世界だ。薄暗い、こういう異次元との境目のような場所で、こっそりと百鬼夜行の絵を眺めるなんて、背筋のゾクゾクする怖さがあり、それゆえに止められなかった。

背後で不意に、物音がした。

口から心臓が飛び出すかと思った。本当に妖怪が、出てきたかと思ったのだ。

後ろを振り向いた。妖怪よりはるかに恐ろしいものが、そこにしゃがんでいた。

父だった。

炭鉱経営者だった父は、気の荒い坑夫たちを束ねていた人物らしく、眼光鋭い男だった。子供の私など、じっと見つめられただけで泣き出してしまうほど、鋭い気迫に満ちていた。妖怪などと違って、父ははるかに現実的な、命に関わる切実な恐怖を感じさせる人物だった。

　してはいけないと言われていることをしている現場に、最も恐れている人物が入って来た。私は声も立てられず、顔を下に向けてその場に硬直した。ひょっとしたら、失禁くらいはしたかも知れないが、そこまでは覚えていない。

　顔を下に向けているにも関わらず、父の視線を強く意識した。

　父は何も言わずに、ただじっと、私と、私の手にしている絵巻物とを見つめていた。どうやら最初から、私を叱るつもりでここに来たのではないらしい。

　怒った風でもなく、こう言った。

「ぬしは、蔵ば好いちょるとか」

　私は、頷いた。「はい」と返事をするつもりだったが、喉が強張って声にならないのである。

「蔵ん中で、そげんして絵や本を見るとば好いちょるとか」

　私はもう一度、頷いた。父の声色(こわいろ)から、どうやら叱られるのではないらしいと知って、私はほっと安心した。同時に、下を向いた両目から、ポロポロと涙が零(こぼ)れていた。

「泣くな、男の子やろが、情けない……俺は何も、おぬしのことなんぞ、怒っちょらんぞ」

　父は、初めて怒った声を出した。

　私は慌てて、涙を止めようとした。が、止めようとしてもどうしても止まらず、嗚咽(おえつ)が喉から漏れた。

　父は私のそんな態度を無視して、独り言のように呟いた。

「……そうか、やっぱり、蔵が気になるとばいねえ」

　その口調は、まだ言葉を知らない幼子を前に、大人がよくやる調子の喋り方だった。

　そしてこれまた一人で、大きく頷いた。

「うん、うん、よか、よか。それでこそ、俺の子じゃ。俺はぬしを、そんな風に育てたんじゃ」

　私の腕を取ると、引き摺るようにして、蔵の反対側の奥に連れていった。有無を言わせぬ、強い力だった。

　そこには、鍵の掛かった長持ちが放り出してある。その存在は私も知っていたが、鍵が掛かっているので中は見たことがなかった。鍵が掛かっているだけに、いずれ何としても見てやろうと思っていた長持ちだ。

　今、その秘密めかした長持ちが、他ならぬ父自身の手で、開かれようとしていた。

「こん中に、面白いものが入っちよる、見せちゃろうかねえ。ぬしの好きなもんばい、俺には判っちょる」

蓋に薄く積もった埃が、舞い上がった。

長持ちは、ごとんと鈍い音を立てて開いていた。

黴臭い書物が何冊かと、像のようなものが入っていた。

父のごつい手が、無造作にそれらの像を取り出していた。

「どげんね。面白かろうが」

床の上に、一つずつ並べていった。

私はそれらを、目を丸くして眺めた。

像は全部で、三つあった。

一つは、蛙の化け物みたいな格好をしている。ただし足が六本あるところをみると、蛙でなく昆虫にも見える。その足が、まるで象の足のように太くて襞に包まれており、グロテスクだ。目がガラス球のようにキラキラ輝き、そのくせ感情がまるで感じられない。半開きの口からは、カメレオンのように長い舌が、剽軽に伸び出している。

一つは、これは像というより、ただの抽象的な形の置物かと思われる。不定形の、何やらグニャグニャした感じの塊だ。柔らかい球体を幾つもくっつけ、それにあちこちから圧力を掛けて変形させると、こんな格好になるだろうか。抽象的な形ながら、とにかく〝歪み〟を感じさせる。水槽の中を覗くと、屈折の関係で中の物が実際より近くに見える。覗く角度を変えると、同じ物が遠去かったり近付いたりしているように感じられ、眩暈がしてくる。この像とも置物ともつかぬおかしな代物からは、それに似た、いやそれよりはるかに強烈な幻惑感、不快感を覚えないわけにはゆかない。

残る一つは、これまた、不定形の胴体を持っている。ただしこちらは、潰れた球でなく、どうも様々な動物や爬虫類の胴を、グニャグニャに溶かして一つに融合させた感じがある。手足とも、胴の出っ張りともつかぬ代物が、八本ばかり付いている。これはアメーバの触手のように、伸縮自在らしく見える。ひょっとすると長さや太さばかりでなく、まさにアメーバの触手と同じく、生えている位置や本数まで変わってしまうのではないだろうか。

それでいて、軟体動物めいた不確かさがない。頭がどこにあるのかすらはっきりしないくせに、哺乳類のようなしたたかさが感じられる。いや、頭の位置は、判る。目があるからだ。昆虫の複眼を思わせる丸く突き出た目が三つ、胴の上というか、外れの方に着いている。あの辺りが、頭なのだろう。口や鼻はどこかって？　判らない。きっと手足と同じく、胴体のあちこちをさまよっているのではないだろうか。

　三つの眼球と同じく、存在の確かな物が一つ、いや一対あった。翼である。コウモリのそれを思わせる一組の翼が、胴体の真ん中からにょっきりと生えている。こいつはこの翼でどこを飛ぶのだろうか？　それを考えると、奇妙に肌寒くなってくる。

　それらはいずれも、何とも滑稽で剽軽な雰囲気が漂っている。

　しかし、笑えない剽軽さだった。どんな風に笑えないかというと……たとえば、餅が喉に詰まったとか、バナナの皮に滑って転んだとか、そういう馬鹿馬鹿しい死に方をした人がいたとしよう。それを話として聞く分には笑って済まされるが、もしあなたの身内が、あるいはあなたの目の前でそんな死に方をしたら、それを笑って見ているわけにはゆかない。これらの像の滑稽さには、そんな笑うに笑えない切実な危機感があったのだった。

　正直私は、三つの像から、得体の知れない深刻な恐怖感を覚えた。今だったらその時の感情を、潜在意識下の恐怖心をくすぐられ、自分自身の存在を脅かされるような気がしたと説明するだろう。

「どげんね、面白かろうが」

　しかし私は、何も答えられなかった。ただ目を丸くして、まじまじと三つの像を見つめているだけだった。

　その内、それらの像が動き始めたような気がした。

　思わず、悲鳴を上げた。

　悲鳴を上げたら、恐怖感がますます募（つの）り、自分で悲鳴を止めることができなくなった。

　そのまま、気を失うまで叫び続けていたような気がする。何のための悲鳴か？　ひょっとすると、本能的に、父の助けを求めたのだろうか？　そうのように思える。父が、私の悲鳴を止めようとしたか否か、記憶がない。ただ、父は父で、幼い私と三つの像を、目をグリグリと見開いて眺めていたような気がする。悲鳴を上げるなど、剛毅（ごうき）な父の絶対に許すことではないのだが、父はなぜか、私が悲鳴を上げるままに任せていた。

　ふと気付いたら、私は母屋に戻っていた。額に濡れた手拭いを載せ、畳の上に大の字に寝そべっていた。

父は、もう傍にはいなかった。母が枕下にいて、それ見たことかと言わんばかりに、こう言った。

「お父さんに、叱られたとやろ。だから、蔵に入ったらいかんちゅうたろうが」

母はどうやら、父に激しく折檻（せっかん）されたせいで、私が失神したと思ったらしい。

違う。父は、何も言わなかった。それどころか、私が蔵に入ってあれこれ眺めることを、黙認してくれた節がある。

しかしそれを、私は母には告げなかった。これは私と父との、大切な秘密だと感じたのだ。

それにしても、あの三つの像の気色悪いことよ。私はあれをひどく邪悪なものに感じた。

3

それから間もなくして、父が死んだ。私より二回りも年齢が上の長兄が後を継ぎ、郷村家を仕切ることになった。そして郷村美術館を発足させ、例の三つの像も、珍しい物として陳列することにしたのである。

私は、これに猛反対した。しかし中学生の私の言うことなど、誰も聞きはしない。

「ぬしは蔵の中が好きじゃったけん、そもそもこの美術館そのものに反対なんじゃろうが。そげなイチャモンばつけたっち、誰も聞かんばい」

「これは、世間のためぞ。郷村の蔵の中でただ死蔵するよりも、こうして広く世間のみなしゃんに見てもろうた方が、お宝さんたちも喜びんしゃるとたい」

しかしこれらの像を巡って奇怪な事態が立て続けに起こったので、一年と経たない内にこれらの像は片付けられてしまった。

美術館は、地下二階地上二階建てという構造だった。なぜ地下が二階もあるのかというと、防犯上のことを考えてである。

国宝級の書画骨董品や財宝は地下に収納陳列された。ガラスはいずれも耐熱耐圧構造で、警報装置と連動している。ガラスばりでなく、中の陳列棚も、人手が触れたり陳列物を動かされたりしたら、直（ただ）ちに反応するようになっている。

ただ警報が鳴って、警備室と警察に通報されるばかりではない。地下室への出入り口は一か所しかなく、しかも銀行の金庫を思わせる堅牢極まりない扉が付いていた。これは扉というよりまさに大金庫の蓋と呼ぶべき代物で、地下の陳列室はそのまま保管庫を兼ねていた。警報が鳴ると、この巨大で厚い、核爆弾をも撥ね除けそうな扉が、一分以内にぴたりと閉じ合わさってしまうのである。

　長兄はこの巨大金庫とも呼ぶべき地下室を、イギリスのロンドン塔の、〈アフリカの女王〉等のダイヤを陳列してある地下室から思い付いたものらしい。

　地上部分には、それに次ぐ品々が陳列されていた。警備は地下ほどは厳重ではないが、陳列ケースには同じく厳重な警報装置が仕掛けられているし、警備員も常駐しているので、盗難に入るなど、まず不可能な状況だった。

　それに、筑豊地方では郷村一族といえば、大変な存在で、警察よりもヤクザよりもよほど恐れられた。これほどの警戒はしなくても、一族に追及されるようなそんな大それた真似を、わざわざしでかす者など、この界隈にはまずいるはずはなかったのだが。

　例の三つの像は、そのただならぬ薄気味悪さに、希少価値があった。特に値打ちのある代物ではないので、美術館の装飾品として、人目に付くロビーに陳列された。

　たちまち、おかしなことが続発した。

　美術館というのは収蔵物の保管を第一目的としているので、館内の温度と湿度は常に一定に保たれているものである。

　しかしロビーのみ、なぜか空気が冷たく感じられる。そのくせ何だか湿っぽくて、ロビーにいると肌がベタベタしてくるのだ。しかも、人々の出入り口であるロビーは特に明るく作ってあるにも関わらず、誰もが暗いと感じた。

　郷村美術館にケチを付けるものなど、一人もいない。表立っては誰も言わなかったが、大抵の者が美術館を出るや、こう噂した。

「祟られちょるばい、あの美術館な……入った途端、なんか肌がゾクゾクしてよってな、気色の悪かあ」

「そうたい、郷村さんも、大きゅうならっしゃるために、色んなこと、しとらすきなあ。そりゃ、恨みも買うちょろう」

「見んしゃったな、あの入り口に並べちゃった、あのおかしな置物。うち、あれば見た時、ゾーッと鳥肌ば立ったばい」

「あんたもね。うちもくさ、あれ見た時やあ、寒気がして……郷村しゃん、あげなもん、いったいどっから持って来たっちゃろか」

こんな噂が却って評判を呼び、怖いもの見たさに美術館に足を運ぶ者も少なくなく、兄は当座、噂を面白がっている風だった。

しかし、このロビーで失神する者が時折出るようになると、もう笑い事では済まなくなってきた。

失神した者は誰もが、失神している最中に、真っ暗な中で、ズルズルと濡れた足を引き摺って歩くらしい怪物に追い回される夢を見たと語った。誰もが、ほぼ同じ夢を見るというのが、面白いやら気色悪いやらで、またまた美術館は週刊誌や新聞を騒がせることとなった。

「希代の富豪、郷村正春は、いったいどこからこれらの像を持ち帰ったのか。そしてこれらの像には、どんな因縁があるのか」

それを調べるために、考古学者や宗教学者、民族学者に、これらの像が見せられた。しかし、すべてが全く謎だった。とにかく、アジアのどこかに、突然変異的に出現し、ふっつり途絶えてしまった文明の産物だろうと言われるのみだった。

ある霊媒師に、これを見せた。霊媒師は、この像の前に立っただけでトランス状態に陥り、奇声を発して硬直した。その奇声は何かの言葉らしいのだが、この地球上の現世人類の物とはとても思えなかった。

奇声は、テープに録音されている。それがどんな台詞(せりふ)、いや音だったかを、今ここに記しておこう。


……うおるでいい、すいんけみい、しるけういす?　マグナ・マータ!　マグナ・マータ!　……アティス……デイア・アド・アガイドス・アド・アオダウン……アーガス・バス・ドナーク・オルト!　ドーナス・ドーラス・オルト、アーガス・リート＝サ!　ウングル……ウングル……ルルー……クク……

霊媒師は、すぐにロビーから連れ出されたが、正気を取り戻すのに、ほぼ一週間の時間が必要だった。その一週間に、おかしな行動を繰り返した。田川地区に当時まだ点在していた炭鉱、ないしもう廃墟と化した炭鉱に潜

り込み、奇声を発して踊り狂ったのである。その奇声とは言うまでもなく、

……うおるでぃい、すいんけみい、しるけうぃす？
マグナ・マータ！　マグナ・マータ！　……アティス……

である。

神懸りになったこの男を外に連れ出すのに、屈強な坑夫が十人は必要だったと言う。大変な馬鹿力である。

一週間経って一応は正気付いたものの、それでも完全には回復出来なかったらしく、一月後に、

……うおるでぃい、すいんけみい、しるけうぃす？
マグナ・マータ！　マグナ・マータ！　……アティス……デイア・アド・アガイドス・アド・アオダウン……アーガス・バス・ドナーク・オルト！　ドーナス・ドーラス・オルト、アーガス・リート＝サ！　ウングル……ウングル……ルルルー……ククク……

狂ったように唱えつつ、黙々と一人で地面に穴を掘り、その自分で掘った穴に埋もれて窒息死した。

美術館の来館者さえこの有様なのだから、常駐の職員や警備員はさぞかし……と思われるが、しかし、像の気味の悪さには、免疫性があるのだろうか。初めのうちこそ三つの像の気持ち悪さが話題になった。そして、壁の裏や床の下から、濡れ雑巾を叩きつけるようなおかしな音が連続的に聞こえるとか、鳥の鳴き声とも人間のひそひそ話ともつかぬ薄気味の悪い音がするとか、ここで仮眠していると怪物に追い回される悪夢に襲われるとか、様々な噂があった。しかし職員の間に関してのみ、すぐにそんな噂は消えてしまった。

奇怪な噂も、人目を引くのには格好の材料となる。この不思議な像を見たさに、開館後の半年は、郷村美術館は予想をはるかに越える客の入りとなった。筑豊地方ばかりか、福岡県全域、さらには県外からも、来館者が押し寄せ、思い掛けぬ収入を郷村財閥にもたらした。なるほど、一族の誰かが言ったように、蔵に放り込んでおいても一文にもならない黴臭いガラクタどもが、こうして飾り立ててやったらたちまち金を生んだというわけだった。

当時私は中学の二年生だったが、この辺の経緯は聞くともなく聞いていた。

蔵の中の物はまさに宝も同然だったので、私は美術館の話など聞くのも嫌だった。父と例の一件があって以来、蔵とそこの収蔵物はひときわ大切な、父との秘密の共有物のように感じていたので、美術館という形でそれらを晒しものにされるのは、まさに我慢のならないことだった。

だから私自身は、郷村美術館には、オープニングの記念式典も含めて、ただの一度も足を踏み入れたことはない。美術館どころか、悔しい思いを噛みしめることになるだけなので、蔵にももう近付こうとしなかった。

三つの像の怪談を小耳に挟んだ時、それが例の奴を指しているのだと、すぐにピンと来た。そしてそれらが崇りをなしていると聞いて、ザマアミロなどと不遜なことを思ったものだった。

しかし、ある程度以上に怪談の噂が立つのも、考えものである。これ以上、失神者や病人、怪我人が出ては、美術館はそれこそ悪い評判を立てられることとなろう。

ぼちぼち用は果たしたとばかりに、半年を少し過ぎたところで、例の三つの像は、美術館から引き上げられることとなった。

問題は、引き上げてどこに収納するかだった。

悪い噂の立った代物を、とてもじゃないが、屋敷内の蔵に戻す気はしない。屋敷内で崇りが起きては、たまらないではないか。

「仕方がない。これは親父が大事にしてた物なんだから、親父に守って貰おう」

長兄の正治が言った。これが鶴の一声となって、三つの像は、父正春の墓に収められることとなった。

三つの像を片付けると同時に、美術館での怪談騒ぎは、それこそ気持ちが悪いくらいぴたりと鎮まった。

「やっぱり、何かあったったい、あの像には」

一族は、屋敷内でなく正春の墓に例の三つを収納して良かったと、胸を撫で下ろしたものだった。

それにしても、気になることが一つあった。

あの長持ちの中には、三つの像と一緒に、変な、見たこともない文字で記された大きな書物が数冊、入っていた。あの書物は、同じ長持ちに入れられていたのだから、像と関係ないはずはない。関係ないどころか、像の謎を解く重要な鍵となるはずだが、いったいどうしてしまったのだろうか。

兄たちも専門家も、値打ちのある書画骨董や陶器の鑑定にはさぞかし気を使っただろうが、あの訳の判らぬ像は、単なる奇妙な装飾品としか思わなかった。だから無造作に、ロビーにひょいと陳列した。

一緒に入っていた書物のことなど、端から問題にしていなかったのではないか。そして、像に気を取られている内に、書物のことなどすっかり忘れてしまったのではないか。

兄たちも骨董品屋も、考古学者ではないのだ。美術品として値打ちのあるものにしか、興味を示さなかった。この失念は、無理からぬところだ。

とすると、あの書物はいったいどこに消えた？

私はしかし、誰も気付いていないか、すっかり忘れているらしいあの数冊の怪文書について、敢えて誰にも問う気にはなれなかった。誰が今さら、あの書物のことを教えてやるものか、そう思ったのである。

郷村美術館の怪談は、像に関係があることは明白である。とすると、あれらの書物は、もし解読できれば、謎を解く重要な手掛かりとなるはずだ。

「ぼくが自分で解いてやる」

中学生だった当時、私はそう決意していた。どこに放り込まれ、それ切りになってしまったかは判らないが、必ずあの書物を見付け出して、像の謎を解明してやるぞ。

それが、秘密を共有したまま死んだ父への、最後の孝行に感じられた。

4

謎を解明するために、まず手始めになすべきは何だろう。

あの三つの像を手に入れることである。

あれが美術館にあった間は、厳重な警備に阻まれて手の出しようがなかった。しかし今は、墓の中だ。その気になれば簡単に盗めて、しかも盗んだことに誰も気付くまい。

必要なのは、勇気だけ。そう、勇気だけだ。

当時の私は、まだ中学生だった。幽霊とか妖怪の話に、最も神経過敏な年頃だ。よくもまあ、夜にこっそり父の墓に忍び込むなどという真似が出来たものだと思う。

だが、考えてみれば中学生だったからこそ、そこまで思い込めたのかもしれない。

炭鉱王と呼ばれた父は、死ぬほど炭鉱を愛していた。だから墓も、一族のそれとは別に、金城炭鉱のすぐ傍に設けられた。墓ばかりでなく、父の霊を祭るための社まで建てられたものだった。

　田舎の夜は早い。しかも、今から二十年近くも昔だ。基本的に農業地帯である金城町には舗装された県道は一本走っている切りで、後はみんな未舗装の田舎道だった。もちろん、街灯などと洒落たものなどどこにもない。

　日が暮れると、たちまち町全体が暗く沈んで行く。それでも夜の八時くらいまでは、炭鉱や農協関係の連中が買い物だなんだで、カンテラを下げてあちこちを歩いていたが、夜の九時を過ぎると、人気（ひとけ）はまるでなくなる。どの家々も、夜の十時には寝てしまうのが普通だった。

　忘れもしない。お盆が過ぎ、夏休みもそろそろ終わろうという八月の二十日の夜、私は夜の十時に布団に入り、そのまま眠ってしまいそうになるのを必死で堪えて、十一時になるのを待った。その時間になれば、間違いなく家中が寝静まるからである。

　十一時をさらに十分過ぎてから、私はゆっくりと布団から出た。

両親や兄弟、使用人の部屋は廊下を渡った向こうにあるので、多少の物音を立てたって誰も気付きはしないのだが、自分はこれから〝墓荒らし〟をするのだという疚（やま）しい思いが、行動を慎重にさせた。墓の中に入ることより、ありがたいことに、誰かに見付かったらどうしようという恐怖感の方が強かった。

　夏の夜なので、窓は開け放ってある。そこから外に出た。墓は、山を越えた向こう側、炭鉱の入り口の近くにある。山のことは知り尽くしている。小学校の頃からもう何年も、毎日のように走り回っているのだ。

　山と言っても、小さな山である。三時間もあれば、反対側に抜けられる。

　特に自覚はなかったが、やはり夜の山を一人で越えるのは、怖かったのだろう。半ば走るようにして山道を急いだ。二時間かそこらで反対側に抜けてしまっていた。

　足元で不意に草が騒ぎ、心臓が口から飛び出すかと思ったことが何度かあった。蛇かイタチが通ったのだろうが、それが化け物に感じられた。

　藪の中で、鈍く輝く物も時折り見えた。夜行性の動物や鳥の目だと思うが、それに襲われるかと生きた心地がしなかった。そんなこんなで、嫌でも足が早くなってしまうのだ。

神社に着いたのは、もう深夜の一時か二時のことだった。炭鉱街も、完全に寝静まっている。昼間の喧騒が嘘のように暗い闇に沈んでいた。

下世話でゴミゴミした炭鉱街に接して建っているにもかかわらず、神社は厳か(おごそ)に、黒々と聳(そび)え建っていた。

入り口は、いつも開け放たれている。参拝客こそおれ、郷村の墓に忍び込んで悪さをする度胸のあるものなど、ここには一人もいるはずがないからだ。おそらくここにおっかなびっくり忍び足で入った者は、後にも先にも私だけなのではないだろうか。

神社には、神主とその家族、そして手伝いの者がいる。彼らも朝は、四時から起きて働き始める。つまり今は、ぐっすり眠り込んでいる時間だった。

神社の建物の裏に、丘があった。この丘の内部が繰り抜かれ、墓になっていた。

私の目的は、墓の中に入ることだ。神社ではない。例の三つの像は、この神社でなく墓の中にあると確かに聞いたからだ。

だから、神社には見向きもしなかった。下手にそちらに近付いて、勘のいい神主に気付かれたら、ここまで来た努力も水の泡になるからだ。

必死の思いで神社の建物を迂回し、漆黒の闇の中を墓に向かって這い進んで行った。懐中電灯を点けたかったが、やはり神主に気付かれそうで恐ろしくて、それも出来なかった。

空に月明りはあるが、そこは建物の影になっている。やっとの思いで、墓の入り口を探り当てた。そこには小さな門があり、岩屋になっているのだ。そこがどんな風になっているのかは、つい数日前にお盆の墓参りに来て確かめてある。

用意して来た懐中電灯を、ここで初めて点けた。

入り口には、鍵などない。だから押して、中に入った。開ける瞬間、軋(きし)り音くらいはするのではと恐れたのだが、幸いなことにキーともギーとも音はしなかった。神経質な神主は、ここまできちんと手入れしていたのである。

内部は、大きな洞窟になっていた。土が崩れたりしないように、コンクリートで上から下まで固めてある。

私は、予想以上に広くて厳かな雰囲気に、圧倒された。

コンクリートの洞窟は、百メートルばかり奥まで続いていただろうか。

突き当たりに、巨大な炭鉱の絵と、これまた巨大な父の肖像画があった。さらに一族の系図とか何とかが、壁や天井に掲げであった。

だが、そんな物には、私は用はない。私の目的は、あの像だ。そして、失われてしまった書物も、ひょっとするとここにあるかも知れない。

素早く、懐中電灯で内部を一渡り照らした。

神棚のような台があった。その台の上に、金属の棺があった。

ぎょっとした。棺があるなんて、どうしたわけだろう。父は、火葬されたのではないのか。日本では葬儀と言えば火葬が普通であり、郷村の誰でも死んだら火葬されるはずだ。父が土葬されたなんて、そんな話は聞いたことがないぞ。

しかし、目の前には確かに、棺がある。それも、鈍色（にびいろ）に輝く金属の棺が。

私はその意味が理解できなくて、懐中電灯でしばらく棺を照らしていた。

だんだん、怖くなって来た。その中に父の白骨死体があるだろうというより何より、自分がこの棺を開けて、中を見てみたくなっていることが一番恐ろしかった。

父は本当に土葬に付されたのだろうか？　像や書物があるとすると、きっとこの中に違いないから。

自分は、この棺を開けて見ずにいられなくなっている。それが恐ろしくて、私の膝はガクガク震えていた。

もはや手も足も、私の物ではなかった。私の恐怖心とは全く関係なく、勝手に棺に向かって動き始めたからだ。

神棚に上がり、冷たく湿っぽい金属の蓋に掌を掛けた。

ここも、封などされていなかった。

相当の厚みがあるらしく、重くて持ち上げることなど出来なかった。両手を掛け、渾身（こんしん）の力を込めて、ようやく蓋をずらすことが出来ただけだった。

中を覗いた。

埃ともカビともつかぬ、噎（む）せ返るような匂いが立ち昇って来たが、暗くて中は見えない。

懐中電灯で、中を照らした。

中は、空だった。

いや、空というより、この棺はさらに地の底奥深くへの、入り口になっていたのだ。

どうしてそんなことができたのか、今となっては不思議でならないのだが、私は棺の蓋をさらに大きく押し広げると、上半身を突っ込み、中を覗いてみた。

カビ臭い土の通路が、一本道となって、はるか彼方まで続いているのが見える。

手足は依然、私の恐怖心なんぞお構いなしに、勝手に動いている。

私は、棺の中に入り込んだ。そして地中の謎の通路を、懐中電灯を頼りに歩いて行った。

どこをどう歩いたのか、良く判らない。途中に幾つもの分岐点があったが、メインの通路らしい一番太い道だけを選んで歩いた。それにしても私が無事に外に出られたのは、やはり父の霊が守ってくれていたからだろうと思う。

外に出られた？　いや正確には、外ではない。この地中の迷路はなんと、私の家、つまり山の反対側の郷村の屋敷の蔵に通じていたのである。

図らずも私は、夜明け前にひとりで、自分の家まで帰って来てしまっていたのだ。


像も書物も、結局は見付けることが出来なかった。

それどころか、あそこは父の墓であり、棺もあったというのに、肝心の父の死体も見付からなかった。骨一本、髪の毛一筋、あそこにはなかった。

父の死体は、どこに消えてしまったのだろうか？

そう言えば、例の地底の迷路をさまよい歩いていた間、誰かの歩く足音や息遣いが、遠くなったり近くなったりしながら時折り響いて来るのを聞いたような気もする。

それを私は、自分の足音や息遣いが土の壁に反響しているせいだと、ずっと言い聞かせて歩いたのだが、ひょっとすると、本当は誰か別の人間がいたのではないだろうか？　そうでなければ、一度だけかすかに聞こえて来たあの言葉は、私の幻聴だったことになってしまう。


……うおるでいい、すいんけみい、しるけういす？

マグナ・マータ！　マグナ・マータ！　……アティス……デイア・アド・アガイドス・アド・アオダウン……

アーガス・バス・ドナーク・オルト！　ドーナス・ドーラス・オルト、アーガス・リート＝サ！　ウングル……

ウングル……ルルー……ククク……

低い、それでいて奇妙に執（しつ）こく耳の底にこびりついて来る声だった。腐った肉を打ち合わせるような、粘っこい音を伴っていた。あれは断じて、私の呟きではない。そして幻聴でもなかったとすると……。

あれ切り、もう二度と、父の墓にも蔵にも近付かないでいる。もう金輪際、あの恐怖を味わいたくないからだ。それにしても、あの像と書物はどこに消えたのか。いったい父は、なぜあんな物を大事に取っていたのか。

私は後に高校を卒業して、東京の美大に通い始めた頃から、日本国内はおろか広く世界中を旅行して歩くようになった。その目的は、父がいったいどんな秘密を隠して生き、そして死んだのかを、突き止めたかったからである。そして父は、本当に死んでいるのだろうか？　父の行動の後を、そして旅行した地域や場所を、私は今も忠実に辿っている。だが、謎は未だに解けずにいるのだ。

（了）

地の底の哄笑

七月十五日の夜、福岡県は筑豊地方の田川郡金城町にある旧金城炭鉱の跡地で、爆発事故があった。金城炭鉱は三十年前の一九六四年に閉鎖されていたが、何らかの原因で廃墟の坑道にガスが発生し、これに引火爆発したものと思われる。

もちろん坑道は無人で、爆発の影響による地盤沈下もなかったが、坑道の出口にあった金城炭鉱跡地の所有者、郷村(さとむら)春康氏の屋敷が全壊した。郷村家では、お盆で親族や知人、使用人など計三十九人が集まっており、爆風で一人を除く全員が死亡した。坑道の出口は、閉鎖された時点ですべて塞がれていたが、金城炭鉱には郷村家の屋敷に直に通ずる私用の隠し坑道もあり、こちらは塞いでいなかったらしい。この坑道を通じて、爆風が一気に屋敷に吹き込んだため、大惨事となったものである。

炭鉱での爆発事故は珍しいことでなく、六三年の四五八人が死亡した三池炭鉱の炭塵爆発、六五年の二三七人が死亡した山野炭鉱のガス爆発など、大災害となった例も少なくない。が、閉鎖されて三十年後に突然ガス爆発を起こした例はこれが初めてで、しかも所有者の屋敷に隠し坑道が設けられていることなどまず考えられないことなので、非常に珍しいケースとなった。

助かったのは、郷村家の次男春樹氏（死亡）の友人で、たまたま東京から遊びにきていたイラストレーターの堀田和磨氏。氏は、ガスの影響と爆発のショックで精神錯乱状態に陥っており、回復の見込みは全く立っていない。

次に掲げるのは、この堀田氏が、京王大学医学部の付属病院神経科病棟で記した〈事故報告書〉である。精神錯乱状態での妄想の、きわめて特異な例として、ここに保存しておく。

京王大学医学部神経科　助教授　大野泰司

1

私は、堀田和磨という絵描きである。

絵描きというと、ベレー帽の孤高の芸術家を連想されるかも知れないが、私はそんな立派な代物ではない。本当はそうなりたいのだけれどもそうなれず、チマチマと本の表紙や挿絵を描いている。絵描きというより、イラストレイターとか挿絵画家という方がはるかにふさわしい存在だ。

　美大を卒業してすぐに絵を描く仕事を始め、四十になる今日まで約二十年間、絵筆一筋で生きて来た。だから絵は、物心付いて以来、ずっと描いて来たが、文章はほとんど書いたことがない。他人に読ませる文章など書くのは、事実上これが初めてのことである。だから、私がこの眼で見、耳で聞いたことを、きちんと人々に伝えられるかどうか、自信はない。

　これを書き残すことにどんな意味があるのか、正直私は、ずいぶん悩んだ。この文章を読んだ人は、私をただの法螺(ほら)吹きか狂人と思うだけだろうから。

　それでも敢えて、この下手糞な一文を記しておく。私は、もうこのことを自分一人の胸に留めておけないからである。この恐怖を、一人でも多くの人間と分かち合い、そうすることによって負担を軽くしたいのだ。でなければ、おお、どなたでもどうか頼むから、この事実が私の狂気の産物だと証明してくれ。そうすれば、私は精神病院の鉄格子と引き換えに、安息を得ることができる。

　これから私が記す話は、すべて事実である。文章の下手糞さを見れば誰でも、私に嘘を書くなどという作家のような真似を出来るはずがないと、判ってくれるだろう。

「堀田さん、炭鉱って知ってる?」

　彼がなぜ唐突にそんなことを言い出したのか理解できなくて、私は問い返した。

「タンコウ?　あの石炭を掘る炭鉱だろう?　名前くらいは知ってるけど、その炭鉱がどうしたんだい」

　郷村は、彼特有の無意味な薄ら笑いを口元に浮かべて、ちょっと黙り込んだ。酔いの発していた顔が、一瞬だけ素面(しらふ)になった。

「うん、実はですね、ぼくの実家は昔、九州で炭鉱を経営してたんです。今は完全に閉鎖して、廃鉱になってるんだけど、今度そこを完全に取り壊して、団地にするっていうんで、取り壊される前に、ぼく、もう一度、そこを訪れてみようと思ってるんですよ」

　郷村は、美大時代の私の三年後輩で、昔から変わり者で有名だった。もう三十代後半になるのに恋人はおろか、友人すら私以外にはいそうにない。自分の話をするのが嫌いで、身の上話めいたことを言うなんて、二十年の付き合いでこれが初めてのことだった。

私は半ば驚きつつ、黙ってビールのグラスを傾け、彼の言葉を待った。

「ぼくの実家は、福岡県の筑豊地方なんです。ええ、あの日本一の炭鉱地帯として有名な。うちは、戦前から戦後にかけて、その炭鉱で大儲けしたクチでね。その時の余禄で、ぼくはこうして、何も仕事をせずにゴロゴロ絵を描いて暮らして行けるんですけど」

彼の家が、地方の大金持ちだとは、人伝てに聞いたことがあった。実家からかなりの仕送りがあって、それで遊んで暮らせるという、実に羨ましい身分なのである。

彼は芸術家肌で、ドイツ表現派風に異常な色彩の乱舞する、絶対に金にはならない前衛絵画ばかり描いている。ただの抽象絵画のようだが、良く見ると色彩の渦の中から、人間と爬虫類の混血したようなけったいな化け物とか、次元の歪んだゆらめく街とか自然とかが、浮かび上がって来る。いったん見たら忘れられない、まさに悪夢のような絵で、私個人は好きだが、絶対に売れない種類の絵だった。

「ボタ山って、名前くらいは聞いたことありますよねえ。坑道を掘った時に出る土を積んでいって、それが高い高い山になってしまった、みごとな三角錐を描く黒い土の山が、ぼくが子供の頃には、筑豊のそこいら中ににょきにょきとそそり立っていたもんです」

郷村は、どこか遠い所を眺める目をして、自分の子供時代の話を始めた。子供のようにあどけない、夢見るような眼差しだった。いつも〝今〟の話しかしない彼が、決して見せたことのない表情だった。

郷村は、ふっと照れ臭そうに溜め息を吐くと、現実に返った。

「廃鉱の跡を潰して、大きな集合団地にしてしまうって聞いてね、急に故郷が懐かしくなっちゃって。今までこんなこと、考えたことなかったんですけど……年齢のせいですかね。ぼくももう、三十代後半に入ってますもん」

ふと、おかしくなった。なに不自由なく、なんの苦労も知らず、未だに学生生活の延長のような暮らしをしている郷村でも、そんな感慨に耽ることがあるのだと知って。

「それでね」

郷村は嬉しそうな笑顔を見せながら、眼を輝かせて言った。

「炭鉱がある風景を、絵に残しておこうと思うんですよ。炭鉱がある風景ばかりでなく、炭鉱の中もね。昔の、活気があってみんなが働いていた頃と、すっかり廃墟と化した今とを対比しながらね」

と言っても郷村のことだ、また第三者には到底理解の出来ぬ、線と色が狂ったように入り乱れた、奇怪な抽象画として結実するのだろうが。

「いいねえ。それはいいねえ。いいモチーフだ……君の代表作になるんじゃないの」

私は、そうした人生の背景を持つ郷村が羨ましくなった。しかし、気になることが一つあった。

「でも、廃坑の中に、入れるの？　もう、塞いであるんだろう？」

また郷村は、ずるい感じにニッと笑った。

「だから言ったでしょう。うちの経営してた炭鉱なんだって。今でも、うちの土地なんですよ、あの山は。オヤジは炭鉱が大好きでね、閉鎖を決めてからも、ちょこちょこ中に入ってたみたいなんですよ。坑道がちょうどうちの屋敷の下を通ってたもんだから、屋敷から直に坑道に入れる、プライベートな入り口なんか、いつの間にか作ってて……いえ、隠し通路なんて大袈裟なものじゃないんです、家族はみんな知ってますから……正式の出入り口はもちろん塞いでありますけど、こちらはまだ使えるはずですよ」

私は、今やすっかり廃墟と化した、坑道の有様を想像した。

人が一人ようやく通れるくらいのトンネルが、はるか地中まで続いている。落盤に備えて、支柱に支えられた板が天井に張り巡らされている。床には、石炭を積んだトロッコを転がすためのレールが走っている。もちろん、電気はとっくに切られているから、光などなく、漆黒の通路が地の底に延々と、まるで蟻の巣のように続いているのだ。

炭鉱は、今やすっかり廃れ、閉鎖されている。坑道に入る機会など、私には決してないに違いない。

郷村が羨ましくなって、思わず子供のように呟いていた。

「いいなあ」

郷村は私の羨ましそうな表情を覗き込んで、またニッと笑った。

「堀田さん、良かったら一緒に行きませんか。炭鉱の中に入る機会なんて、めったにないですよ」

2

福岡県田川郡金城町。それが町の名だった。

博多からタクシーで、約二時間。最初は潮風の薫る海沿いを走るものの、すぐに道は内陸方向に逸れ、霊場で有名な篠栗の脇を掠め、八木山という山に差し掛かる。日光のいろは坂もかくやという、ヘアピン・カーブの連続する峠道を経て飯塚市へ。そこから小さな町を経て、烏尾峠というこちらは緩いカーブの峠道を抜けると、ようやく田川市である。金城町は、この田川市を越えた先の、山間部にあった。

郷村の実家は、いかにも坑夫からの叩き上げで炭鉱が大好きだったらしい郷村の父上に相応しく、旧金城鉱のすぐ近く、金城町内にあった。さすが財産家だけあって、屋敷は広大な敷地を有しており、まるで山奥の一軒家のように静かだった。

東京は港区にある皇族のお屋敷もかくやという、みごとな和風庭園がある。その庭園の真ん中に母屋が、それに隣り合って大きな蔵が二つ、少し離れて別宅が一棟、樹木に隠れるようにして建っていた。

これら屋敷の建物や庭の様子、郷村の一族、庭師や料理人や召使、女中たちについて、書きたいことは山のようにある。しかし、ここは郷村の富豪ぶりを書き立てる場ではない。東京に住む一小市民からは信じられぬ世界が、地方都市にはまだまだ存続しているのだとだけ、記しておこう。

郷村の屋敷に関して、これだけは記しておかなければならない。蔵の中にある例の〝隠し坑道〟の出入り口と、膨大な所蔵品のことである。

蔵と聞くと、煤けて蜘蛛の巣の張った、虫どもがもぞもぞ蠢く暗くて辛気臭い空間を連想するが、とんでもなかった。私の住む二LDKのマンションなどとは比較にならぬ、二階建ての大きな物で、中は埃もないくらいきれいに手入れされていた。光こそ少なくて暗いが、さすが蔵である、湿気も温度もほど良く保たれている。

一階は大きな物を入れる倉庫みたいになっているが、二階は幾つかの部屋に分かれ、そこにさらに仕切りがあったり棚があったりする。屋根裏の空間とほぼ一体化していて、部屋を行き来するのに梯子（はしご）や急な階段を登り降りしなければならない。それこそ迷路のような空間が、蔵の中には広がっていた。

　隠し坑道の入り口は、一階部分の奥にあった。板張りになっているのだが、その一部が回転式の落とし蓋になっているらしい。

　中は薄暗いので、そうと知ってじっくり見定め、掌で探らないと、そこが蓋になっていると気付かないだろう。

「オヤジは、炭鉱を閉鎖した後も、一人でちょこちょこと、ここに入っていたらしいんですよ。どうかすると、丸二日くらい中で過ごしたりしてたみたいで。頭が呆けてるんだろうって、みんな気にもしてなかったですけどね。でも、変でしょう、そんなのって。呆けたせいでなく、きっと理由があったんだと思うんです。炭鉱を早々と閉鎖に決めたのといい、そのくせ自分はこっそりとこんなところから中に通っていたなんて、絶対に変ですよ」

　そう言いながら、床板を慎重に探る。蓋の継ぎ目を探り当てたらしく、掌を四角く動かしていった。

「中で、人に見せたくない何かを見付けたんじゃないかな。あるいは、何かを隠したかだ」

　蓋の一部を、拳骨で強く、ドンと叩いた。回転式の蓋が、下に開いた。

　漆黒の闇が、穴の奥に広がっていた。地の底のカビ臭い匂いと、生気のまるでない冷たいものが、立ち昇ってくる。これこそ、死の匂いなのではないか。私は、この穴から墓穴を連想して、ぞっと寒気がした。

　暗闇のはるか彼方から、何やらけったいな音がかすかに響いて来る。地底の、せせらぎだろうか？　それとも大地の軋り？　虫どもの蠢いたり鳴いたりしている音？　それらが一緒くたになって、この超現実的な音を奏でているのだと思う。

　こんな暗闇を二人切りで歩くなんて、冗談じゃないという気がした。坑道を歩くという意味を、深く考えないでここまで来たが、実は相当に危険な、恐ろしいことなのではないか。

「おいおい、ここに入るのか」

　私は、さも恐ろしそうな声を出していたに違いない。郷村が笑った。

「そうですよ。大丈夫です。電気がまだ生きてるか、チェックしてみますよ。駄目になってても、懐中電灯と地図を持って入れば、中にはちゃんと標識もあるんですからね」

そうだ、坑道は中で蟻の巣のように枝分かれしているのだ。ということは、迷子になったら、もう二度と地上に上がれないのでは……郷村は安心させるつもりで言ったのだろうが、私は却って怖くなってしまった。

「こんなところに一人で潜ってたなんて、そりゃ、君の親父殿は相当の変わり者だ。何かなきゃ、こんなところに誰が好きこのんで入るもんか」

「だから、団地の造成でここが完全に潰される前に、オヤジがここで何をしていたのか、確かめてみたい……まあ、入るのは明日か明後日にして……蓋はこのまま開けときましょう。また探すのも面倒臭いから」

郷村は立ち上がると、ポンポンと手を叩いて挨を払った。その仕種が、なんだかこの〝墓石〟に向かって、柏手(かしわで)を打っているようにも見えた。

「そういえば堀田さん、ずっと東京だから、蔵とか見たことがないでしょう。良かったら、中を覗いてみませんか。江戸時代どころか、下手をすると鎌倉時代の書画骨董品まで、放っぽり出してありますよ」

私の目が爛々と輝くのを見て、郷村は慌てて言い足した。

「もっとも本当に値打ちのあるものは、うちが出資して作った市の美術館に供出してしまってますけどね。うちは、大正から昭和に掛けて大陸にまで進出した際に、中国からもお宝をゴッソリ持ち出してるんです。国宝級の物がかなりあったんですが、それらも今は美術館行きになってます……しかしそれにしても、悪い連中ですよね、ぼくの先祖は」

郷村の案内で、蔵の所蔵品をざっと見せてもらった。残念ながら、私には鑑定眼がない。が、蔵の中には書画や陶磁器はもちろん、着物やガラス細工品など、それ一つ売れば私なら一年は楽に暮らせるだろうというほど高価そうな物が、無造作に積み上げられていた。

「触っても、いいかな」

私は、おっかなびっくり尋いた。郷村は、笑いながら頷いた。

「もちろん、どうぞ御随意に」

私は、棚に並んだ陶磁器や細工品、塑像の類いを、あれこれと手に取ってみた。長持ちを開き、中に大切にしまわれている衣類を、おどおどと眺めた。箱の中に放り込まれた書画を、震える手で広げた。

見るからに古い物ばかりだ。下手に触ると崩れるのではないか、変色するのではないかと思うと、恐ろしかった。息をするのさえ躊躇われ、指先が震えていた。

熱心に骨董品を漁る。郷村はすっかり呆れたらしい。

「堀田さん、ここが気に入ったみたいですね。いいですよ、好きなだけいてくれて。ぼくはお先に失礼します。親戚どもが、久々に集まってるんで、取り敢えず挨拶くらいはしとかないと。母屋にいます。晩飯の支度が出来たら、誰か呼びにやります」

昼過ぎに蔵の一つに入り、私はいったいどれくらい、品漁りに没頭していたのだろうか。

まだ、陽は高かった。採光のための小さな格子窓から、まだ日の光は差し込んでいた。

ふと、奇妙な長持ちが目に止まった。

なぜその長持ちが気になったかというと、表面に奇妙な言葉が彫り込んであったからである。

ツァトゥグア

何だろう。何かの名前だろうか。人の名、それとも地名？　意味不明だ。言葉というより、何かの捻り声のようにも思える。

蓋を開けてみた。蔵という、時間を超越した特殊な空間にいるせいだろうか、開ける瞬間、背筋がチリチリするような奇妙な戦慄を味わった。

長持ちの中には、何冊かのぼろぼろの書物と、像が一つ入っていた。

何気なく像に手を延ばしたのだが、ぞっとしてすぐに引っ込めた。

何というグロテスクな像だろうか。一見、縄文時代の土の人形を思わせるが、あれよりもっともっと人間離れしている。巨大な目を持つ蛙の顔に、短くてぽってりした胴、それに手足が合わせて六本ばかり付いているのだが、いずれもねじくれ、長さも太さもちぐはぐで、部分的に胴や首にくっ着いていたりする。

子供の落書きのようにデタラメな姿であり、滑稽である。だが、その姿を見て、笑いよりも寒気の方を掻き立てられるのはどうしたわけだろうか。昔『遊星からの物体X』という、ヌラヌラビチャビチャと姿を変える、不定形の宇宙人を描いた作品があったが、あの怪物を思わせる嫌らしさだった。

そして何より気持ちが悪いのは、その手触りだった。大理石のようにすべすべしていながら、掌に粘り着くような感触もある。石なのか土か金属か、素材は見当も付かない。そいつに触れた拍子に、ブワリと動いた気がして、それがまたえらく気色が悪かった。

像を脇に除けると、私は数冊の書類を手に取ってみた。綴じてあるから、書類というより、古い書物なのだろう。全部で五冊あった。

いずれも表紙には、得体の知れない紋様が書いてあった。文字にも絵にも、ただの傷にも見える。紙質や綴じ方からは、それほど昔の物とも思えないが、文字はまるで太古のヨーロッパのルーン文字か、日本の神代文字だ。もちろん、それらの〝傷〟が何を意味しているのか、何が書いてあるのか、私には見当も付かない。

書籍のあちこちに、紙が挟んであった。鉛筆書きのメモだった。

平仮名の、無意味な羅列だった。真言密教の呪文のようでもあるが、これに何か意味があるのだろうか。おかしな文字の翻訳というより、読みの音を記したのかもしれない。いずれにしろ、元の本を理解できなければ、全く理解できないメモなのである。

口に出して、平仮名を読んでみた。音節に規則性が全くないので、読みにくいったらない。舌を噛みそうだった。つっかえつっかえ読んでゆくうちに、何だか身体が冷たくなり、気持ちが悪くなってきた。

これらはきっと、郷村の父上、先代の当主が集めた物に違いない。このメモは、父上が記したものなのではないか。とすると、やはり少し頭がプッツンしていたのか？

いずれにしろ、私はだんだん興奮して来た。郷村自身はもちろん、この家の人々は、蔵にほとんど関心を示さない。生まれた時から見ているきわめて日常的な代物なので、当たり前に見過ごしているのだろう。郷村も、父上がまさかこんなところに、無造作にこんな〝遺品〟を残しているなんて、思いも掛けないでいるのだ。

灯台下暗しだ。このことを話してやったら、さぞかし驚くだろう。

坑道にたびたび一人で降りたのも、これらの書類や像と何か関係があるのだろうか。失われた古代文明の遺跡か何かが、坑道の奥に眠っていたりして……私は半ば冗談で、そんなことを想像した。が、まんざら冗談ではすまないかも知れないと気付き、今度はゾクリとした。

早く母屋に戻って、郷村にこの大発見を……。

「堀田さん」

不意に背後から声が聞こえたので、私は口から心臓が飛び出すかと思った。事実、ピョンとのけ反って尻餅を付いてしまった。

郷村が、お手伝いの女性を迎えに寄越したのである。

「あらあ、またのめり込んでから、面白かモンでん見付けたとですか？　中断させて申し訳なかばってん、晩飯の支度ばできたき、呼びに来たとです」

時空を超越した妄想の世界に入りかけていたのが、お手伝いの〝晩飯〟という言葉で現実に引き戻された。今はそれが有り難かった。

夕食の席で、と言っても親戚が集まって宴会になるのだろうが、郷村にこの発見の報告をしなければならない。私はその証拠として、メモの一枚を取ってジャケットのポケットにしまった。

3

母屋の大きな玄関を入り、折れ曲がった長い廊下をくねくねと渡っていった先が、座敷になっていた。

座敷は当然ながら、庭に面していた。しかも天井が高く、縁側を広く取ってあるので、開放的な感じの座敷だった。十畳敷きくらいの部屋二つをつなげてだだっ広い部屋を作り、縦長の大きなテーブルを三つ並べてある。そこに、テンプラだの刺身だの漬物だの、その他惣菜の類いが所狭しと並べてあるのだ。

「おお、遅かったなあし。待っちょったばい」

さっそく方言である。

「ああ、東京から来んしゃったちな。絵描きさんち言いいよらしたな。食べなっせ、食べなっせ、馬刺しもあるとばい。東京じゃ、珍しかでしょうが、馬刺し。特に良かもんば、今日は用意しちゃると」

意味は半分も判らないが、どうやら歓迎されているらしい。

蔵でぐずぐずしていた私を、御一同さんは待っていてくれたらしい。もっとも、もう酒は入っているようだが。

テーブルの角で、郷村が手招きしている。

さっそくそっちへ行って座った。蔵での発見についてさっそく報告したかったが、そういう雰囲気では全くない。少し酒が入ってからの方が、話しやすそうだった。

一同を紹介されたが、人が多い上に遠慮なしの方言なので、これまた半分も理解できなかった。

とにかく、郷村家の今の当主、我が親友の兄上は、当然ながら忙しくて、こんな宴会には顔を出していない。が、三人の姉上が顔を出していた。そしてその御亭主とか子供たち、たまたま遊びに来ているその親戚、宴会と聞いて駆け付けた近所の友人だの、総勢二十人近くがテーブルを囲んでわいわいやっている。おそらく私と郷村が主賓なのだと思うが、遅れて来た私など無視して、もう勝手に始まっているのが面白い。手伝いの女達が、着物に割烹着姿で忙しく動き回っているのが、印象的だった。

外来の新参者の私は、田舎の宴会の雰囲気に気を呑まれ、ただただ目を丸くして、ビールを嘗めるばかりだった。

酒が進めば進むほど、方言が激しくなる。郷村も始めのうちは私に気を使い、傍に付いて通訳を買って出てくれていたが、すぐに誰彼に挨拶され、あるいは自分から挨拶に行き、たちまち出来上がって、方言丸出しになっていた。そしていつの間にか、地元の友人だか親戚だかに囲まれ、席を移ってしまった。

結局この場では、私の大発見については何も言い出せなかった。亡くなった父上、この地方の大変な実力者の遺品に関する話である。迂闊(うかつ)に口にするのは躊躇われ、機会を窺っていたのだが、ポケットにしまった紙片を指先で何度か弄(もてあそ)んだだけだった。私は宴席の真ん中で、一人ぽつんと、妙に緊張して取り残された格好だった。

ビールを軽く嘗めながら、話に耳を傾けていた。

酒が回るに連れて、郷村一族にまつわる素面ではなかなか聞けない話とか、町で起きている事件について、だんだん言いたい放題になって来た。部外者の私など、もうすっかり忘れ去られているようだった。

郷村家の先代の当主、つまり郷村の父君は、公けには坑道の奥で心臓発作で死んだことになっているが、実は自殺だったらしい。ここいらは農業地帯なので、青酸カリなどの劇薬を容易に手に入れることができる。その毒物を服用して死んだとのことだった。

ひょっとしたら、他殺なのでは？　推理小説好きの東京人ならずとも、地元でも当然そういう疑いが起きた。が、他殺だとすると、相手が相手だけに事が大きくなり過ぎる。政治絡みのスキャンダルに発展する可能性もあった。

「藪を突ついて蛇を出すこともなかろう」

田川署長のその一言で、死因は当たり障りのない心筋梗塞ということで収まってしまった。

そういうことにした理由のもう一つは、死体が、とても人間とは思えぬ姿にねじくれ返っていたからだという。尋常の毒とは思えぬ、凄まじい有様になっていたとか。

六十年代前半のこと、生来の変わり者だった郷村の父君は、まだまだ維持できたにも関わらず突然炭鉱を閉鎖してしまったという。そして、この屋敷の蔵と坑道とを行ったり来たりして、石炭に代わる新しいエネルギー源を発明すべく、得体の知れない研究を始めたのだとか。それに掛ける執念たるや、石油のおかげでエネルギー産業の主役の地位を奪われた筑豊の炭鉱王の、石油に対する復讐とも取れるほどののめり込みようだったという。

その新しいエネルギー源の開発のために、先代当主はたびたび不意に行方をくらましては中近東や南米、インド、ネパール、中国奥地、シベリアと世界を遍歴し、怪しげな薬品や書物を抱えて帰ってきた。そして帰ってくるや、離れと廃坑に籠って何やら研究している風だったという。

「石炭の時代が終わったショックで、先代当主は気が触れた」

親族はもちろん、関係者の誰もがそう思った。

しかし、こうして〝研究〟をさせておけば暴れるでなく、周りにどんな迷惑が及ぶわけでもない。彼がいなくても郷村グループの経営には何の支障もなかったし、むしろ昔気質（かたぎ）の先代当主は新しい時代の企業経営には邪魔になるだけだったから、こうしてブラブラ遊んでもらっていた方が、好都合なくらいだった。

異常な死に様も、世界中から持ち帰ったおかしな薬品を、あれこれと混ぜて服用した結果だろうと言われた。

「おかしな真似ばかりしようしたき、バチ被ったったい」

という訳である。

話を聞いているうちに、私は再び、胸が躍る思いをした。さっき蔵で見付けた長持ちの中の品物は、やはり間違いなく先代当主が集めた物の一部なのだ。世界中から集めた、貴重な品物なのだ。いや、骨董品としての値打ちは分からないが、故人の遺品としては大切に保存すべき物ではないのか。特に、父上の奇行の本当の目的を知りたがっている郷村にとっては……。

狂人の行いなど誰も気にしていないから、そもそもそこに放り込んだままになっている。これが先代当主の集めた物だということすら、誰も、郷村さえ気付いていない。

私は今にも、蔵での大発見について、大声で叫び出したかった。

しかし、やはり言い出せなかった。ここにいるのは、先代当主の身近な親族と、その周辺の人々ばかりだ。それに引き換え、自分は全くの赤の他人。そんな人物が、先代当主について、どうしてそんな厚かましいことが言えよう。仮に言ったって、一笑に付されて終りである。

話して判ってくれそうなのは、郷村だけだ。しかし、今は宴たけなわ、とてもそういう雰囲気ではない。話すのはやはり明日にしよう。

しかしそれにしても、ここはなんて町だ。なんて連中だ。ここの町の第一印象は、福岡の山奥ののどかな町という感じだったが、それは上辺だけらしい。事を荒立てず、すべて内輪で処理しているから〝事件〟にならないだけなので、実はとんでもない事件がけっこう起きているらしい。

先代当主が〝自殺〟したのは、今から十五年ほど前のことだという。ここ田川地域のみならず、筑豊全体に大変な影響力を持っていた人なだけに、その怪死事件は、水面下で様々な憶測を呼んだようである。

金城鉱は先代当主が廃坑に決めたものだが、当主の死後にはいずれこれを復活しようとの動きがかつてあった。しかしこんな怪死事件があっては、さすがにもう復活の声は聞かれなくなり、坑道を塞ぐことが決まった。

当主の怪死した前後には、金城鉱の坑道の入り口周辺で、怪死事件が相次いでいる。

金城鉱の周囲は、そこで働いていた坑夫たちの住居、いわゆる〝炭住〟になっていた。従って犠牲になったのは、すべてそこの坑夫たちである。いずれも先代当主の死に様と似たり寄ったりで、異常に手足や背骨がねじ曲り、酸に冒されたごとくに肌が爛(ただ)れていたという。あるいは、どうやってか内側から開けられたらしい小さな穴が、腹部全体にびっしりと蜂の巣のように開き、そこから血液を始め体液が奪われていたりしたという。この穴は、毒か何かを服用したせいで、体内から開いた穴として処理された。

これらの事件は、先代当主の祟りによるものだという声が上がった。また、先代当主の奇妙な実験のせいで坑道全体に薬物のガスが広がり、それが外にまで漏れて来てそんな事件が起きたのだと、もっともらしく言われた。

が、いずれにしろ、かつての炭鉱は特殊な閉鎖社会だった。事件が起きても、炭鉱の労務が片を付けるべき問題としかみなされず、特に届け出がない限り警察は乗り出さないのが普通だった。

また、金城鉱周辺には、奇怪な足音が聞こえるという噂も絶えなかった。誰も聞いたことのない種類の音だが、地面から響いて来るリズミカルな断続音なので、足音らしいと判る。断続音と共に、湿っぽくて巨大な雑巾で地面を拭うような嫌らしい音も聞こえるという。その音の主は、人間の数倍はあろうかという重量感を伴い、ゆっくりと移動してゆくらしい。

そいつの正体を見たという話は、ついに聞かれなかった。例の怪死した者たちこそ、その正体を見たものの成れの果てだろうとも言われた。

先代当主の死後、二、三年の間、そんな奇妙な出来事が続いたが、やがてふっつり途絶えた。

「地上げ屋の仕業たい」

酔った勢いで、誰かが大声で言った。

つまり、金城鉱の閉鎖後、炭住を取り壊して、そこいら一帯を近代的な団地にする話は早くからあった。が、先代当主は、金城鉱は早々と閉鎖したくせに、その跡地開発は許さなかった。金城鉱の周辺はそこで働いていた坑夫たちの住む長屋、炭住になっていたのだが、先代当主は金城鉱を強引に廃坑に決めた際、その代償として、坑夫たちに多額の退職金を支給し、同時に炭住も彼らの所有物として与えてしまったのだ。先代当主に逆らえる者は筑豊には一人もいなかったから、跡地開発の話はすぐにないことになった。

それが、当主の死をきっかけに、待ってましたとばかりに急に実現に動き始めた。郷村が、「廃坑がなくなって団地ができる」と言ったのは、まさにこの計画のことだった。

ひょっとすると当主は、この廃鉱の跡地買収の利権絡みで殺されたのでは……そして買収をスムーズに進めるために、実際に住人の何人かを血祭りに上げ、怪談話を広めたのではないか。

坑夫たちは、迷信深い。力で立ち退きを強制されたら、身体を張って意地でも抵抗したろうが、怪談で迫られては……。

五年後には、用地の買収はあらかた済んでいた。当時の怪談を生々しく覚えている炭鉱住宅の住人たちは、この時点で全員余所に移り住んでしまっている。

そして諸々のほとぼりが冷めた今、いよいよ、巨大な金城団地の造成が始まったというわけだった。

話を聞いているうちに、私は本気で腹が立ってきた。

どうやら人が一人殺されたらしいと言うのに、大事になると厄介だと心筋梗塞ですませてしまう。先代当主は、さすが炭鉱王と言われただけあって、最盛期にはきっと坑夫たちを絞れるだけ絞ったに違いないが、しかし最後にはその罪滅ぼしというか、坑夫たちに生きる術を残そうとした。ところがこの町の連中と来たら、それすら取り上げ、団地とやらを作ろうという。

おおかた、多摩ニュータウンか高島平団地の地方版みたいなのを考えているのだろう。全く、ひどい話ではないか。

もし素面の私だったら、さっさと席を立って部屋に帰ってすませたに違いない。しかし困ったことに、私は酔っていた。何か、この場を滅茶苦茶にすることをしてやりたかった。

「しぇんしぇ、さあ、もう一杯」

お銚子が突き出された。

私は赤く上気した顔で、お猪口でなくコップを突き出した。

相手の目が、「ほほお」と丸くなった。嬉しそうにニタアッと笑うと、コップになみなみと注いだ。周囲の数人が、これを見て拍手した。

喝采を背に、私は立ち上がると、喉をビクビク鳴らしながら一気に飲み干した。「おおおっ」というどよめきが、私の周囲で起きた。たちまち酔いが発し、頭に霞が掛かったみたいに痺れてゆくのが、自分でも判った。

郷村の酔っている目が、こちらを向いた。声を掛けて来た。

「先輩……おお、御機嫌ですね」

その呼び掛けに答える格好で、私は大声を張り上げていた。

「おお、おおきに御機嫌だとも。お前らなんだ、先代当主について、勝手なことばかり言いやがって、俺は……いや、私は、蔵の中で大変な物を見付けたんだぞ。先代当主の遺言だあ！」

みんな御機嫌だったのが、私のこの一言で、たちまちシーンと静まり返った。思いがけない人物の口から、思いがけない言葉が漏れ、びっくりしたのだ。ことが先代当主に関わるだけに、みなギクリとしない訳にはゆかなかった。先代当主の名は、まだそれくらいの力を残していたのである。

向こうで、郷村が青くなった。蔵での発見物と聞いて、私が何を見付けたのか、郷村には直観的に判ったに違いない。

「この田舎者どもめ、よっく聞けよ、これが先代当主の遺言だあ」

私は懐から、例の紙片を取り出した。そして、酔ったダミ声を張り上げて、読み始めた。

たちまち後悔した。舌を噛みそうになったのだ。

これは、平仮名のでたらめな羅列だ。何の意味もなしていない。こんな物を朗読して、私はそもそもいったい何をするつもりだったのだろうか。

一瞬、一同は静まり返ったが、掛け声と捻り声の羅列、言葉にならない異様な一連の音節に、たちまち吹き出した。

「なんか、そら、先代の遺言ちね」

「なんね、それ。遺言ったち、言葉になっちょらんばい」

「先代が、気が違(ちご)うとったちゅうこた、よう判る」

「気が違うとったんじゃ、やっぱり、頭がおかしゅうなっとったとばい」

宴席に笑い声が響き渡った。

私は、自分がとんだ道化を演じていることに気付いた。が、もう引っ込みがつかない。不躾な笑い声に私はますますいきり立ち、一同のけたたましい笑いに逆らって、〝遺言状〟の朗読を続けた。

何しろ平仮名のでたらめな羅列なので、最初はつかえながらしか読めなかったが、繰り返し読むうちに、だんだん滑らかになってきた。鼻に掛けたり、うがいのように喉を鳴らしたりしなければ発音できない音節を、私はしまいには、得意になって朗誦していた。

笑わば笑え、くそ。勝手に感情移入し、涙をボロボロ流しながら、真言密教の呪文か何かのつもりで、思い入れたっぷりに読み上げてゆく。なぜか私は、不思議な悲哀の情に囚われ、呪文を唱えるのを止められなくなっていた。そうして同じ文句を、何度も何度も唱え続けるうちに、全く意味不明の呪文ながら、紙を見なくとも朗誦できるようになっていた。

かくして宴会は、完全な乱痴気騒ぎとなった。馬鹿笑いと、炭鉱節などをデタラメの節で歌うダミ声の嵐だ。興奮してけったいな呪文を読み続ける私に、郷村が必死になって「止めろ、止めろ」と私に鎚(すが)りつき、うろたえている。

大声を出すと、人間は陶酔状態に陥るものである。私の記憶は、その辺りから、曖昧模糊となって来る。

記憶が朦朧となった辺りの出来事が、細切れの断片となって、まるで夢か妄想のように脳裏にこびりついている。

いつからか、けったいな音が屋敷の周囲で響いていた。

さっきみなが、先代が死んだ後しばらく、金城鉱の周囲でおかしな音が聞こえたと言っていたが、それはこんな音だったのではないか。

絨毯くらいある巨大な濡れ雑巾を、バッチン、バッチンと地面に叩き付けたと言おうか。いや、もっともっと重量感がある。びちゃびちゃしてはいるが、建物全体をビリビリ震わせるほど重苦しい音だ。

母屋の周辺には、手入れの行き届いた樹木が密生しているが、その樹木の何本かが、軋りを上げて捩じ切られ、踏みつぶされてゆくのが判った。

音は、一足ごとに着実にこちらに近付いていた。

酔って騒ぐ連中の何人かが、音に気付いた。

「なんか、来よるぞ」

「騒がしかね。何が来よるっちゃろか」

「怪物ばい、怪物。化け物たい」

この冗談は、ウケた。

今夜は祭りのようなものだ。物音の一つや二つ、誰も気にしていない。中には、そんな音には全く気付かず、歌ったり踊ったり、眠り惚けたりしている者もいる。

「誰かいな、そこに居るとは」

縁側の近くにいた一人が、堪え切れずに立ち上がり、勢い良く障子を開け放った。

「わ」

それからが、地獄だった。

どす黒い肌の巨大な蟇がいた。大きな蛙は幾らでもいるが、半端な大きさではない。天井まで届くかというほどの、まさに怪獣と呼ぶべき代物である。しかも薄気味の悪いことに、こいつの全身は、柔らかそうな毛に覆われているのだ。

蟇？　正確には違う。蛙の手足は合わせて四本だが、こいつにはそれが六本あった。

見たぞ、どこかでこれを。私は一瞬、呪文を唱えるのを忘れて、その怪物に見とれた。

すぐに、どこで見たか思い出した。おかしくなって、笑い転げた。

「ああ、あの長持ちの中にあった像だ、こいつは……とすると、先代は気が狂ったわけじゃないぞ。いたんだ、こんなのが本当に」

私に縋りついていた郷村が、憑かれたような形相で食って掛かった。

「なに、長持ちの中？　蔵の？　堀田さん、見付けたのか、こいつの像を……じゃあ、本も……『ナコト写本』も、『エイボンの書』も……では、今、堀田さんが口にしていたのは、こいつを地の底から呼び出す呪文？……ああ、なんてこった。ぼくはずっと、坑道の奥に隠してあると思い込んでいたのに、蔵に無造作に放り込んであったとは……狂ってる……こんな危険な物を、水爆よりはるかに危ない物を蔵に放り出すなんて……オヤジ、やっぱり気が触れてたな……」

しかし、私にはもう、郷村の言葉に耳を貸す気などなくなっていた。この時の私には、何かが取り憑いたとしか思えなかった。

障子が開いた拍子に、巨大な蟇がぴょんと座敷に飛んだ。飛び上がった拍子にけたたましい破砕音を立てて縁側の庇を打ち抜き、前足から座敷の畳に着地した。

ちょうどそこに、障子を開けたおっさんが、無防備な姿勢で立ち尽くしており、蛙の全体重の乗った前足の下敷きになった。

「ぎゃ」

声を上げた。が、これは悲鳴ではなく、身体が潰れた拍子に出た効果音なので、むしろ〝音〟と呼ぶべきかもしれない。

顔面が潰れ、口からぶりぶりと反吐と酒と血にまみれた臓物がはみ出ると同時に、眼球が神経の糸を引きながら飛んだ。背広が、体型を無視して平たくぶわりと広がったかと思うと、袖口や裾からも、汚い体液が溢れて来た。そのべちゃりと潰れた様は、奇妙に生々しく肉や臓物がどんな有様になっているかを窺わせ、見ていて気持ちの悪いものがあった。

一瞬の静寂。

粘っこく、汚らしい音。

いや、今度は声だ。怪獣蛙が、喉の奥から鳴き声を上げたのである。鳴きながら、三つ（そう、三つあった）の眼球を、ぐりぐりっと動かした。三つはちぐはぐに動き、何とも滑稽だった。同時に可愛くもあった。まるで「ウルトラQ」だ。

蛙はその場で身震いして、再び跳躍する気配を見せた。

歌ったり踊ったりしていた連中の間から、ようやく深刻などよめきが起こった。酔っているせいと、全く思いがけない出来事のせいで、誰もが本性を剥き出しにした。何はともあれ自分だけは助かりたい一心で、周りを押し退け、踏み付けつつ、座敷から出ようとする。

さっきまでドンチャン騒ぎをしていた連中が、今度は別の意味で、命あっての物種の馬鹿騒ぎを繰り広げている。押し合いへし合い、しかし酔っているので足が縺（もつ）れ、何人もが一緒くたに団子になって、却って動けなくなっている。

蛙は、再び跳躍した。天井を打ち破り、着地した時には三人を踏んづけていた。

「ぐえええっ」

三人とも手足や背骨が、頭が、ぐしゃりと潰れて、壊れた人形のような有様になった。潰れたせいで、三人は一塊にくっ着いてしまった。

私はその様子を見て、ゲラゲラ笑い出していた。きっと気が狂いかけていたのだと思う。

いったん、縁側と反対側の奥へと逃げかけていた郷村家の人々が、またもや「わっ」と叫んでのけ反った。

そちらには、また別の生き物がいた。こいつがまた、ボッシュかブリューゲルの絵画に登場しそうな奴だった。豚の鼻と緑の目、恐ろしい牙と鈎爪を持ち、柔毛に覆われた真っ黒な身体をしている。

口と思しき穴から、ピューッと濁った液体を吹いた。

液体は、そこいら一帯を掃射する感じで、放射状に飛んだ。いやひょっとすると、そこは口でなく、尻の穴だったかも知れない。

思いがけない方向からの新たな怪物の出現に、一同は腰を抜かしていたが、その愕然となった顔に、次々に液が浴びせられてゆく。

液は、酸性の劇毒物だったらしい。液を浴びた連中は、「ギャッ」と叫んで顔面を押さえた。指と指の隙間から、ガスが立ち上っている。顔の皮膚と肉が溶け、蒸発しているのである。顔ばかりか、そこを包んだ指さえたちまち赤剥け、ピンクがかった血肉汁を吹き零しつつ、骨を露出した。

そのまま俯せになり、水に濡れたコヨリのようにひとしきりジタバタもがきつつ、次第に動かなくなってゆく。きっと、頭蓋骨も溶けて穴が開き、脳味噌まで蕩けたのだろう。

——いや、こいつら、最初から脳味噌は蕩けていたか。

つまらない冗談を思い付いた。その冗談が自分でも面白くて、私はまたぞろゲラゲラ笑い転げた。

縁側からは、蛙に続いて、また別の怪物が姿を見せた。今度の奴は蜘蛛に似た姿をしていた。大きさは、人間とほぼ同じ。つまり、蜘蛛としては信じ難い大きさだが、蟇やそれに続く怪物が巨大だったので、小さく見える。

座敷の周囲は、いつの間にか闇が支配していた。ついさっきまで、縁側の外には庭園が、反対側には、廊下を挟んで他の部屋が連なっていたというのに、それらがいつの間にか消えてしまっている。

代わって、暗闇が広がっていた。時空を超越した漆黒の闇に、ぽっかりとこの宴会場が浮かんでいるといおうか。私はいったん笑うのを止めて、闇を見透かそうとした。闇は只の闇でなく、波打ち鼓動していた。

アメーバだ。黒い巨大なアメーバ。たくさんいる？　それとも一匹なのか？　どちらともつかない。くねくねとのたうち、あちらで分裂しているかと思うとこちらで融合している。そんな訳の分からぬアメーバ状の空間に、我々はすっかり囲まれてしまったのだ。

頭をぐしゃと潰される奴、腕を潰されてそこいら中を走り回っている奴、潰された足を軸に円運動をしている奴……頭からガリガリ齧られる奴、腹から臓物を引き摺り出され、空になった己が腹腔を途方に暮れた顔で眺めている奴、手足をもぎ取られた挙げ句、目の前でぼりぼりとむさぼり食われてゆく奴……そして、酸で溶かされる奴、全身に無数の穴を開けられ、尖った口でジュースを飲むみたいにちゅるちゅると血肉汁を啜られてゆく奴……豪快な地獄絵図が、目の前でこれでもかと展開してゆくのである。

私は、笑った。笑って笑って、笑い続けた。絵にする最高のモチーフを手に入れたと思うと、もう居ても立ってもいられなくなっていた。

知らぬ間に失禁し、脱糞していた。股間から立ち上る、アルコール混じりの糞便臭に、私は自分で気持ち悪くなって、ようやく笑いを静めた。なぜ失禁などしたのか。興奮し過ぎたせいだろうか。それとも私も実は、とてつもない恐怖を味わっていたのだろうか。その辺の感情は、自分でもはっきり判らない。

郷村は？　私をこの楽しい場所に案内してくれた郷村は、どうなったのだろうか？

郷村は相変わらず私の傍にいた。目を丸くして、怪物どもの乱舞と、親族御一同様が殺されてゆく様を眺めていた。

その目からは、とっくに正気の色が失われていた。ひょっとすると、私の目も、同じ状態だったかもしれないけれども。

蟇の怪物を見つめながら、郷村は呟いた。

「……オヤジ」

彼が見つめているところを、私もじっと睨んだ。

蛙の、でっぷり膨れた腹の辺りだった。柔毛の生え具合のせいだろうか、確かにそこに、人間の顔らしきものが浮き上がっていた。

ムンクの『叫び』の絵のように、苦悶している顔だ。しかし表情は豊かで、忙(せわ)しく口元が動いている。

先代当主の顔を、私は知らない。郷村がそう呼び掛けたということは、こんな顔だったのだろうか？

「……オヤジ」

郷村はもう一度そう呟くと、吸い寄せられるように、そいつに向かって歩いていった。

（了）

蔵の中の鬼女

1

五月に入って、気持ちの良い天気が続いている。

今日も、雲一つない青空が、頭上に広がっている。

雲一つない、なんてものではない。澄み切って海の青に近いまでの青さで、もろに宇宙空間が見えているという感じだった。

五月ということは、田植えのシーズンの真っ最中で、農家が最も忙しい時期である。いや五月に限らず、これから秋の刈り入れが終るまで、もうずっと忙しいままだ。クソ暑くて、クソ忙しい夏が始まった。快晴続きの五月は、今年はひときわ忙しいだろうと告げている。

「やーれやれ」

溜め息を吐いた。

空なんぞ、見上げる気にもなれない。

「ぼうやは、いい子だ、寝んねしなあ」

半ば自棄くそになって、抱いている子供に、自家製のでたらめの子守歌を聞かせた。

「いい子で寝んねしなあ。さもないと、鬼がお前を食いに来るゾオ」

タミ子は、この村の小作人の三女に生まれた。

少し頭が足りない。だから、微妙な手加減を要する農作業は、彼女にはちっとばかり難しかった。

しかし、子供をあやすのは上手だった。下の妹と弟は、物心付くまで彼女が面倒を見たようなものだった。

おそらく、頭の程度が、乳幼児並みだからだろう。彼女には、幼な子の欲求や必要としていることが、我が事のように理解できるらしかった。

その〝才能〟を高く買われて、彼女は農繁期に入ると、あちこちの農家から子守として呼ばれる。農作業は手伝えないが、そちら方面でけっこう、家の収入の手助けにはなっていた。

「寝んねしなあ、寝んねしなあ、さもないと鬼が来て、お前を地獄に連れてゆくぞお」

確かにタミ子は、大人と一緒にいるよりは、小さな子供と一緒の方が楽しい。ただしそれは、一緒に遊ぶ時の話だ。子守として、〝お仕事〟で付き合うのは、また話が違う。

冬の間は、村の子供たちと一緒に遊んでいられる。それが、五月に入ると、まさに遊ぶのに絶好の天気になるというのに、こうして子守の仕事をしなければならない。彼女にとっては、辛く悲しい現実だった。

今日預かっているのは、ヤスヨシさんの子供だ。泣くことは泣くが、ひとしきり泣いたら疲れてすぐ眠ってしまう。子守にとっては、あやしやすい子だ。

子供を背負って、百姓家の並ぶ村の中心部を歩く。自分がいかにちゃんと子守をしているか、まず村の衆に見せておかなければ。

ただし、地主のマサ治さんの屋敷の傍は通らないことにした。

あの屋敷の蔵には、治子がいる。治子が蔵の格子窓に掴まって、「出せェ、出せェ」と、一日中外に向かって叫んでいる。

村の衆はもうそれに馴れていて、見て見ぬ振りをして通り過ぎて行く。が、タミ子には堪え難かった。

ひょっとすると、もう少し頭のネジが緩んでいたら、自分もああやって閉じ込められたかも知れない……治子の狂態は、タミ子にとってとても他人事(ひとごと)ではないのだ。いや、単純に、まさに狂犬のような治子が、タミ子は恐ろしいだけなのかも。

まあ、そんなわけで、マサ治の屋敷をぐるりと迂回して、タミ子は田圃道に出た。

畔道が、目の前にぽーんと続いている。両脇の畑では、百姓たちが腰を曲げ、ゆったりした動作で手入れを続けていた。

「よーい、タミ子ねえ」

顔見知りの姉さんが、タミ子に気付いて声を掛けてきた。

「今日はどこの子の面倒ば、見よるとね」タミ子は、畔道を村外れへと歩きながら、精一杯愛想よく答えた。

「ヤスヨシさんとこの、ミッちゃんたい」

「ああ、あのよう泣きよる子たいねえ。ほお、さすがタミ子に抱かれちょると、大人しくしとおねえ」

姉さんの親父さんも顔を上げ、笑いながら言った。

「おお、タミ子は、子守の天才やもんねえ。こやつに子が出来たら、ウチもタミちゃんに頼まにゃいけんねえ」

タミ子はよく判らなかったが、とにかく仕事が貰えそうなので、嬉しそうにした。

畔道をこのまま突き抜けると、小高い丘になっている。丘の上は小さな堤で、春先の今は水が溜まっていた。

堤の周りは、ちょっとした森だ。そこは、村外れでもあり、昼間でもほとんど人がいない。

タミ子は、天気の好い日の昼間はここでよく、ぼんやりと日向ぼっこをして過ごした。今日もこれから、そうするつもりだった。

畔道はすぐに終り、丘を登る道に入った。

次第に、下生えの草の丈が高くなり、樹木も増えて来る。数日前に来た時より、数倍緑が濃くなった感じだ。五月に入り、着実に生命が息衝き始めている。

タミ子は、急に怖くなってきた。

何が怖いのだろう。今は昼間だ。ここに幽霊が出たとか、誰かが殺されたとか自殺したとか、聞いたことがない。怖いことなんか、何もないはずなのに。

タミ子はその場に立ち止まって、目を大きく見開き、おっかなびっくり周りをキョロキョロと見回した。

別に、怪しい気配はどこにもない。

見回すうちに、何がいつもと違っているのか判った。


堤だ。堤の底の〝栓〟を抜き、丘の下の田や畑に、今まさに水を流しているところだった。

栓が抜かれ、穴から水が流出する際、ゴウゴウという大地の震えるような音がする。流しや風呂の溜まった水を流す時にも、ズボボというような音がするが、相手はそれよりはるかに巨大な、村の田畑に水を供給する堤だ。その音のけたたましさ、振動の激しさたるや、聞いていて気色悪くなるものがある。

丘に来たタミ子に、その音が聞こえ始めたのだ。タミ子は全身で、大地が水を飲み込む音を聞いていた。

この音に、タミ子は言い様のない恐怖を覚えたものらしい。

それにしても、どうしたことか。こんな音には、すっかり馴れているはずなのに。どうして今さら、この音が怖くなったのか。

——何かの、虫の知らせ?

タミ子は、そうしたものを信じている。

「ひょっとすると、ほんとうに何かおるとやろか」

改めて、周りを見回した。

……ゴウンゴウン……ズボズボボ……

水の流出する音は、まるで悪魔の咳払いのように生々しく、しきりに音の調子を変えてゆく。

タミ子の緊張が伝わったのだろうか。それとも赤子自身も怪しい気配に感付いたのか、不意に火が付いたように泣き出した。

「いかん、これ以上先へ行ったら」

タミ子は決意すると、くるりと向きを変えた。

堤の音以外は、風もなく、異常に静まり返った丘の道を、タミ子は例のでたらめの子守歌を歌いながら、急ぎ足で降りていった。

歌を歌うのは、半分はミッちゃんを落ち着かせるためであり、また半分は自分自身の気を鎮めるためでもあった。

「ぎやっ」

タミ子は、思いがけないものに出会って、不意に悲鳴を上げた。

タミ子が、一番会いたくない相手が、目の前にぬうと姿を見せていた。

治子だった。

どうしてか蔵を抜け出し、誰にも見咎められずに、ここまでやって来たのだ。

そう、ここは実は、治子の屋敷から最も近い、人気のない場所だった。治子が蔵を抜け出したら、真っ先にここに来るに決まっている。

「……あ……あ……ハルちゃん……ここで、なんしよると……」

タミ子には、他に言うべき言葉が思い付かなかった。とにかく怒らせないために、こんなことでも言うしかなかった。

この天気の好い、空気の清々しい五月の昼日中に、蔵を抜け出すことにまんまと成功した治子は、それは御機嫌だった。

ニコニコと、満面に笑みを浮かべていた。

目だけが興奮し切って、ギラギラした輝きを湛えている。その脂切った目は、タミ子なんか全然見ていなかった。

「まあ、可愛い赤ちゃんやねえ」

食い入るように、背中の赤ん坊を見つめている。

タミ子は、ドキドキする余り、今にも卒倒してしまいそうだった。

「かわいい?……そうやろ……ヨシハルさんのところの、ミッちゃんて言うとよ……可愛かろ……な、可愛かろ？」

　自分でももう、何を言っているのか判らない。このまま、ポンと治子を突き飛ばして、一目散に丘を駆け降りてしまおうか。

　いや、無駄だ。赤子を背負ったタミ子よりも、治子の方が足は早いに決まっている。それにこの治子のクソ力は、村でも有名だ。その力の程は、錠前を捩じ切るか格子窓をぶち破るかして、こうして蔵を抜け出している事実を見ただけでも判る。

「ねえ、見せて。お願いよ、見せてちょうだいよ……赤ちゃん、可愛い赤ちゃん……」

　タミ子が、足りない頭でウダウダ悩んでいるうちに、治子はタミ子の肩を押さえ込んでしまった。

「……キャッ」

　自然に悲鳴が口から漏れていた。

　治子は何気なく掴んだつもりだろうが、なんという馬鹿力か。肩の肉が抉れたかと思うほどの激痛が走った。

　タミ子の足は、もうガクガク震えていた。

　ああ、もう駄目、逃げられない。

　赤ん坊は、火が付いたように泣き続けている。

「可愛かあ。ほんなこと、可愛かあ……食べたら、柔らかいやろねえ」

　タミ子の背中で、治子が激しい動作をする気配があった。

　治子が何をしているのか、大方の見当が付いた。

　赤ん坊が、絶叫した。

　生温いベトッとした何かが、タミ子の首筋に掛かった。

　タミ子も、赤ん坊と一緒になって泣き叫んでいた。股間から、水が溢れた。恐怖の余り、赤ん坊ばかりでなくタミ子まで、失禁したのである。

　治子は口の周りを真っ赤に染めて、さも満足そうにカラカラと笑った。

　その笑い声が、雲一つない、もろに宇宙空間まで透けて見える空へと、吸い込まれていった。

2

　雨が降っている。

　土砂降りの雨だった。

　しばらくいい天気が続いたかと思うと、突然、大雨が降る。それが九州の天気の特徴だった。

　土の壁に雨の当たるパタパタという慌ただしい音が、

蔵の中一杯に谺(こだま)している。

治子は、板張りの上に大の字に横たわっていた。そしてその騒がしくも欝陶しい音に、じっと耳を澄ましていた。

聞こえるのは、雨の音ばかりではない。もう一つ、リズミカルな音も響いている。

時計だった。

天井に近いところに、大きなボンボン時計が掛かっている。

治子のために掛けてあるというより、そこに収ってある感じ。いかにも蔵の中に相応しい、明治からあるのではないかと思われるくらい、昔の時計だった。

それがチクタクチクタクと、規則正しく時を刻んでいる。何しろ古い物なので、音も聞こえよがしに大きい。

時刻は、十時二十五分を指している。

それが合っているのかいないのか……いずれにしろ、ここに閉じ込められて暮らす治子には、時計の示す時間など何の意味もない。

ただ、チクタクという音、そして時折り響くボオンボオンという陰気臭い響きに、たまらなく神経を逆撫でされるばかりだ。

甲高(かんだか)い大きな声で、独り言を口にした。

「やだなあ、もうこんな狭い中……広い外に出たいなあ」

天気が良けりゃいいで、外に出たい。雨が降ったら降ったで、狭い蔵でじっとしていると、むしゃくしゃして気が狂いそうになる。パタパタという雨の音も、ボンボン時計の時を刻む音も、執拗に苛立ちを掻き立てるばかりだった。

頭が痛い。苛々しているせいでなく、もっと物理的に頭が痛かった。

「いたあい。なんか、いたあい……頭が痛いよお」

頭ばかりでなく、背中も、腕も、足も……身体のどこもここもが、やたらに痛かった。

「いたあい、いたたた……痛いから、外に出してよお」

口ではそう言うものの、実は起き上がれないほど、全身が疼いた。

なんで、こんなに身体中が痛むのだろう。

疼く頭で、一所懸命に考えた。

そうだ、思い出した。オジジにステッキで殴られたんだ。治子があんまりひどく騒いだり、外に逃げたりすると、オジジはよく治子をステッキで殴り付けた。血まみれで意識不明になるまで、殴るのを止めなかった。

この間は、特に酷く殴られた。今、身体が痛いのは、きっとそのせいに違いないのだ。

それを思い出したら、急にムラムラと腹が立ってきた。

「オジジ、オジジ、お前のせいだぞ。いたあい、頭がいたい、お腹がいたあい。オジジ、出せえ、こっから出せえ」

オジジに殴られたことは思い出したが、なぜ殴られたのか、それはどうしても思い出せなかった。

無理もない、治子には善悪の観念がない。だから、していいこととしていけないことの区別が、ないのである。叩かれても、どうして自分がそんな目に合わなければならないのか、理解できないのだ。

大の字になって叫びながら、ひとしきり手足をバタつかせた。

治子は、不意に泣きやんだ。そして天井の節目模様を、目を大きく開いて見つめた。

節目模様が、人間の顔に見える。それも、苦痛に大きく歪んだ、悲鳴を上げている顔に。

あの顔、誰かに似ていないだろうか。

蔵の前を毎朝通り、治子に向かって罵声を浴びせてゆく子供が、あんな顔をしていた。

あの子が、あんな風に苦しむのを見たら、さぞ面白かろう。

あっちの細長い紋様は、治子に食事を持って来るオババの顔だ。

いつも、この世の不幸を一身に背負ったような顔をしているが、殴ったり蹴ったりしたら、やはりあんな風に顔をしかめるのだろうか。いやいっそ、顔があんなに歪むまで、棒切れでひっぱたいてやったら、さぞかし面白いだろうな。

「へへ、えへへ、えへへへへ……」

なんだか楽しくなってきて、治子はへらへらと間の抜けた笑い声を上げた。目だけが、オババの手足をひっこ抜いて血まみれにしてやる残酷な妄想に興奮し、ギラギラ輝いていた。

あっちは？　あっちの顔は、いったい誰だ？

オジジだ。あの、大嫌いな、嫌らしいオジジだ。

「殺してやる。オジジ。お前も殺してやる。オジジは、あんな風にグチャグチャになって死ぬんだ」

へへへ、えへへへへへ、へへ。

だらしない笑いが、蔵の中に谺した。

オババ、オジジ……そして、そして……。

治子はこの二人に続き、不意にある人物を思い出した。

思い出したら、急に悲しくなってきた。

その人物が、あの天井の紋様のように、苦痛で顔を歪めるのかと思うと、居ても立ってもいられなくなった。

「オカカ……オカカ……」

母親のことだ。

「オカカ……オカカ……」

そう呼びながら、治子は泣きじゃくった。

オカカは、いつも泣いている。オジジとオババのせいで。オカカはいつも、あんな顔で、いや、あれよりもっと酷い顔で、涙を流しているんだ。

「オカカ……オカカア……」

治子は、妄想の中のオカカと一緒になって、ボロボロ涙を流していた。

「出せ、出せえ。オカカに会いたい。オカカに会いたいよう」

身体の痛みなんか忘れて、すっくと立ち上がっていた。

仁王立ちして泣きわめきながら、ひとしきり地団太を踏んだ。ジタバタと、床を踏み抜かんばかりのけたたましい音を立てた。

そのまま、壁に向かって突進した。

部屋の外に通ずる格子扉に向かって、全力で体当たりした。格子扉が、今にも破れんばかりに激しく震動した。

しかし、今まで何年にも亘って治子を閉じ込めて来た扉が、そう簡単に破れるわけがない。

今度は、外の道を見下ろせる格子窓に、突撃した。体当たりした後、格子にしがみついて、外に向かって叫び始めた。

「出してぇ。出してぇ。誰か、出してくれぇ……助けてくれ……オカカに会いたい。オカカに会いたい……」

あらん限りの声を振り絞って、外に向かって絶叫する。

格子窓の下を、傘を差した小作人の女房が二人、買い物の帰りで歩いていた。不意に聞こえ始めた叫び声に、いったんはびっくりして飛び上がったものの、すぐに声の正体に気付いて肩を竦めた。

「また、地主がたの治子かい」

蔵の中の治子の狂態を、知らぬ者はない。

「こげな者が生まれて、祟りたいねえ。政治さんが、あげんなことをしなさったき……因果が、こん子に報いてから」

「かわいそうなは、母親の清子さ。悪くもないのに、毎日泣いて暮らさにゃならん」

「一昨日も、蔵から抜け出して、赤子に食らいついたってでしょうが」

「うんうん、あのタミ子が子守しよった」

「普通なら、駐在が連れてくか、病院に強制入院さするところを、大地主の政治さんが面倒ば見よるでしょうが。ステッキでさんざん殴られただけで、ああして平気で、また蔵の中に入っとおとよ」

「判っとらんとたい。自分のしでかしたことを」

「清子は、あげん立派な人格者なとに、どうしてこげんな子が」

二人は、そのことについてこれ以上おおっぴらには語ろうとしなかった。当の大地主の屋敷の真ん前で、その主の悪口を言うのは、さすがに躊躇（ためら）われたのである。

3

朝の四時間目、歴史の時間だった。

もうすぐ、十二時になる。弁当の時間まで、もう十五分。大介は腹が減って、目が回りそうだった。

小作人の家の子ながら秀才で、このままゆけば県立中学に入り、ひょっとすると高校、大学まで……そう噂される級長の大介だが……しかしいかな秀才でも、腹は減るのだ。

清子先生が、大日本帝国の版図について、話してくれている。

日本軍は真珠湾奇襲攻撃の大戦果の後、沖縄から南へ、南へと飛び石伝いに勢力を拡大し、今や東南アジアを支配下に置いている。フランスやイギリス、オランダの暴政に苦しんだ現地の住民たちを解放して、日本人は今や、アジアの英雄だった。北に目を向ければ、樺太からさらに北のアリューシャン列島にも手を延ばし、今やアラスカからもアメリカを狙う勢いだった。

「ほら、みなさん、見てごらんなさい」

清子先生は、きれいな標準語を話せる。まるで、東京から来た人みたいだ。ちゃんとお化粧もしているし、そうでなくとも綺麗な先生だし、大介は清子先生に、ほのかな憧れを抱いていた。ハイカラで頭がいいのも当然で、東京の高等女子師範学校を優秀な成績で卒業しているとのこと。

先生は、あの土田の大地主の親戚なのだそうだ。不思議な気がする。まさに代々の土着の大百姓土田の家に、どうしてこんなに垢抜けた、頭のいい女が生まれたのだろう。

大介ばかりではない。大介の親たちも、近所の小作人たちも、それをしきりに不思議がっていた。みんな土田の当主、政治のことは良く言わなかったが、清子には同情的だった。

良くできた女子だと、評判が良かった。

「地図の赤いところは、今は日本の勢力下にある地域です。こんなに広いんですよ。ほら、中国の方を見ても、ソ連なんか、もう時間の問題でやっつけてしまえそうですね」

しかし、いつになったら飯が食えるのだろうか。そんなにお国が大きくなっていると言うのに、弁当のおかずが梅干や、タクアンばかりというのは、どうしたわけか。

大介は先生の話など、ほとんど耳に入らなかった。チラチラ時計を見て、お昼のドンが鳴るのを待つばかりだ。

「お前は、学校へゆかして貰えるだけ、幸せなどぞ」

父親は、口癖のように言う。

もう田植えは終ったものの、稲が成育するまでの手入れや、それと平行して作っている野菜類の手入に、農家は人手が足りなくてヒーヒー言っている。四月から十月までは、農家の子供は家の手伝いに忙しくて、とても学校になど行っていられないのである。

ましてや今は戦争中だ。農家の若い者は、何人も戦争に取られている。小学校は義務教育だが、この非常時なので、学校に行かない子がいても、それを煩(うるさ)く責める者はいなかった。

今日も、二十五人いるはずのこのクラスに、来ているのは十八人だけだった。

大介のウチも農家で、兄が戦争に行っているから本当は人手が足りなくて大弱りだ。しかし父は、こういう御時世だからと、世の中がどう変わっても生きてゆけるように、大介には学校に行かせている。

それは有り難いのだが、しかしこう腹が減っては、学校なんぞで行ったことも見たこともない世界の話を聞かされるより、米や野菜を作る方がずっと大事だと思えて来る。

子供心に理想と現実のギャップを思い知りつつある大介だった。

さあ、もう五分の辛抱だぞ。

大介は、前の席の、窓際に座っていた。

ふと、外が気になった。

窓の外は、校庭だ。クリーム色の真っ平らな敷地が、彼方まで続いている。彼方には、学校と外を仕切るブロック塀と金網があり、その向こうには山並みが連なっていた。

山並みが、青々と聳えている。

クリーム色の真っ平らな地面に、見慣れぬ何かがいた。

思いがけないものだったので、大介は自分の目が信じられず、口をポカンと開けて見つめてしまった。

人間だった。

走っている。手足を精一杯大きく動かし、必死で走っている。

人間？　走り方は、まるで獣だ。逃げ惑うような、切羽詰まった雰囲気があった。

「……おんな？」

獣みたいで、ボロボロの着物を羽織っているが、それはまぎれもない女だった。長い髪を、ライオンのように振り乱している。ガニ股でジタバタ走っており、一足ごとに着物の裾がめくれるので、足が太腿まで露わになる。そのふっくらとした毛の薄い肌の様子は、まぎれもなく女のそれだった。

………うおおおお………

そんなような蛮声を張り上げ、こちらに向かって来る。

「だ、誰か来る」

大介は、清子先生に教えようとした。

しかし大介が教えるまでもなく、教室にいる生徒の皆が、このおかしな女に気付いていた。

清子先生も、もう判っているらしかった。

ただ、先生の様子は、生徒たちと違っていた。

生徒たちは純粋に、驚きと好奇心だけで校庭を走る女を見つめている。しかし清子先生の表情には、驚きよりも、恐怖の色が顕れていた。

清子先生は、まだドンが鳴らないのに講義をふっつりと止め、吸い寄せられるようにフラフラと窓辺に歩いていった。

窓ガラスがなかったら、先生はそのまま外まで歩み出たに違いない。両手をだらりと下げ、目を大きく見開き、校庭の一点を見つめていた。

先生には、すぐにその女の正体が判ったらしかった。ぼんやり開いた口から、その女の名前を漏らした。前の席の窓際にいる大介には、その言葉をかろうじて聞き分けられた。

「……ハルちゃん……どうしてここへ」

ハルちゃん?

そうだ、治子だ。あの、土田のお屋敷の蔵の中で、いつも泣いたりわめいたりしている。そして時々、蔵から抜け出て悪さをする、治子だ。

クラスのみんなにも、あれが治子だと判ってきたらしい。

「あ、治子……また蔵を抜け出してから」

「ほんなこつ、ありゃ、治子たい……治子が、なし学校やら……」

「あやつも、勉強したいとやろ、ははは」

治子が蔵を抜け出したら、必ず一騒動起こる。ついこの間も、安喜さんのところのミッちゃんに齧り付いて、大怪我をさせたばかりだ。子守のタミ子は、あれ以来気が狂ったようになってしまった。

「キ××イは、伝染するとばいねえ」

村の衆は、そう言って感心している。

今日は、単調で退屈な学校での生活が、治子のおかげでちっとは面白くなりそうだ。子供たちは、もう少しで昼休みだというのも忘れて、窓辺に群がりわあわあ騒ぎ始めた。

………うおおおお………

治子の、凄まじい雄叫び。

治子が右手に、何か握っている。光る物だ。

「おお、治子、刃物持っちょるぞ」

「ほんなこつ。包丁やなかね」

「そうたい、包丁たい。治子が包丁持って、こっちに走って来よるぞ」

「殴り込みばい。治子の、××尋常小学校への殴り込みや」

授業中は死んだように静かな生徒たちが、この時とばかりにはしゃいでいる。

確かにあれは包丁だ。大介はさすがに、怖くなった。間違いなく、治子は誰かを刺してしまうだろう。

誰を？　手当たり次第だ、きっと。

「……先生」

級長の大介としては、先生に指示を仰がないわけにはゆかない。しかし肝心の清子先生は、凍り付いたようになっている。

「……ハルちゃん」

先生のその口調が、大介は気になった。まるで親しい者に呼び掛けるような言い方をするではないか。

そりゃ確かに、治子は土田の家の子だ。土田の親戚の清子先生にとっては、治子は他人ではあるまい。しかし、清子先生の今の言い方は、ただの親戚というだけでなく、もっともっと情の籠った何かが、感じられたのである。

不意に先生が、きっぱりと行動を起こした。

窓を開けた。そして、治子に向かって、怖い声で呼び掛けた。

「治子、帰りなさい。おうちに、帰りなさい。ここに来てはいけないって、いつも言ってあるでしょう！」

治子の身体が、走る姿勢のまま、一瞬だけ硬直した。

窓から身を乗り出す清子先生の姿を認め、目を丸くした。そして、顔をくしゃくしゃにして叫んだ。

………うおおおお………

ひときわ気合いの入った雄叫びだった。その叫びが、大介には「オカカアアア」と聞こえたのだが、気のせいだったろうか。

清子先生の呼び掛けが、誘い水になった。治子は走る方向を、大介たちの教室にはっきりと定めた。

それから起きた一連の出来事は、まさに悪夢だった。

誰も止める暇がないままに、治子は大介たちの教室に、清子先生の開けた窓から飛び込んで来た。そして清子先生に、体当たりを食わせた。

二人は一塊りになって、板張りの床に転がった。

「オカカア」

治子はわめき続けている。それに対して清子先生は抵抗もせず、されるままになっていた。

治子は清子先生に組み付きはしても、不思議に包丁で刺そうとはしなかった。

その一瞬後、他の教室から、国語の倉本と体育のカニ先生が飛び込んで来た。そして、組み合う二人を、引き離そうとした。

「オカッカカカアア」

治子は、叫んだ。いや、顔を涙でグシャグシャにしていたから、泣いていたのかも知れない。

カニと倉本に無理に引き離されそうになって、初めて治子は本格的に暴れ始めた。

カニの腕に、包丁が付き刺さった。カニが、ひるんだ。倉本は、自分も刺されるかとびっくりして、治子を放した。

治子は、包丁を振り回し、オイオイ泣き叫びながら、教室を走り始めた。机の上に飛び上がり、椅子を蹴散らし、包丁を振り回す。

こうなったらさすがに、生徒たちも面白がってはいられない。悲鳴を上げて逃げ惑う。

「外、外、外に出な、つまらんばい！」

大介は、生徒たちを教室の外に出そうとした。しかし教室中がパニックに陥っており、誰もそんな言葉など聞いていなかった。

治子が、この大騒ぎに興奮し、そもそも何しにここに来たのかも忘れて、発作的に包丁を投げた。

包丁は、きれいな放物線を描いて飛んだ。その包丁のキラキラ光る切っ先を、大介は口をあんぐり開けて見つめていた。

包丁は、今日は珍しく学校に来ている、おデブのカズ子の大きなお尻にプッツリと刺さった。カズ子は「ギャッ」と物凄い悲鳴を上げ、白目を剥いてひっくり返った。

もう治子の手に包丁はない。腕の傷にもめげず、この時とばかりにカニが治子に飛び付いた。倉本も、それに習った。

しかし大の男二人掛かりでも、治子を取り押さえるのは難しかった。

「オッカアアアアア」

治子は雄叫びを上げ、男二人を引き摺ったまま、まだまだ教室を走り回ろうとする。

騒ぎに決着を付けたのは、清子先生だった。

ショックから立ち直り、いつものきっぱりした清子先生に戻っていた。

つかつかと教室を横切って、治子の前に立った。

清子先生が近付くと、治子は走るのを止めて、また顔をクシャクシャにした。

「オツカアアアア」

両腕を振り上げ、泣きわめいた。

大介も他の皆も、清子先生がその腕に殴り倒されると思った。思わず目を閉じてしまった。

……バッチイイイイン……

けたたましい平手打ちの音。

目を開けてみると、叩かれたのは清子先生ではなく、治子の方だった。先生は治子に、強烈な平手打ちを一発、かましたのである。

全く思いがけない事態の展開に、カニも倉本も、生徒たちも、治子でさえその場に硬直した。

教室を一瞬、いいようのない緊張した沈黙が支配した。

「ホギヤアアアア」

治子の号泣が、沈黙を破った。泣きながら、その場にしゃがみ込んでしまった。

騒動の終りだった。


いったい何がどうしてそうなったのか、まだ子供だった大介には理解できなかった。いや、大介に限らず、同級生の誰にも理解できなかった。


判っているのは、この事件を機に、清子先生が学校を辞めて、東京に行ってしまったことだけである。そして、治子は本当は清子先生の子供なのだという驚くべき事実を、大介は大人たちの会話から聞くともなく聞いた。

不思議だった。

そう言えば確かに、治子の親が誰なのか、聞いたことがなかった。誰もそれを話さなかった。

清子先生が母親だったのなら、なぜ一緒に暮らしていなかったか。

また、母親がいれば、父親もいるはずだ。両方揃っていなければ、子供など生まれるはずがない。しかるに、清子先生は独身で、旦那さんらしき人物などどこにもいなかったが、
それなのにどうして、子供がいるのか?

治子はきっと、清子と政治の間にできた子なのだろう。

そう見当がついたのは、大介が高校を卒業する頃のことだった。

村では政治の評判が凄く悪く、清子先生は同情を集めていた。きっと政治は、美しい妹の清子を無理やりに……治子は、そういうあってはならない関係から生まれ

た子だから、蔵の中に閉じ込められていたのだろう。

そう考えると大介はようやく、あの奇妙な一家とそれに対する村人の態度が、納得できるのである。

あれからしばらくして、戦争が終った。そして高校に進学したのをきっかけに、大介は村を出たのだが、いつからかふっつり、蔵の中のあのおぞましい叫び声を聞かなくなっている。

治子の身に何があったのか、大介は何も聞かされていない。


（了）

第二部　人外幻覚境

第二部では、グロテスクな幻覚・幻影の物語を集めた。

〈幻夢城〉の第一話である「鬼になった青年」(《小説CLUB》一九九一年十二月増刊号)は、覚醒剤の幻覚で自分が鬼になったと信じ込んだヤクザの青年が主人公。惨殺と近親相姦の描写に作者の筆が冴え渡っている。

「ありふれた手記」(一九九三年六月増刊号)には、アルコール依存症患者の見る、自分の体が崩壊していく奇怪な幻覚が、鮮烈に描かれている。主人公の苦しみに、作者自身の闘病体験の反映を見ることもできるだろう。

さらに作者自身の内面に踏み込んだのが「夢見る権利」(一九九三年十二月増刊号)。小説家の苦悩や孤独と、繰り返し見る生々しい悪夢への憧憬を描いた本作は、作者が夢野久作とともに敬愛する、江戸川乱歩へのオマージュでもある。

夢見る権利

1

「バブルが終わったせいかな」

神崎は、大小の文字を殴り書きした大学ノートから顔を上げると、ぼんやりと窓の外を眺めた。

抜けるように青い空に、綿を思わせる柔らかい雲の塊りが一つ、二つ……隣りの家の屋根に、暖かそうな西陽が当たっていた。

部屋に籠って原稿なんぞ書いているのが、馬鹿らしくなるような好天気だった。

「……夕方か、もう」

何とも落ち着かない気持ちで、溜め息をついた。

神崎賢治は、作家である。字を書くばかりでなく、本を読んだり映画を見たりも、幼い頃から大好きだったので、評論やエッセイも書いている。大して有名ではないが、まあこの職業で食べていけてるので、原稿書きとしては成功した部類に入るだろう。

しかし、最近は……。

今、書いているのは、本当は一週間ばかり前に編集者に渡しておかなければならない、短編小説だった。

エッセイ等の他の短い原稿とか、日常生活上の雑事とかをあれこれこなしているうちに、今日になってしまった。

で、朝からこうして机に向かって、何か書こうと努力はしているのだが、まだプロットも出来ないうちに夕方になってしまった。

俺は今日一日、何をしていたのだろうか。

何しろ締切りをとっくに過ぎている原稿なので、朝起きてただちに仕事にかかろうかと思ったのだが、その前につい、朝飯を食ってしまった。成り行きで、そのまま女房の世間話に付き合ったり、子供とビデオを見たりしていたら、午(ひる)近くになった。

こりゃいかんと、本気で気を引き締めて机に向かったところで、実にタイミングよく催促の電話。人間、何が気勢を削がれるといって、まさに今からしようとしているところで、ヒョイと無神経に後押しされるほどメゲることはない。ほどなく昼食タイムとなり、気分直しに車でそこいらを一周して、再び気を引き締めたら……ほら、もう夕方だ。

これは何も、今日に限ったことではない。ここ数年ずっと、こんな調子でデレデレと生きているような気がする。なんで、こんな風になってしまったのだろうか。ふと、それを考えると、

「やはり、バブルが弾けたせいなのかなあ」

という安易なぼやきに、落ち着いてしまうのである。

今から五年ばかり前、バブルの真っ最中には、こんな風ではなかった。

毎月、連載小説と短編とを合わせて、五本がとこ書いていた。それに、評論やエッセイの原稿がまたワサワサあった。これら雑誌の原稿だけで月に四百字詰の原稿用紙で三百枚近く書いていた上に、毎月のように書き下ろしで小説の単行本を出していた。

今からは考えられない、莫大な量の仕事である。

効率良くこれをこなすために、夜の九時に蒲団に入り、朝の三時か四時に起きた。そして昼の十二時頃まで、狂ったように原稿用紙のマス目を埋め、それから映画の試写とか編集者との打ち合わせに出かけた。夕方に帰って来て一服し、本を読んだりビデオを見たりして、夜九時まで過ごし……。

判で押したように毎日、これを繰り返した。

日曜も、盆も正月もなかった。

当時はまだ独身で、独り暮しだった。正月など原稿を書いていて、ふと、自分がもう数日間、誰とも口をきいていないことを思い出したりした。そして、もし世界の終わりが来て、地上から人間が誰もいなくなっても、自分はそれに気づかず、こうして原稿を書いているのではないか、などと思ったりした。

言いようのない寂寥感を覚えたが、しかしそれで良いのだ、已むを得ないのだと思った。

自分は、現実の世界に生きているのではない。自分の造っている、架空の妄想に生きているのだ。原稿書きたるもの、究極は、霞を食って生きていけなければ、本物とは言えない。そうも思った。

原稿書きになりたいと思ったのは、それよりさらに十年ほど前、大学生の頃だった。

大学在学中に、商業誌で短編小説を活字にしたことがあった。自分の書いた物が活字になり、第三者の目に触

れ、しかも原稿料まで貰えるなんて……夢のようだった。

その味が忘れられなくて、どんな会社にも二ヶ月と腰を落ち着けられず、ちまちまと売れない原稿を無理矢理に売って、日々を過ごしていた。

そんな神崎にも、ようやく本を出す機会が巡って来た。不思議なもので、本というのは一冊出るまでが大変なのだが、一冊出るとそれが〝実績〟となり、二冊目、三冊目は簡単に出せる。そして、二冊も三冊も出れば、四冊五冊……十冊と、どんどん出てしまう。

それに、バブルが重なった。出版社はどんどん雑誌を創刊し、単行本の点数を増やすので、仕事は一気に増えた。

嬉しかった。神崎に出来ることは、他に何もない。楽しみも、他にない。趣味と実益が完全に一致したわけで、毎日々々、浮かれて原稿を書きまくった。

こういうときも楽しそうに、笑いながら書いていたように聞こえるかもしれないが、それはちょっと違う。原稿を書くのは、スポーツの陸上競技とか水泳に似ている。あるいは、語学の修得にも似ていようか。つまり、黙々と努力を積み重ねなければならない。その努力すること自体が楽しいのだ、とでも言おうか。

まあ、マゾっ気がないと原稿書きにはなれんわなあ。

文字を書くという作業は、緊張する。ましてや、白紙の原稿用紙に、ウソをもっともらしくデッチ上げるという作業は。

神崎は、もっとも忙しかったあの時期、書くという行為に伴う緊張と、締切りのプレッシャー、もし書けなくなったらどうしようという不安に、歯茎がパンパンに腫れ上がることがしょっちゅうだった。物が食べられないどころか、電話で人と話をするのも苦痛。横になると痛みがますので、眠るのも難しくなった。

「こりゃ、ちょうどいいや」

そう開き直って、食事や打ち合わせの時間を削り、眠るのも止めて、原稿を書き続けたりした。

あの頃が自分の、原稿書きとしての青春時代に相当しようか。

あの頃に比べると、今は仕事が激減している。

本当に、バブルが終わったせいなのだろうか？

実は、そうではないことを、神崎は薄々気づいていた。

原稿を書くには、デーモンに憑かれる必要がある。

そして、デーモンを呼び寄せるには、こちらが自分の精神を、そういう状態に持ってゆかなければならない。朝から晩まで原稿のことしか考えなかった昔は、まさにそれにふさわしい状態に陥っていたのだと思う。

それに比べて、今はどうだ。

昔の神崎は、本と映画以外のことには、まるで興味がなかった。衣食住には全く頓着せず、スキーだゴルフだのレジャーにもまるで興味なし。海外旅行など、とんだ金の無駄使いと考えていた。

それが今では、格安ツアーを見つけては、せっせと海外に出て遊ぶ。スキーとゴルフはおろか、スキューバ・ダイビングまで始めた。いい年齢（とし）をして、ようやく車の免許を取り、せっせと乗り廻している。

挙句に結婚して、子供まで出来た。おまけに何より困ったことに、神崎賢治は女房と子供を、他の何物よりも愛してしまっているのである。

原稿を書き、本を読み、映画を見ることだけが楽しみだった昔と、何という違いだろうか。今は女子供が筆頭で、二にレジャー、三に海外旅行、四、五がなくて、六にようやく仕事という感じだ。

こんな状態で、デーモンが降りて来るはずがない。そもそも自分には今、本気で原稿を書く意志があるのだろうか。

こう問い詰められると、

「……な、ないかもしれない」

おずおずと、そう答えてしまうであろう自分が、今の神崎賢治には何より恐ろしかったりする。

さすがに最近は、そんな自分に焦りを感じはじめている。

女房子供がいる上、そんなに遊んでばかりいれば、当然、昔に比べればはるかに金がかかる。それでいて、仕事は激減しているわけで、つまり、経済的に行き詰まるのは、もはや時間の問題。

いや、はっきり言って、もう行き詰まって来ている。

デーモンが憑いていた頃には、仕事をするばかりでほとんど使わなかったから、金が余った。どんどん貯金が増えた。それを使い潰す格好で今まで暮らして来たのだが、その貯金ももう底をついている。

神崎は女房を、原稿書きという商売が、いかに元手がいらず遊んでばかりいられるかを強調して、口説き落とした。しかし現実には、子供が生まれて本当に金が必要になった時には、使い尽くしていた。おまけに当の本人は、遊ぶことばかり覚えて、ちっとも働かなくなったとあっては……。

ここ一年ほどで夫婦仲も、急速に悪化している。

原稿書きは、家でする仕事である。おまけに、えらくメンタルで神経質な職業と来ている。夫婦仲が冷えて来たりすると、ますます仕事の能率も、質自体も落ちてしまう。

神崎賢治はもう一年以上も、気の晴れない鬱々とした日々を過ごしていた。

何とかしなければ——しかし、打開策が見つからない。

結局、

「バブルが弾けたせいかな」

そう考えて、諦めてしまうのだった。

2

そんなある日ふと、神崎は夢を見た。

灰色の空の下に拡がる、荒野の夢だった。

赤茶けてひび割れた大地が、デコボコと続いている。

大小の岩で出来た大地で、ところどころ岩が、それ自体がまるで建物でもあるかのように、剥き出しに転がっていた。

建物……まさに、建物という感じの岩だった。中には塔のように、一直線にそそり立っている物もあった。

草は、全くない……いや、子細に見廻すと、少しは生えている。あちらの岩陰にポヨポヨ、こちらの岩の継ぎ目にポヨポヨ。麺のように細くて黄緑色の草叢で、今にも蠢きそうで何とも気色が悪い。

樹もある。大地のはるか彼方まで、尖塔のように岩がそそり立っているのだが、よく見ると、それらの岩の幾つかは、樹木だった。

その証拠に、天辺のあたりに、葉叢の傘が拡がっている。そして、風に吹かれて、ざわざわと蠢いていた。

風に吹かれて？　しかし、地べたに佇む神崎には、風の気配など伝わって来ない。ひょっとすると、上空にだけ風が吹いているのだろうか。

歩きながら観察するうちに、やはりそうではないことが判って来た。

なぜなら、樹木によって、葉叢のザワめき方が違っているからだ。あちらの樹の葉叢は右に揺れているが、こちらは左に波打っている。手前のあの樹は向こうに葉を打たせているが、その樹の葉叢はそっち向きだ。

ひょっとすると、樹が生きているのだろうか。いやいや、植物だって当然、生命を持っている。そうでなく、動物的な意味で、これらの樹は生きているのだろうか。自分の意志で葉を動かしたり、あるいは移動したりもできるのだろうか。

神崎はそれを思った瞬間、背筋が冷たくなった。

とすると、岩場のあちこちにポヨポヨ生えている草叢だって、神崎が想像した通り、動くに違いない。

ひょっとすると一定の距離以上に近づくと、跳びついて来たりして。あの樹々にしても、葉叢の傘の下に入ると、上から網か蜘蛛の巣みたいなのが降って来て、神崎を絡め取るんだったりして。

この広大な、荒涼とした大地に、神崎賢治は唯一人でいる。周囲は奇怪な岩と、植物だらけだ。

神崎は、深刻な死の恐怖に、チビリそうになった。

不意に、目が覚めた。

チビリかけたのも、当然だった。現実に神崎は、尿意を催していた。


秋も深まっていて、夜は冷える。特にこの郊外のマンションは。

蒲団から出るのが苦痛で、神崎はしばし躊躇した。しかし、これぱかりは、我慢してもどうなるものでもない。

一大決心をして蒲団を出ると、トイレに行った。寒さに身体が縮こまっているせいもあって、自分でも驚くほどの量の小便が出た。

若い頃は、尿意で目覚めるなんてことはなかった。トイレが近くなったら、もう年寄りの証拠だというが……

なるほど自分はもう、四十歳を過ぎている。

おかしなところで、自分の年齢を実感した。

蒲団に戻った時には、すっかり目が醒めていた。

時計を見ると、朝の四時二十五分。

なるほど、夜明け前の、一日で最も空気が冷たい時間帯ではないか。

温かい蒲団の中にいるというのに、身体がまだ震えている。

隣りにいる女房に、へばりついた。

温かった。

こういう時には、結婚して良かったと、心から思う。

人間というのは、自分たちが思っている以上に即物的で、動物的な存在なのだ。

賢治が抱きついたせいで、女房が目を覚ましかけた。

「なによ……どうしたのよ」

呻くように言った。

神崎は、さも嬉しそうに答えた。

「夢、見たんだ」

女房は、呆れて返事もしなかった。

「変な、怖い夢なんだ」

女房は、さも迷惑そうに賢治に背中を向けた。

「そう、良かったわね……さっさと眠って、続きを見なさいよ」

冷たい返事だった。が、当然だろう。安眠を妨害されれば、誰だって怒る。

女房は、「なんだ、また淫夢でも見たのかと思った、急に抱きついて来たりするから」とか何とかぶつぶつ呻きながら、再び眠りに落ちていった。

「夢、見たんだ。生々しい夢でさ」

神崎は、半ば独り言のように、呟き続けていた。

全くの話、夢なんか見るなんて、何年振りのことだろうか。

いや、見てはいるのだろう。が、夢というものに興味を持たなくなって、ずいぶんになる。夢に驚くなんて、何年振りどころか、何十年振りのようにすら思えるのだ。

不思議なものである。

子供の頃の神崎は、〝宵っぱり〟と大人たちに呼ばれるほど、寝つきが悪かった。

高校生の頃も大学生になっても、ベッドに潜りこんでから眠りに落ちるまで、一、二時間を要した。どうかすると、眠れぬまま朝を迎えることも、少なくなかった。

そして、よく夢を見た。自分でも夢に深く興味を持ち、フロイトやユングの精神分析の本を読んだり、夢日記をつけたりした。考えてみれば、神崎が初めて書いた小説は、夜に見た夢を綴り合わせた代物だった。そう、いかにも高校生や大学生の書くような、あの〝実験〟的なつまらない代物（しろもの）である。

学生というのは親がかりで生きており、現実の実社会とは関わりを持っていない。その分だけ、現実生活にはあり余るエネルギーを発揮できず、〝夢〟という空想妄想の世界に生きるのかもしれない。

確かに、神崎が夢から興味を失ってゆく過程と、現実生活に社会人として根を下ろす過程とは、平行していた。

そして、寝つきの悪かったのが、嘘のようだ。今では日々の生活の疲れで、蒲団に潜りこむやコトン、眠りに落ちてしまう。夢も見ないで、あるいは夢になど見向きもせずに、昏々(こんこん)と眠り続けているのではないか。

今、賢治の隣りで、女房が眠っているように。

なぜか今日は、神崎は明け方に、目が覚めてしまった。何だか目が冴えて、眠れそうにない。

しかも、夢まで見ていたなんて。

近頃、めったにないことだった。

目覚める寸前に見ていた光景を、神崎ははっきり覚えている。

何という荒涼とした大地、そして、殺伐とした空の色だったろう。

灰色だった。色の濃いところと薄いところがあり、渦巻くようなダンダラ模様を描いていた。ただでさえ気持ちの悪い灰色斑なのに、さらに風で蠢いていた。流れるような、とぐろを巻くような、見ていると吸い込まれてしまいそうな蠢きだった。

しかも、えらく低い空だった。

灰色というより、鉛だ。それが、頭のすぐ上にあって、ずっしりと神崎の身体に重量をかけて来る。

首を縮めたくなる。気の滅入る空とは、こういうのを言うのだ。

ここ数年、旅行づいている神崎は、たびたびロンドンを訪れている。ヨーロッパ旅行の起点には、ロンドンが一番便利だったからだ。

冬のロンドンの空が、こうだった。二百年以上に亘り、世界中から富を絞り上げた祟(たた)りではないのか。悪霊というか悪想念というか、それが上空に渦巻いているのではないか。そう言いたくなるほど、ロンドンの空は重苦しい。まさに、イギリス経済の停滞振りと、イギリス人の頑固さを象徴するような空の色だった。

そうは言いながらしかし、神崎賢治はそんなロンドンが好きだった。

鉛色の空。厳(いかめ)しい石の建築物。そのくせ、公園だけは素敵に可愛らしく、道路の汚れようと対照的に清潔である。

そして、ビクトリア朝様式とかジョージ朝様式とかの、可愛らしい家並み。

あんな家に住めたらいいなあと、ロンドンの住宅街を訪れるたびに思ったものである。

あの夢の風景に、ビクトリア朝の屋敷は、似合わないだろうか。

夢の風景とイギリスと、空の色はそっくりだが、大地は違う。イギリスの田園風景は、濃い緑がなだらかな傾斜を描き、そこここに森の拡がる、整然と美しいものだ。夢に見た、あんなゴツゴツとした風景とは違う。

夢のあの風景は、イギリスというより、SF小説に出て来る異星のそれだ。

しかしそれでいて、あの殺伐とした大地に、神崎はイギリスを重ねてみたくなってしまっている。

神崎はまだ行ったことはないのだが、スコットランドのどこかに行けば、あんな光景に出会えるのではないか。そんな風に思ってみたりもした。

3

あれから三日間、いつに変わりなくのんべんだらりと、時が過ぎていった。相変わらずの、食って糞して眠る、それを繰り返す日々だった。

しかし三日目の晩、神崎は再び、例の荒野に戻っていた。

二度目のせいだろうか。もう、この前ほどの恐怖感はない。いや、二度目のせいというより実は、今回は尿意を催なかったというだけなのだと思うが。

蠢く草叢や樹木の傍を、のんびり歩いていた。

ずいぶん長いこと、岩と岩の隙間を分け入り、よじ登り、這いつくばって進んでいる。

この世界には、太陽がない。だから、物には影がない。太陽がないとは、光がないということなので、それなのに目が見えるのは不思議なのだが……きっとこれは、霊的な世界なのだ。霊的な光を自分は、霊的な目で見ているのだ。

太陽がないから、時間を測る術がない。だから、いったいどれくらいこうして歩き続けているのか、神崎には見当がつかなくなっていた。

ずいぶん長いこと歩き続けているのに、途中、誰にも出会わなかった。人間はおろか、蠢く植物以外、生き物らしい生き物には全く出会わない。

この世界に生きている人間は、自分一人なのだろうか。

一人だけで、全き孤独のうちに生きているのだろうか。

そういう設定の話を、昔、小説で読んだことがある。そんな場合、主人公は大抵、大変な孤独感に苛(さいな)まれ、発狂したり自殺したりしたものだが。

神崎は今、その全き孤独のうちに、言いようのない歓びと安らぎを覚えていた。

人間は社会的な動物で、一人では生きられないなんて、大嘘のコンコンチキだ。俺は今、誰に気兼ねもなく、遠慮も気使いもいらずに生きられるので、ほっとしているぞ。どこで鼻糞をほじろうと屁をひろうと、小便しようと糞しようと、どんな馬鹿なことを大声で叫ぼうと、裸になってでたらめ踊りを踊ろうと、全く好きに出来るのである。

本当にこの世界には自分一人しかいないことを、神崎は今、強く願っていた。

空気は、温からず冷たからず。現世の空気に比べると質感があって、肌にまとわりつく感じだ。

そのヌペッというかスベッというか、空気の粘りの感触、抵抗感が、何とも言えず気持ち良かった。一物が、くすぐられるような快感に、屹立して来た。

いいや。

素裸になった。荒野の真ん中を、素裸で一物をおっ立てて歩く。

せいせいした。

空気のまとわりつくのを全身の肌で味わいつつ、一物を振り振り、でたらめの歌を歌い、下品な言葉をわめき散らした。

わめきながら、周囲を見廻した。

ふと、目に入ったものがあった。

はるか彼方に、黒っぽい塊りがある。

目を凝らしてみて、おやと思った。見覚えのある代物だったからだ。

はるか彼方なので、まだ点にしか見えない。が、神崎には、それが何なのか容易に理解できた。

全体が黒く影になっているが、二箇所から、まるで目のように光が洩れている。あれは、窓だ。

二つ、三角形に尖った物が、飛び出している。耳みたいに見えるが、あれは塔だ。

そして、二つの目の間にある〝口〟は、出入口のドア。

神崎がずっと憧れていた、ビクトリア朝様式の屋敷だった。

イギリスのビクトリア朝様式の建物は、動物の顔を連想させる。二つの尖った塔は耳で、窓は目、ドアは口。猫の顔だったり、犬の顔、馬の顔、山羊の顔だったり……動物を容易に連想させるだけに、可愛らしくて親近感がある。

今、神崎が目にしているのは、そのうち猫を思わせる奴だった。神崎の、ひときわお気に入りのタイプである。

神崎は、ふと立ち止まった。歌ったり怒鳴ったりするのを止めて、考え込んだ。

家があるということは、住人がいるに違いない。

自分以外に、誰かこの世界にいるらしい。

いったい、何者なのだろうか。人間か、それとも……。

小説でなら、これで孤独でなくなるわけで、それこそ狂喜するところだが、これは小説とは違う。

そいつは何者なのか。ひょっとすると、自分に危害を加える？　危害とまでゆかなくとも、孤独の快楽を妨害される……。

神崎のうちに、再び恐怖が目覚めて来た。チビリそうになっていた。

目が覚めた。

汗をびっしょり、掻いていた。おまけに、尿意も堪え切れないほど、高まっている。

外はすっかり、明るくなっていた。

枕元の時計を見た。

十一時近くなっていた。

昨夜はいつもより少し早く、夜中の一時頃に蒲団に入っている。とすると、途中で全く目を覚ますことなく、十時間以上も熟睡していたことになる。

なるほど、こりゃ、小便も溜まっているわけだ。

目覚めると同時にすっかり目が冴えて、神崎は蒲団から跳び起きた。パタパタと足音を響かせ、トイレに駆け込んだ。

背後から、女房の声が聞こえた。

「今日はまたずいぶん、ゆっくり眠ってたわねえ。遅くまで仕事してたの？」

カチンと来た。また、そういう嫌味を言う。仕事は、大して捗（はかど）ってはいない。いや、捗るも何も、頑張らなければならないほど、ありはしないではないか。

小便をしたら、ついでに糞もしたくなった。朝っぱらから女房の顔を見るのも癪なので、便座にしゃがみ込んだ。たった今まで見ていた夢のことを、改めて反芻した。気色の悪い夢だった。が、その気色の悪さが、いかにも夢らしくて魅力的だった。

荒涼とした岩だらけの大地にポツンと建つ、ビクトリア朝様式の屋敷――映画「サイコ」の、連続殺人の舞台となる屋敷と、形は違うが雰囲気はそっくりだった。

あの一軒家の中にはいったい、何があるのだろうか。神崎の脳裏を、昔に読んだ怪談の数々が、慌しく過(よぎ)っていった。

家は一見、小さい。が、内部は実は物凄く広い。数え切れないほどの部屋と通廊がつらなり、迷路と化している。

それもそのはず。何しろこの家は、異次元に通じているのだから。部屋の一つ一つがそれぞれ、異なって次元世界につらなっているのである。

それとも、江戸川乱歩の小説のように、この屋敷には変態の小人が住んでいるのかもしれない。屋敷の地下室には拷問部屋があり、地上から美少女や美少年を誘拐して来ては、虐める。拷問したり手術したりして醜く改造して、遊んでいる。

屋敷の一階や二階には、これら醜く変えられた少年少女たちが、手脚をよじり、顔を歪めて、苦悶して暮らしている。そして屋根裏部屋には、これらの出来事の一切合切を観察して楽しむ、怪人〝屋根裏の散歩者〟が巣食っているのだ。

この屋敷は、地獄に通じている可能性もある。地獄の悪霊ども、魑魅魍魎(ちみもうりょう)ども、鬼どもが、屋敷の地下にいる。そして、地上に溢れ出よう、溢れ出ようともがいている。

屋敷の中にはゾンビが群れていて、地獄の連中を地上に解き放とうと右往左往している。が、いかんせん、何しろゾンビは馬鹿なので、地獄に通ずるドアを開く術を、知らない。いたずらに、屋敷の壁や床を、掻き毟(むし)るばかりだった。

夢の中の荒野に建つ一軒家。あの中には、いったい何があるのだろうか――それについてあれこれと妄想するうちに、神崎は何だかウキウキと楽しくなって来た。

こんな気持ちになったのは久し振りだ。小説が売れ始めた頃、やたらに創作意欲に駆られた時期があったが、それ以来だった。

4

以来、神崎は頻繁に、夢を見るようになった。

夢に現れるのは必ず、あの屋敷だった。

夢には幾つもの、バリエイションがあった。

神崎は、屋敷に近づこうと、必死で歩く。本当は走りたいのだけれど、空気が手脚にまとわりつくので、走れない。重くてだるい足を引きずり、半ば転がるようにして歩いていた。

空気の肌にまとわりつく感触が、相変わらず気持ち良かった。そのせいで、一物はいつも以上に、そそり立っていた。

さらに、屋敷の中の出来事に対する、期待もある。もがき、這い進みつつ、神崎の脳裏を、変態で背徳的な行為の数々が、忙しく過っていった。血みどろの地獄、原色で毒々しい実験や手術の数々が、泡沫のように次々に浮かんでは消えてゆく。

その期待が、一物をますます猛り立たせてゆく。猛り立つばかりでなく、妄想の激しさが頂点をきわめたところで、脈打ちつつしきりに飛沫を吹いた。

これが現実の世界だったら、もう四十歳を過ぎた神崎の一物は、いったん飛沫いたところで、萎えてしまうに違いない。しかしここは、夢の世界である。飛沫いても飛沫いても、神崎の一物はより以上の刺激を求めて、ますます熱り立ちこそすれ、決して萎えることを知らなかった。

しかし——。

心意気が空廻りしている、とでも言おうか。神崎の元気一杯の身体の動きに反して、屋敷はちっとも近づいて来ない。

神崎は夢の中で、歯軋りをした。地団駄を踏んだ。拳固を握りしめ、両腕を振り廻して怒り狂い、吠えちらした。しかし、それでも屋敷は近づいて来ない。

そんな夢から目覚めた時は、神崎は全身にぐっしょり、汗を掻いていた。夢とは言え、夢見ている本人にとっては現実なわけで、精神的には相当に緊張しているのだろう。だが、疲労感はなかった。全身に、元気がみなぎっていた。

もう、朝起きてトロトロと時間を潰すなんて、そんな気になれない。

起きるや否や、もう寒くて水は冷たいというのに、バシャバシャと冷水で顔を洗う。そして女房子供に「お早よう」を言うのも忘れて、原稿用紙に向かった。

「……あ、あなた……朝御飯は……」

ぐうたら亭主の変貌振りに驚きつつ、女房がおっかなびっくり問う。

神崎は、心ここにあらずの口調で、吐き捨てるように言った。

「メシ？　いらん。昼メシと一緒でいい」

こんなきっぱりした口調で物を言うなんて、何年振りのことだろうか。

女房は、それこそ本当に久し振りに見る労働意欲に満ちた夫の姿に、しばし目を丸くして見とれていた。

頼もしいような、恐ろしいような……。

面白い夢に刺激されて、神崎は次々に新作のアイデアを思いついた。

何せここしばらく、本人に熱意が足りなかったので、書く小説はたいして面白くなかった。バブルが弾けたせいというより、むしろそちらの方のせいで、神崎の仕事は激減していた。

神崎の方も、頼まれた仕事を青息吐息でこなしていただけだったが。

夢を見るようになってから、二週間足らずだが、神崎はすっかり変わってしまった。

依頼のあった原稿を一ヶ月分、瞬く間に片づけてしまった。

そして今、頼まれてもいない書き下ろし小説に、取りかかっている。創作意欲で胸が、新しいアイデアで頭が、今はパンパンに脹れ上がっていた。

夢にはまた、こういうパターンもあった。

神崎は、苦もなく屋敷に辿り着いている。

が、屋敷の中に入って良いものかどうか、思い悩んでいる。

まだ内部を、見たことはない。が、内には地獄の沙汰が、待ち受けているはずだ。

地獄的な数々を想像するのは、確かに楽しい。が、想像するのと、その渦中に飛び込むのとでは、大違いだ。

ドアを開けて中に入ったら、神崎も地獄世界に仲間入りだ。で、獄卒とか、地獄の支配者になれるのなら、虐める側だからいい。自分はちっとも、痛くない。しかし、虐められる側になってしまったら？

一介の人間でしかない神崎賢治が、地獄の支配者たりうるはずがなかった。まず間違いなく、彼は地獄の亡者となる。

そんなの嫌だ。苦しくて、痛いばかりではないか。

一目でいいから、中を見てみたい。が、それに巻き込まれるのは嫌だ。

そう思うと、屋敷の傍からは立ち去りがたく、かつ、中に入る度胸も出せない。

どうしたものかと、屋敷の周りをグルグル、グルグル、巡り歩くばかりだった。そして、内部を覗く隙間か小窓がないかと、壁や岩の割れ目を探るばかりだった。

それで、いっそ何も見えなければ、諦めもつく。

ところが、見えるのである。ちらり、ちらりと内部が。何とも猥褻だったり、グロテスクだったりする光景の、一断片だけが見える。これが、据え膳を食わされるのにも似て、実に苛立たしいのである。

一階にも二階にも、窓が幾つかずつある。さらに屋根裏部屋というか、塔の部分にも窓がある。

〝幾つか〟と言って、数をはっきり言わないのは、屋敷を一周するごとに、窓の位置や数が変化するからだ。

想像した通り、屋敷の中はそのまま、異次元の世界に通じているらしい。世界の違う無数の部屋が、通廊が、連らなっているのだろう。

窓は、数や位置を変えるたびに、違った世界を垣間見せてくれる。

どの窓にも、緞帳（どんちょう）のように厚いカーテンが掛かっている。左右のカーテンの合わせ目が、これ見よがしにほんの少しだけ開いていて、そこからかろうじて中が見えるだけなのだ。

半人半獣が、絡み合っていたりする。おそらく、雄と雌なのだろう。ごつい、毛むくじゃらの身体のくせに、まるで骨がないみたいに柔らかくて、重力の存在を無視したおかしな絡み方をして、よがり狂っていた。

艶めかしい蛇女と人魚が、喧嘩しているのかセックスしているのか、互いの粘っこい肌をこすり合い、絡み合い、さらに牙で激しく噛み合っていた。

美しい女を大の字に縛りつけ、人間の男から雄犬から魔物までが数百匹、交代で犯していた。女の腹は、一物で激しく責められたせいで、膣がとっくに裂けている。

血肉汁ばかりでなく、小腸のとぐろまでが陰部からはみ出していた。

それでも死に切れず、雄どもの激しい責めに、日を白黒させ、口をパクパクさせて苦しんでいた。可哀相に、もう悲鳴も出ないらしかった。

二匹の鬼が、男の身体を棒を組み合わせて毬のように小さく押し縮め、拷問していた。

男の手脚の骨も、肋骨も背骨も、上下左右から強く圧迫されて、へし折れてしまっている。折れた骨の頭が、肉を裂き、皮膚を破って露出している。

不思議なくらい血糊の量は少なくて、おかげで、裂けた肉や皮膚のささくれを、克明に見て取ることができた。ギュウギュウと圧迫されるせいで、骨が挺(てこ)のように動き、そのささくれをリズミカルに伸縮させている。

人間毬にされた男は、コカインでも注射されているのか、意識を鮮明に保っていた。で、顔を真っ赤に染め、額に青筋を立てて呻っていた。

ギュウギュウ圧迫されて、口をひょっとこのように尖らせた。顔の赤味がひときわ増し、青筋が幾つもひときわ濃く浮き上がったかと思うと、嘔吐した。

嘔吐したのは、胃の内容物とか胃液とかではなかった。体内の物は、圧迫のせいでとっくに、口と肛門から排池されている。

今、口元からモリモリと吐き出されて来たのは、そうでなく、男の胃袋そのものだった。

神崎は、自分も胃袋を吐き出しそうな不快感を覚えつつ、しかし隙間から覗ける光景に釘づけになっていた。

他にも、窓からじっと、表情のまるでない目で神崎を見下ろす双児とか、おかしなものがたくさんあった。


夢から目覚める。

神崎の頭の中は、夢で見た数々の光景で、もう一杯になっている。

居ても立ってもいられない。

目覚めるや否や顔も洗わずに、神崎は原稿用紙に向かった。

長編小説のプロットをもう三本、造っていた。以前に付き合いのあった大手出版社に、これらのプロットをファックスで送りつけた。

「すぐに返事はできないけれども、これならきっと、上も納得しますよ。久々に力が入ってるみたいじゃないですか、神崎さん」

それが、各社の編集者の返事だった。

これらの返事に、神崎はようやく気を良くして、嬉しそうに、しかも自信に満ちて言った。

「そうでしょう？　また、気合いが入ってるんですよ」

——女房は、神崎が原稿を書く、鬼気迫る後ろ姿に、正直、恐怖の念を禁じえなかった。口にこそ出さなかったが、こう思った。

「あなた、変よ、最近。目つきが、とっても怖い……どうなっちゃったの」

きちんとした執筆依頼の返事を待ち切れずに、神崎はもう筆を走らせていた。

手が、勝手に動いて止まらないのである。

最近は毎晩、夢を見る。

夢の中には、必ずあの屋敷がある。そして神崎は、屋敷の中に入りたいのだけれど、どうしても入れずにいる。

入ったら、神崎は、自分が本当に創造したい世界のそのものを、発見できるのだろうか。それとも、何か、とんでもないものを見つけてしまうのだろうか。

その、両方かもしれない。創造したい世界そのものは、神崎賢治に致命的なダメージを与える可能性がある。真理とはたいてい、そうしたものだからだ。

神崎は、夢から醒め、原稿を書いている合い間に、ふと思う。

もし、夢の中で屋敷の中に入ったとしたら、そこが理想の場所であれ地獄であれ、自分はもう二度とそこから出て来れないだろう。

それが判っているから、入らずにいるのだ。

あるいは、出て来れなくなったらなったで、それはそれでいいかもしれないとも思っていた。


（了）

ありふれた手記

1

カーテン越しに射しこむ日が、暗くなって来た。また、日が暮れたらしい。

どのくらいの時間が経つのだろう。

目が覚めてから、暗くなって、明るくなって、また暗くなって明るくなった。そして今また暗くなりつつあるから……二日か、三日が経つ見当になる。

「……ふうん」

意外な気がして、感心したように溜め息をついた。その溜め息が、まるで密室の中の音のように、頭の中で反響した。

もう二日以上、眠らずにいる。

眠れずに、でなく、眠らずに、である。

眠くなったらいつでも眠れるように、床は伸べてある。眠るのを邪魔する者も、誰もいない。眠くならないのだ。いや眠くなるどころかどんどん目が冴えて来る。

最初に目が覚めた時には、頭が朦朧としていた。

完全に酔いの残った、重量級の二日酔いの状態。それも、酔いが廻っているならまだましだが、少しずつ酔いが醒めつつあるところなので、不快なことこの上ない。大酒を食らった翌日の寝覚めの気色悪さは、酒好きの人なら誰もが経験済みだろう。

しかしこの場合、単なる酒好きで、大酒を食らったという程度の問題ではないから、問題なのである。

ここ半年以上、アルコール気のなかった日は一日もない。特にここ二週間は、完全に酒漬けだった。

酔い潰れて眠った場合、熟睡するのは不可能である。仮りに八時間、九時間、眠り続けたにしても、それは昏倒していたとか、意識を失っていたというのに等しいので、眠っていたとは言い難い。その証拠に目を覚ました後も、睡眠後の心地良さはなく、全身にどんよりと疲労感が溜まっている。

それでもまだ、眠れるうちは良い。七時間、八時間と、死んだようになっていられるうちはましだ。

そのうち、意識を失えなくなる。

酔い潰れて眠って、三、四時間で目が醒めてしまう。

もちろん、まだ酔っている。何しろ酔っ払っているので、何も手がつかない。

どうしょうもないので、また飲む。瓶が空になったら、酒屋に走るか飲み屋に出向くかして、また飲む。

酔い潰れて眠る。
三、四時間で目が覚める。
言うまでもなく、もちろんまだ酔っ払っている。他に何もすることがないし、しようったって手につかないから……。

かれこれもう二週間、これを繰り返して来たのだと思う。二日前だか三日前だかに、この反復行動の延長上で、目が覚めた。

カーテン越しに、かすかな光が射しこんでいる。

薄ら明りだ。毛布の下から顔の上半分だけ出し、朦朧とした目差しで、その光を眺めていた。

今は、夜明けなのだろうか。夕暮れなのだろうか。光を見ただけでは、どちらだか判らない。

「まあいい、少し待っていれば判るさ」

頭の中で、誰かが言った。

その通り。待っていれば判る。だんだん暗くなれば、今は夕刻。楽しい夕刻。新宿の街に、ネオンがきらめき始める頃合いだ。さあ、景気付けに一杯引っかけて、身体の緊張をほぐし、外に出よう。

しかし、もし反対だったら。だんだん明るくなって来たら……地獄だ。夜明けだからだ。

部屋にはもう、酒は一滴もない。眠る前に、女房の買っていたクッキング・ワインもミリンも、飲み干してしまったからだ。この家のどこにも、一滴のアルコールも残っていないのである。

酒屋が開くのは、朝の八時半だ。家の近くのコンビニにはアルコール類は置いていないから、この酒屋だけが、頼りだった。

八時半まで、三時間はある。

酒が少しずつ切れてゆくのを噛みしめつつの三時間は、長い。永遠のように長い。

それを考えると、居ても立ってもいられなくなる。

毛布を被って、ぼんやりとカーテン越しの明りを眺めていた。

待っていたのは、地獄だった。カーテンの厚い布地に当たる光は、少しずつ明るみをましていったからだ。

溜め息をつくしかなかった。

酒屋が開くまでの三時間、どうしたら心を平静に保っていられるだろうか。

女房も母親も、まだ眠っているな。時々やらかすように、こっそり財布を持ち出して隣り駅まで歩き、そこのコンビニで酒を買うか。ただじっと待っているより、その方がずっとましだ。

しかし今は、その元気もなかった。

手足が疲れるようにだるくて、感覚がなく、起き上がる気にもなれない。

ふと、思いがけない声が、頭蓋骨の内に響き渡った。

「もう、止(や)めようぜ、酒は、なあ」

そうだな。

しみじみと思った。

三時間我慢するも、一生我慢するも、同じようなものだ。

一生飲まないと決めてしまえば、却(かえ)って気は楽になる。

酒に追い廻されるのは、もう御免だ。

「うん、酒はもう止めよう。ちょうど良い機会だ、これで終わりにしよう」

目をつむった。

眠ろうとかどうしようとか考えずに、ただ目をつむり、心を空白にした。苦しいことから逃れるには、心を真っ白にするのが一番だと、経験から良く知っている。

全身に、むずむずするような痺れが拡がってゆく。倦怠感、アルコールの切れてゆく不快感のあまり、意識が半ば朦朧となり、何だか目覚めたまま夢を見ているみたいだ。

手足が、背骨が、ずっしりと重い。他人の身体みたいに、感覚がない。半睡状態に陥ってゆくにつれて、ジュクジュク、ジュクジュク、まるで雑布から絞るみたいに汗が吹きでて来る。

汗じゃない。毒だ。何ヶ月、いや何年にも亘(わた)って全身に蓄積した毒を、今、細胞どもがうんうん呻きながら、絞り出している。この汗が出なくなったら、身体が回復しつつあるということだ。

もう限界だ——そう自然に思えるせいだろうか——この辺が潮時だ——そう納得しているからだろうか——つい昨日（いつのことだ？）までのアルコールへの飢えが、

ゆく。

嘘のように消えていた。

「もう、止めよう」

不思議なくらい、毛布を被ってじっとしていられた。アルコールへの飢えの代わりに、酒の切れてゆく怠さと痺れ、チクチクと針を刺すような疼痛が大きくなってゆく。

他にどうしようもないので、毛布を頭まで被り、胎児のように手足を丸めて、じっとしていた。

毛布の外から、声が聞こえた。

「あれ、お父さん、静かに眠ってるよ」

子供の声。

清一だ。

朝で、起きて来たのだろう。起きて酒を飲むでも酔って騒ぐでも、高鼾をかいてふんぞり返って眠るでもなく、死体のように大人しく横たわっている。そんな父親のめったにない姿に、この子は驚いたのだろう。

母親、つまり女房が、清一を慌てて部屋の外に出した。

「あら、ほんと……お父さん、今は大変なのよ。そっとしておいてあげましょうね。お父さん、これから大変なんだから」

女房も、経験から知っている。

そう、大変なのは、これからだ。

そのことを思うと……やれやれ……溜め息が、腹の底からこみ上げて来た。その溜め息にこもるアドレナリンの甘さに、ふと哀しくなって、毛布の中で涙がこぼれていた。

半睡状態がこうして、何時間続いただろうか。

半分眠ったままで、隣りの部屋から聞こえて来る音楽に耳を傾けていた。

打楽器を中心にした反復リズムの曲で、どこから始まったともどこで終わるともなく、大きくなったり小さくなったりしながら、いつまでも続く。プログレというかテクノというか、聞いたことのない曲だが、奇妙に耳に懐かしい。それに耳を傾けていると、心が落ち着く。苦しい時の経過も、気にならなくなる。

いつしか、時の経つのを忘れていた。

女房がこっそり襖を開き、様子を窺っている。死んだように動かないが、半ば起きていると知っていて、こう声をかけて来た。

「下着、替えますか。寝汗、凄いんじゃない」

こんなになっても、まだ見放さないで、面倒を見てくれようとしている。嬉しいというより、ひどい罪悪感を覚えて、泣きたくなった。

「いや、いい。どうせまたすぐに、ドロドロになるから」

久し振りに聞く、自分自身の声だった。

流しこみ続けたアルコールのせいで、風邪を引いたみたいに喉が荒れていた。舌がもつれて、うまく喋れない。酔っている時の方が、まだきちんと発音していただろう。

自責の念。ずっしり気が滅入る。

「この曲、なんていうんだ」

女房は、少し沈黙して、怪訝そうに言った。

「この曲？　音楽ですか？　別に、うちでは何も、かけてませんよ」

「いや、そんなはずは……ほら、これだよ、このリズムだよ……エンドレス・テープでかけてるみたいに、何度も執こく繰り返す……いい曲じゃないか。何て言うのかな」

「いや、うちじゃあ……わたしには、何も聞こえませんけど」

「ふうん……じゃあ、隣りの部屋かな。隣りの若い兄ちゃんのステレオかもしれん……お前、ちょっと、隣りに行って、この曲のタイトル、聞いて来てくれないか。今度、ＣＤを買いたい」

女房は、また少し沈黙して、言った。

「いやですよ、隣りとはお付き合い、全然してないんだから……それにわたしには、何も聞こえませんよ。あなた、幻聴じゃありませんか、それ」

「ふうん……そうか……幻聴か……幻聴かもしれんな……そういや確かに、変だものな。この曲、切れ目がない。切れ目なしに、何十分も何時間も、かかりっ放しだ。こんなに長いテープ、ありっこない……なんだ、幻聴か」

がっかりすると同時に、情けなくもなった。

大変なのは、これからだ。しかし、大変なことになりつつあると思う気持ちも、今は麻痺している。

「お前には、聞こえないのか。残念だな、いい曲なのに……聞こえるんだけどな、確かに」

再現不能の幻の名曲に耳を傾けるうちに、全身を包む痺れがますますひどくなり、うとうとと微睡んでいた。

2

びっくりして目を覚ました。

全身に、ぐっしょりと汗をかいていた。

ああ、嫌な夢を見たな。

そう思った瞬間、改めて大量の汗が全身に吹き出した。

本当に嫌な、気色の悪い夢だった。

顔面が、ぴりぴりと痛い。まるで、剃刀の刃を立てたみたいな痛みが走る。

顔に何が起きているのだろうか。慌てて鏡を見た。

顔全体に、縞模様が走っていた。

赤い縞模様だ。

刺青か？

違う。

肉が切れているのだ。肉が簾状に切れ、マグロの刺身みたいになっている。顔一面に幾重にもマグロの刺身が張りついているような案配で、何とも気持ちが悪い。

肉と肉の隙間が少しずつ拡がり、ふるふる震えている。

今にも剥がれ落ちそうだ。

――わっ、顔の肉が、刺身になって剥がれてしまう。

本能的に身を守ろうとして、両掌で顔面を包み込もうとした。

その瞬間、自分の両腕が目に入った。

腕にも痛みがあったのだが、どうりで。腕も、簾になっている。今にも刺身になって、取れてしまいそうだ。

肉片と肉片の合わせ目の奥、マグロの赤身肉の付け根のあたりに、赤と青の血管の走っているのも見えた。さらに、血管に群らがるように、白い小さな虫がモゾモゾと蠢いていた。

恐怖を覚えた。虫に、食われているのだ。

脚にも痛みがある。スウェット・パンツをはいているので、脚がどうなっているのかまでは見えないのだが。

恐る恐る、パンツをまくり上げた。

予測はしていたが、正視に耐えなかった。

ふくらはぎの肉がごっそり、マグロの刺身の連なりに変わっていた。熟し切ったザクロのように、今にもポロリと剥がれ落ちそうだ。

大声で悲鳴を上げた。

泣き叫びながら、身体の空中分解を止める術を求めて、部屋中を走り廻った。

やっと、清一の机の上にセロテープを見つけた。

セロテープを適当な長さに切ると、ふくらはぎに張りつけた。腕に張りつけた。顔面に張りつけた。それでも肉の分解は止みそうになく、痛みも収まらないので、泣きながらいつまでも、テープを張り続けた。

嫌な夢だった。目が覚めた今、振り返ってみても、ぞおおっと魂が底冷えする。

全身に吹き出た汗を、女房が枕元に置いておいてくれたタオルで、拭おうとした。

Tシャツもパンツも、毛布も蒲団も、もう汗でぐっしょり濡れている。まだまだ汗をかき続けるだろうとは思うが、さすがにこの辺でいったん、着替えたくなった。

顔が、変な具合いに強張っているのが判った。顔面ばかりか、腕も脚もパリパリする。

部屋は、暗闇に包まれていた。ということは、今は夜なのだ。周囲の静けさから察するに、真夜中。何も見えない。

なぜ、肌がパリパリするのか。嫌な予感がした。全身に寒気が走り、言いしれぬ恐怖を覚えた。

やっとの思いで這い起き、隣りの部屋に向かった。

襖を押し倒さんばかりにして開け、居間に入った。

電気をつけた。

まぶしい真っ白の光に、居間が包まれた。暗闇に馴れた目には、この光はまぶし過ぎる。特に今は、アルコールに麻痺して、瞳孔が開きっ放しになっている。

目の前に、女房の使っている姿見があった。

そこに、貧相な青白い肌の男が立っていた。

その男は顔にも腕にも、セロテープを幾重にも張りつけていた。

全身から音を立てて、血の気が引いていった。

呻いた。

「……夢じゃ、なかったのか」

その場で、踞(うずくま)った。

すぐ脇に、ソファがあった。

ソファの上で、毛布を被っていた塊りが、ぎょくんと跳ねた。

女房だった。女房は、居間のソファで眠っていたのだ。

「あ……あなた……起きたの」

毛布の奥から、脅え切った表情が覗いた。

顔は、ひどく腫れていた。

泣きはらしたせいばかりではない。その腫れ方は明らかに、暴力の跡を物語っている。

暴力の跡……そうだ。さもなければ、あんな脅えた表情を浮かべるはずがないではないか。

女房を見ることはできなかった。

踞り、頭を抱え、顔を膝の間に埋めて、啜り泣いた。激しい恐怖と、後悔と、自責の念とで、気が狂いそうだった。

いや、狂っているのだ。


女房に抱かれるようにして、蒲団に戻った。女房はあくまで優しく、まるで水に漬けたような有り様の蒲団と毛布を取り替え、着替えも手伝ってくれた。

放心状態で、人形のように女房の言いなりになって、乾いた蒲団に横たわった。

激しいショックが幸いしたのか、眠った。半睡状態でなく、ちゃんと眠った。

だが、少しだけだ。ぐっすり眠ったような気がするが、そうでなく、ほんの一時間か二時間だけ。下手をすると、三十分かもしれない。経験から、そうと判っている。

外は、未だに真夜中だった。夜中といっても、明け方近くだけ。

ほんの一時間くらいの眠りで、驚くほど元気を取り戻していた。まだ手足は痺れているが、全身を支配していた麻痺感、あの重量感はない。

酔いが、確実に抜けているのだ。もう、酒を飲みたいなんて、全く思わない。それどころか、ようやくアルコールから解放された歓びを、全身で味わっている。

誰かが言った。

「良かったな、おい。もう、これからまともになれるぞ」

後頭部のあたりにいる、誰かだ。

「うん」

大きく頷いた。

もうこれ以上、女房にも母にも清一にも、迷惑をかけることはできない。

「さあ、知らせてやれよ、みんなに。迷惑をかけたけれども、もう大丈夫、これから元気に働くからって」

「おお、もちろんだとも。そうしよう」

本当なら、朝になり、みなが起きて来てから、言うべきなのかもしれない。しかし今は嬉しくて、嬉しくて、そんなのとても待っていられない。

それに女房だって母だって、これを聞いたら喜ぶに違いないのだ。

軽くなった身体で、蒲団からひょいと跳び起きた。襖を開けると、ソファで眠る女房を、揺り起こした。いかに自分が元気に回復して、働く意欲を取り戻しつつあるかを話した。

後頭部の後ろに巣食っている奴が、しきりにあれこれ話しかける。時折り、こいつの言葉に邪魔されて口ごもったり、おかしなことを口走ったりしてしまう。

女房が、「良かったわね」と言いながら、怪訝そうにした。

「なあに、ちょっと幻聴が聞こえるだけさ。ちょっとだけね。でも、大丈夫、すぐに消える。ほんの一日、二日の辛抱さ。すぐに消えるから。そしたら、バリバリ働くさ」

「そうね、そうよね、良かったわね」

女房は、腫れ上がった顔で、困ったように笑いを浮かべた。

別室で眠る母をも起こして、同じことを告げた。母は、厳しい人だけあって、少しがっくり来ることを言った。

「元気になったって……元気になればいいというものではないでしょう。あなた、変よ。朝になったら、芳子さんに病院に連れていってもらいなさい」

病院て、精神病院のことか?

口の中が、くわっときな臭くなった。

後頭部に巣食っている奴が、ジャカジャカドンドン、太鼓やシンバルを鳴らしながら、ゲラゲラ笑って言った。

「気狂いだって、気狂いだって。やあい、やあい。お前のオフクロ、お前を精神病院に放り込むつもりだぞ」

目一杯に、嘲りがこもっていた。

「殺せよ。殺せよ。殺しちまえよ、こんなバカ女」

全身がガタガタ震え、再び夥しい量の汗が吹きだした。じっと立っていられないほど、震えはひどい。肌は鳥肌立ち、感覚が失せている。

後頭部に巣食っている奴の笑い声のおかげで、目の前が真っ赤に染まった。奴の「殺せ、殺せ」の声に合わせて、腕が勝手に持ち上がり、母の首を締めそうになっていた。

母が、厳しい目でキッと睨みつけた。きっぱりと言った。

「ほら、そんなじゃないの。それで、いったいどこが元気になった、回復したというの。部屋で朝まで、大人しく眠っていなさい」

　これでもう、手は出せなくなった。

　ガタガタ震えながら、部屋に戻った。まるで酔いがぶり返したみたいに口の中がきな臭く、足がもつれた。

　後頭部に巣食っている奴は、ひどく凶暴になっていた。そして、責め立てた。

「回復しただって？　馬鹿めが、ひどくなってるのさ。お前が元気になるなんて、絶対にありえないんだよ。どんどんどんどん、ひどくなるんだ。さあ、堕ちてゆけ、地獄に。死ね、死ね、死んでしまえ」

　声は、一つだけではなかった。幾重にも音色(ねいろ)を変え、打楽器の効果音と、合唱団を伴っていた。そして、「死ね」とか「地獄に堕ちろ」とかの言葉を、リズミカルにさも楽しそうに、いつまでもいつまでも繰り返していた。

　声がうるさくて、全く眠れない。それにそもそも、刻々と目が冴え渡って来て、眠る気にもなれない。

　母に命じられた通り、夜が明けるまで、蒲団にじっと横たわっていた。

　夜が明けるまで、ほんの何時間かしかなかったと思う。しかしそれは、何日も何週間も、何ヶ月ものことに感じられた。

　眠れと言われても眠れはしないので、枕元で煙草に火をつけた。

　もう、二日酔いは抜けている。その証拠に煙草を吸っても気持ち悪くはならない。完全にアルコールが抜け切ったから、こんな頓珍漢なことになっているのだ。この病気は、アルコールが切れたところから始まる。

　一息大きく、煙を吸いこみ、ほっと吐き出した。なんでこんな馬鹿な羽目になったのかと、しみじみと考えこんだ。

　目の前に置いた煙草から、煙が立ち昇っている。

　その煙が一本の針金となって、ツンと天井まで伸び上がった。

　煙草全体がまるで生きているかのように、赤く燃えた部分が伸びたり縮んだりした。煙草が、呼吸しているのだと思った。

「ほお。煙草も生きてるんだな」

「そうとも。すべての物は、生きている。有機物ばかりでなく、無機物もね。なぜなら、物質を構成している元素、あれこそが生命の根源だからさ」

後頭部で、二、三人が勝手に談話している。

不意に、針金みたいに直立していた煙が、ポキンと折れた。そして、眼球に突き入って来た。

激痛を覚えて、慌てて目を閉じた。

天井から、けたたましい哄笑が聞こえる。勝ち誇った笑いだ。

寝返りを打った。

目を開いた。

天井からは、丸い蛍光灯を二つ組み合わせた照明が、下がっている。もちろん今は、電気は切っているのだが、二つの蛍光灯はなぜか、薄ら明るく輝いていた。

蛍光灯の上に、人影があった。そいつは、天井からぶら下がっているのだ。

蛍光灯を前後に揺すり立て、ゆっくり回転させながら、声をかけて来た。

「おい、プッツン野郎。馬鹿だなあ。油が切れてるから、そんなおかしなことになるんだ。飲めよ、ほら、飲め。俺が飲ませてやる。心ゆくまで、飲め」

揺れる蛍光灯から、酒が飛沫になって溢れ出た。飛沫は、赤や銀や金、青や紫の花火となって、部屋一杯に散っていった。

火花が顔に当たって、熱いやら痛いやら。本当にこれが酒なのだろうか。とても、そうは思えない。仮りにそうだとして、こんな代物をいったいどうやって飲めというのか。

天井からぶら下がっている奴（女だ、きっと）の心意気は、涙が出るくらい嬉しかった。しかし、いただいたのは心意気だけで、肝腎の酒は一滴も口にできなかった。

虚しくなって、再び寝返りを打った。

寝返りを打った拍子に、世界が一変した。

いつの間にか、海底の世界に来てしまったらしい。

畳の目から、海草が幾つも伸び出し、海中をぴらぴらと揺れている。向こうの方では、美しいサンゴの繁みが生えている。

マンボウやチョウチンアンコウや、アジやフグが、揺れる海草の合い間から見え隠れしている。

畳——いや、海底を凝視したら、ヒラメやカレイもいた。凝視する視線に気づいたのか、砂を巻き上げ、大慌てで舞い上がったりした。

巻き上げられた砂が、ビーズ玉のように美しい輝きを放ちつつゆっくりと地に舞い下りてゆく。

海の中で、どうして生きていられるのだろうか。そう思ったら、急に息苦しくなったりした。

息を止め、余計なことは考えずに、じいっと海の中の静かな風景に見入ったりしていた。

3

夜が明けていた。

「お父さんは？　今日はお酒、飲んでないんだね」

清一の元気な声が、居間から聞こえて来た。

女房が、押し殺した声で、清一をたしなめている。

「しっ、静かに。お父さんは今、具合いが悪いの。気分が悪くて横になってるんだから、静かにしてなさい」

母も、この場にいるのだろうか。

一家団欒の、平和な朝の風景。どのマンションでもアパートでも、一戸建住宅でも見られる、ごく普通の風景。

こういうのに、全く無縁に生きて来た。

ひどい父親で、夫で、息子だったのだと思う。

後悔の念が、襲いかかって来る。

頭の中で、ジャカジャカドンドン、連中が演奏会だ。嘲り、罵倒し、嵩(かさ)にかかって責め立てて来る。

元気だよ。えらく元気で、いつでも蒲団から出られるよ。だが、ここ数年間の生き方を考えると、どうしてお前たちに顔を合わせられる。

みっともなくて恥ずかしくて、毛布を被ってじっと踞っているしかない。このまま死んでしまえたら、どれほど安心できるだろうか。

女房が、清一への説教を続けている。

女房も睡眠不足と不安のあまり、少し精神状態がおかしくなっているのか、清一への説教は異常なくらい執こく、ヒステリックになっていった。

夫への不平不満と、今のこの不幸な事態への腹癒せを、我が子にぶつけようかというように。

清一への説教は次第に、夫に対する罵倒の言葉に変わっていった。いつもの女房からは考えられぬ、激しい言葉がポンポンと聞こえて来る。

今度は怒るのは、母の番だった。

すべては自分の息子が悪いのだと、母は知っている。

だから取りあえずは黙って、女房の腹癒せの悪口を聞いていた。

　しかし、物事には限度というものがある。女房の台詞(せりふ)は、もはやその限度を越えている。

　母が、女房をたしなめた。「清一の前で、そんな言葉を口にするものではありません」とか何とか。

　それに対して、女房が何か言い返した。相変わらず、ヒステリックな口調で。

　母が、厳しくまた一言。

　二人が、口論を始めた。

　家の中が、急速に剣悪な雰囲気になってゆく。

　それに耐え切れず、清一がワッと泣きだした。

　何てことだ。家の中が、地獄に変わってゆく。

　誰のせいで？　そもそも、誰のせいでこうなってしまったんだ。

　――止めてくれ、頼むから、止めてくれ。

　もう、毛布を被ってじっとなんかしていられない。

　這い起きた。

　居間との境いの襖を開けた。

「頼む。喧嘩なんか、止めてくれよ」

　か細い声で、啜り上げながら言った。

　しかし部屋では、女房が一人、朝食の仕度をしているだけだった。母も清一も、いなかった。

　女房は、怪語そうな表情で言った。

「え？　どうしたの。喧嘩って……」

　すぐに、事情を察した。

「別に、何もないわよ。いいから、ゆっくり休んでて」

　そう言う女房の顔に、薄ら笑いが拡がっていた。

　口の中に、アドレナリンの強烈な味が拡がっていった。

　頭蓋骨の内側、後頭部の裏あたりで、緑色の奴がモッコリと体積を増した。

　緑色の奴が、笑いながら言った。その笑い声は、まるで地底の奥深くから響いて来て、心をむんずに鷲掴みにし、そのまま握り潰してしまいそうだった。

「掛かったな。おい、罠にかかったな。もう、逃がさんぞ」

　笑い声は、「かかったな、かかったな」「もう、逃げられない」という、ソプラノの大合唱を伴っていた。

　女房が、薄ら笑いを浮かべ、勝ち誇っている。口の中でぶつぶつと、勝利の言葉を念仏のように唱えていた。

　そうか、この女が、諸悪の根源だったのか。少なくともこの女は、頭蓋骨の裏に巣食って脳味噌をむしばむ、緑色の悪魔の仲間なことは間違いない。

もう、我慢できない。こんな家に、居られるものか。

女房を突き飛ばすと、トレーナーにスウェット・パンツの姿のまま、玄関へとダッシュした。

「ここは、悪魔の巣だ。取り殺される。こんな家に、これ以上いられるか」

引きつった声で捨て台詞を吐くと、サンダルをつっかけ、外へ走り出た。

エレベータに乗り、ロビーへ。

管理人に、できる限り平静を装って「お早う」を言ってから、マンションの外に出た。

頭の中で、緑色の奴が色んなことを言っているが、できるだけ無視した。極力、普通の顔を装って、朝の雑踏を歩いた。

何も聞こえない振りをしないと、うっかり返事をしては、頭がおかしいと思われてしまう。それは困る。それだけは、絶対に困る。

黙々と歩く通勤のサラリーマンやOLだが、奇妙なことに、連中は口を動かさずに喋ることができた。うつむき加減で口の中だけで、しきりにぶつぶつ言っている。

どうして、そんな器用なことができるのだろう。

連中と一緒に歩きながら観察を続けるうちに、ようやくこの不可解な事態の答えが見つかった。

連中は、口を動かさずに喋っているのではない。ただ、考えているだけなのだ。言葉が頭の中を去来しているのみ。

それを、読んでいるのである。

テレパシーだ。超能力が使える。

アルコールが切れると、超能力が使えるようになるらしい。

大発見だ。

アルコールを大量に、長期間に亘って摂取し、そして不意に断つ。いわゆる、アルコール依存症の禁断症状と呼ばれる現象が顕われるが、これは禁断症状ではなく、実は超能力の開花だったのだ。幻聴とか幻覚とかは、狂気の徴候でなく、獲得された新しい聴覚であり視覚だったのだ。

これを何とか、世間に知らせなければ。

嬉しくなった。満面に喜びの輝かしい笑みを浮かべ、踊り歩いた。歩きながらもはや我慢できず、道往く人を掴まえて、このことを話しかけた。

みな、逃げた。彼も彼女も、嘲弄と怒り、あるいは恐れの想念を放ちつつ、逃げた。

馬鹿め。無知なる民よ。凡人めが。所詮お前たちには、超能力を獲得した新人類の言葉は、理解できまい。

いつしか道端で、演説をしていた。

傍を通る誰もが、無視して足早に通り過ぎる振りをしながら、口を動かさずに念波だけで、罵倒の言葉を投げかけて来る。

しかし、めげるものか。キリストは、故郷に容れられぬ。誰も、偉大な人物が身近にいるとは、なかなか信じようとしない。救世主は、石もて追われるのが世の常だ。

演説をしながら、地下鉄の駅まで歩いた。

改札をくぐり、構内に入り、地下鉄に乗りこんだ。

構内放送では、悪魔が訓示を垂れていた。その訓示に対して、正統な神仏の教えを叩きつけてやった。

車内では、漫才をやっていた。地下鉄がいつから、乗客サービスの一貫として、車内放送で漫才を流すようになったのかはしらない。が、良いことである。こうしたサービスは、もっともっとしてもらいたい。

実に楽しい漫才で、独りで大笑いしてしまった。周りの乗客は、冗談が判らないのか、ニコリともしないでいる。可哀相な人たちである。

こんな楽しい漫才を流しているのに、どうして途中で降りてしまったりできよう。最後まで、聞き届けなければ。

ほんの何日か乗らなかっただけだが、地下鉄はその間に、何と進歩したことだろう。

東京都区内ばかりでなく、神奈川を経て、あっという間に熱海まで来た。

熱海で温泉に浸かり、一服した。女を買い、楽しんだ。

名古屋球場に行って、中日・巨人戦を観戦し、中日の快勝を見届けた。

そして、長野の野沢温泉を廻って帰って来た。野沢温泉でも外湯巡りをしたかったが、超能力者が家族を放らかしたまま、温泉で遊び呆けているわけにもゆかない。諦めて、素通りしただけで帰って来た。

この関東・中部地方の一周に要した時間は、わずか二十分。新幹線より、はるかに早い。近頃の地下鉄は、日進月歩である。

地下鉄の駅を降りて、再び我が家へと向かった。

道往く人々は、相変わらず、敵意の込もった想念を、投げかけて来る。嘲りや怒りや軽蔑の言葉が、電波となって、ズビズビと脳味噌に染み込んで来る。

しばらく大人しくしていた緑色の悪魔が、再び、後頭部の一角を占拠した。

「キリストは、故郷に容れられぬ。そうなんだろう？ うふふ……ここに、お前の居場所はない」

脳味噌の一部、四分の一ほどが、痺れて無感覚になった。つまり、乗っ取られたのだ。緑色の悪魔は、脳味噌を乗っ取ろうとしている。そしてこの身体と心を、思い通りに利用しようというのだ。

ぞおっという冷気が、背筋から頭へと這い登って来た。頭蓋骨の中に、けたたましい悪魔の哄笑が拡がる。

「一人じゃないぞ」

別の声が言った。今度は女だ。いや、女みたいな男の声か。何だか良く判らぬが、とにかくそいつはピンクだった。ピンクの塊りが、緑の脇に、ズボッ。脳味噌のさらに一部が、痺れて無感覚になる。

「まだまだ、まだまだ。報いを受けるんだな」

今度はブルー。

脳味噌が、確実に失われてゆく。

こうやって、人間は気が狂ってゆくんだ。

泣いてお願いした。

「止めろ。止めてくれ。これは、俺の脳味噌だ。返せ。俺のだぞ。頼む、俺の頭から出て行け」

頭の中で、高笑いが何重にも響き渡った。笑いの圧力で、頭蓋骨が内側からヴァッチン、弾け飛びそうだ。

頭が爆発したりしたら、大変だ。死んでしまう。それに、道端にそんなものをぶちまけては、汚ならしいではないか。傍迷惑なこと、この上ない。公衆道徳に反する。

頭を抱えて、その場にしゃがみ込んだ。

「返してくれ、俺の脳味噌。これは、俺のだ。出て行ってくれよ。嫌だ、嫌だ、返してくれ」

しかし笑い声の数は、幾何級数的に増えてゆく。そして、体積と圧力を増してゆく。

自分が自分でなくなってゆく恐怖。頭蓋骨の中に侵入して来る無数の電波命令に従い、身体が勝手に動く恐怖。

目の前を歩く通行人に、殴りかかっていた。

しかし、そうしたくてしているのではない。そんなこと、絶対にしたくない。が、目黒方面から飛来した電波が、その命令を脳味噌のしかるべき箇所に下した。肉体はその命令に応じて、意志にかかわりなく、そんな行動を起こした。

絶対にそんなことはしたくないのだが、傍を走り抜けようとした子供に飛び蹴りを食わせ、失神させた。この命令を下したのは、アンドロメダ人の想念である。

逃げようとする若い女に追いすがり、スカートを毟りむし取っていた。この命令を下したのは、アリゾナに秘密基地を置く、海底のアトランティス人のUFOだった。

私のせいではない。かかる、信じ難い行動の一つ一つは、断じて私のせいではない。私は、思いがけず獲得してしまった超能力のゆえに、普通の人には聞こえない数々の想念や脳波を受信し、それに応えてしまう。そして、私自身の意志にかかわりなく、手足が勝手に動いてしまうのだ。

私は悪くない。悪いのは、この身体なのだ。

私は、世間がそのゆえに私を非難する、数々不道徳で破廉恥な行ないの数々、犯罪の数々に対して、全く責任はない。この私こそ、最大の被害者なのではないか。

そう。私は、世間の非難と反対に、実は被害者にほかならないのではないか。


どうか、私を非難するのは、もう止めて下さい。お願いだから止めて下さい。

そして、頭の中に渦巻く無数の声を、取り去ることを許して下さい。

頭にキリで穴を開けるか、ビルの上から跳び下りて頭蓋骨を叩き割れば、声はきっと出ていってくれる。どうか、そうすることを、許して下さい。


（了）

鬼になった青年

1

部屋のベッドにごろり、寝そべっていた。

昨日、覚醒剤の売り上げが落ちていると、兄貴分に小言を言われたのを思い出した。

「ちっ、それが俺のせいかよ。最近、世の中の景気全体、落ち込んでやがんだい」

自然に、愚痴が口をついてでた。

覚醒剤より、トルエンやシンナーの方が、売り上げがいいんだ。弟分たちのケツを蹴とばせば、トルエンのルートならもっともっと簡単に開拓できる。

弟分たちか、そう言えば奴らも、サボってばかりいるくせに、小遣いだけは一人前に要求しやがる。

俺がまだ若造だった時分には、兄貴分の命令には絶対服従を誓ったもんだ。一言でも口を挟めば、顔の形が変わっちまうくらいぶん殴られた。それが最近の若いもんと来たら、民主主義がヤクザの世界にまで普及したのか、自分の権利ばかり主張して、嫌になるとすぐに辞めちまいやがる。

そう、嫌になったらプイ、会社を辞めるみたいにヤクザを辞めちまう。ヤクザを辞めてどこへ行くのか？　普通の会社に、就職したりする。全くの話、今では、ヤクザと一般企業の違いがほとんどなくなって来た。

ヤクザといえば、昔は男の仕事だった。男っ気一本というか、俗世とは別の仁義の世界に生きてたもんだ。それが今では、金、金、金、金……俗世以上に、俗っぽいところになっちまった。

浜崎浩二の周囲でも常に、金の話題が渦巻いている。

フィリピンから女を一人買って、幾ら。それを風俗に流して、幾ら。覚醒剤の仕入れにキロ当たり幾らで、それを売りさばいて幾ら。どこそこに上納金を幾ら払い、どこから幾らせしめて、浜崎の懐に入るのが幾ら、弟分たちにやる小遣いが幾ら……。

年柄年中、銭勘定をしている。浜崎ばかりでなく、浜崎の兄貴分も弟分も、同じようにせっせと損得勘定をしている。組には専属の会計士や弁護士がいるのだが、ついには組員一同、折りあるごとに彼らの下に顔を出し、損得の帳尻を訊いている。

浩二はそもそも、算数や数学が大嫌いだった。

財布に今××円あるが、一個×円のリンゴを○個と一個△△円のミカンを△個買ったら、幾ら残るでしょうか……ええい、面倒臭い、そんなこと、判るかって。財布に幾らあろうが、ミカンが一個幾らだろうが、知ったことか。欲しけりゃ、ボカン、果物屋の頭をぶん殴って、手に入れるだけだ。

かくして浩二は、ヤクザの道に入った。それなのにヤクザになってもまだ、いやそれまで以上に、算数に悩まされるとは。

今、組の財布に××円、お金があります。一キロ当たり△△円の覚醒剤を△キロと、一人○○円のタイ人女を○人買うと、幾ら残るでしょうか……こう単純なら良いが、実際の計算は、もっともっと難しい。一流大学を出ている会計士が、脂肪汗を流してパソコンと睨めっこをするほど難しいのだ。

兄貴分に言われる小言の大半は、出入りのことでも縄張りのことでもなく、些細な銭勘定のことだった。弟分に突き上げを食ったり、嫌味を言われたりするのも、金の問題でだ。

「全く、こんな俺たちのいったいどこが、ヤクザだってんだ。こんなことなら、高利貸しでも始めた方がましだ！」

浩二は、しばしば酔ってわめく。すると、

「うちの組、やってますよ、高利貸しも。重要な財源の一つですぜ」

弟分に、白っと言われたりする。

ベッドに横たわる浩二の脳裏を、そんな遣り取りの幾つかが過ぎった。

銭の問題を巡って、いつしか取り留めもない妄想に耽っていた。

最近、覚醒剤を自分でも射つようになったせいだろうか。妙に頭が冴える。それでいて、目覚めていながら、夢を見ているような錯覚に陥る。その、眠っているんだか起きているんだか判らない感覚が、変に気持ち良かったりする。

ふと、向こうの壁のカレンダーが目に止まった。

あれ、ひょっとすると今日は、十一月二十六日じゃないのか。

そう、昨日は二十五日、給料日だった。給料を貰ったついでに、兄貴に小言を言われたのだから間違いない。

とすると今日は、間違いなく二十六日。

「二十六日と言えば……おい、誕生日だぞ、俺の」

浩二は何だか、自分が大変な忘れ物をしていたような気がした。

すっかり忘れていたが、何と今日は、俺の誕生目だったんじゃないか。幾つになるんだっけ、いったい?

……三十だ……三十歳だぞ、おい……三十にして起(た)つ、の三十歳なんだ。

いささか、慌てた。

もうすぐ、自分は三十歳になる。完全な、中年の域に入る。いつかはそうなることを、ずっと心に留めていた。覚悟をしていた。だがそれを判っているのと、実際にそうなるのとでは、まるで違う。死を覚悟しているのと、実際に死ぬのとでは全然違うみたいに。

ギクリとした拍子に、浩二の心臓の動悸が、急激に速くなった。冗談でなく、口から心臓が飛び出すかと思った。

ヤクザ稼業に入ったのは、高校を中退した十五歳の時だから、あれから丸十五年が経ったことになる。十五年、つまり、これまでの生涯の半分を、ヤクザとして過ごして来たのだ。自分は結局、ヤクザ社会以外は何も知らない。

十五年の間に、いったい何をしただろうか?

ベッドで腕枕をして、仰向けに横たわっている。目を大きく見開き、じいっと天井を睨みつけた。十五年間の出来事を思い出そうと、必死で記憶を探った。

額に頬に、鼻の頭に、じわあっと脂肪汗が滲んだ。吹き出した玉の汗が、やがて筋を引いて顔の両脇や首筋へと滴(したた)り落ちていった。

金だけだ。過去の思い出も、へったくれもない。ただ、金の悩みがあるだけだ。

俺の一生って結局、何だったのだろう。俺は今まで、何のために生きて来たのか。金、金、金、金、金……十五年間、金に振り廻されて来ただけだ。

心臓の動悸が、ますます激しくなった。首筋と顳顬(こめかみ)が、破れんばかりに疼く。全身が、ドラムと化したみたいだった。

こんなはずじゃなかった。俺の一生は、もっと別な物になるはずだった。

金のために生きるなら、ただのサラリーマンや百姓や、医者や弁護士や国会議員や、そんなのになればいい。そんなクダラナイ生き方が嫌だから、俺はヤクザになった。それとはもっと別の、もっと素晴らしい生き方を求めて、俺はヤクザになった。それが結局、金に振り廻されて生きて来たなんて。

　馬鹿な、そんな馬鹿な。

　俺はいったい、何なんだ。何者であるべきなんだ。俺には、金に生きるのとは別の、もっともっとふさわしい生き方があるはずなんだが、それはいったい何だったんだ。

　浩二の頭の中を、苛立ちと焦りが、忙しく駆け廻った。

　いかん、動転している。

　落ち着かなければ。気を鎮めなければ。頭をすっきりさせなければ。

　頭をすっきりさせるには、こいつが一番だ。

　浩二は、覚醒剤を準備した。

　シリンダーに最後の一滴まで吸い上げると、二の腕に注射した。

　頭の芯が、シーンと冷たくなって来た。全身に、ムクムクと元気が拡がってゆく。今まで慌てふためていたのが嘘のように、落ち着いて来た。

　よしっと、これで冷静に物が考えられる。

　俺はいったい、何者で、如何（いか）に生きるべきなのか。それを冴えた頭で、改めて考え直そうではないか。

　俺は三十歳だ。今日で、中年だ。

　しかし同時に、三十歳はやり直しのきく年齢（とし）だ。三十歳にして起つってなもんで、人生の再出発にふさわしい年齢でもある。

　俺が何者なのか、これからじっくり考えて、新たな人生を設計しようではないか。

　浩二は、ベッドから起き上がった。

　ふらふらとベランダの近くに歩み寄ると、ペタン、その場に腰を落とした。

　左腕の袖は、注射した時にまくり上げた、そのままだった。表情は青ざめ、瞳孔（どうこう）が開いている。そのくせ、奇妙に、元気そうだった。

　マンションの八階だった。

　ベランダの向こうに、家並みが拡がっていた。二階建ての一軒家や木造アパートが並んでいる中に、ポツン、ポツンとマンションが建っている。典型的な、住宅街の街並みだった。

2

浜崎浩二は、母親の幸恵と妹の貴美子の、三人暮らしだった。

父親は、浩二が十歳の時に死んでいる。父の死以来、母と、年齢が十歳離れている長男の働きで、一家は暮らしていた。長男と浩二の間にもう一人、姉がいるが、彼女はもう他家に嫁(とつ)いでいる。

長男もすでに結婚して、三人の子持ちだ。

六十五歳になる母と、三十歳の浩二と、二十四歳の貴美子の三人暮らし。

本当なら、浩二が母と妹の面倒を見てしかるべきところなのだが、実はこいつが一番手がかかる。長男が仕送りし、長女も小遣いを送り、貴美子がＯＬとして会社に勤め、母も内職をしているというのに、浩二だけが未だにヤクザで、家計を食い潰していた。

「ああ、金、金、金……どうして俺はこう、金の苦労に絶えないのだろう」

浩二本人は、必死で遣り繰りしているつもりでいる。だが、苦労している気でいるのは本人ばかりで、実は親兄弟にたかって生きている気楽な身分だった。

さよう、少しでもまとまった金が入ると、浩二はこれをバクチや女、ドラッグ類にばらまく。そして足りなくなると、母の幸恵を殴ったり泣きついたりして、金を奪ってゆく。

兄や姉は何度、このヤクザ者の弟を家から追放しようとしたか知れない。しかしその都度、母の幸恵が、「この子もいつかは必ず、人の道に目覚めてくれる。そうなったらこの子は、大変な人物になるだろう」と強く主張して、手許(てもと)に止めてしまうのだ。人一倍優しい末の妹の貴美子も、このヤクザな兄の浩二と暮らすことを、積極的に認めてしまう。

浩二は二人の温情のおかげで、かろうじて温かい市民生活を過ごせている。

浩二自身も、薄々それに気付いていた。気付いていればこそ、ただの人間ではなく、ずば抜けて優れた存在になろうと努めていた。

自分は、他の連中とは違うのだ。その違いのせいで、今はちょっとヤクザになってしまったが、これはまあ、自分が偉大な存在である証拠のようなものだ。今に、俺が本当はどんな大変な存在なのかを知って、世間の連中は「あっ」と腰を抜かすぞ。

今はちょっと、今はちょっとばかり、母や兄妹に金を無心せねばならない。だが、今だけのことだ。これはまあ、投資のようなものだ。すぐに十倍に、いや百倍にして返す。母ちゃんにも妹にも、極楽のような生活をさせてやるんだ。それまでの、辛抱さ。

だから、なあ、母ちゃん、ちょっと、十万円ばかり、用立ててくれよ。

浩二が、家族に金をたかる理屈だった。

今に、何かデカいことをしてやる。俺が何者なのか、世間の奴らに思い知らせてやる。

しかし今、重大なことに気付いた。

何者なのか思い知らせてやるって、じゃあ俺はいったい、何者であるべきなんだろう。自分が誰かなんて哲学的命題に頭を煩わせるなんて、三十年の生涯で初めてのことだった。覚醒剤が浩二の頭を、ちいとばかり良くしたのかもしれない。

十五年間くすぶって来たのも当然、俺は自分が何者なのか、知らないまま生きて来た。それを知らなければ、何者にもなりようがない。

眼下に、住宅街の街並みが拡がっている。

眼下に、そう、眼下にだ。

俺は、あのチンケな住宅にいる奴らを、見下ろしている。これはつまり、俺が奴らを支配すべきだという、証拠に違いない。

サラリーマンや自営業者、技術屋やセールスマンや学生ども、そして主婦ども……みんな、みんな、俺の言うことを聞け。

ベランダの向こうを眺める治二の目が、明るく輝いた。顔に、薄ら笑いが浮かんだ。

「そうだ、母ちゃんに訊いてみよう。あいつは、俺を産んだ女だ。俺が何者なのか、知っているに違いない」

浩二は、すいと立ち上がった。元気良く立ったので勢いあまって、倒れそうになった。かろうじて踏み止まると、そのままの勢いでドアに向かった。

ドアを開けると、早くも叫んだ。

「おい、お袋、お袋、おい、どこにいる、顔を出せよ、訊きたいことがあるんだ」

叫びながら廊下に跳び出し、居間に怒鳴り込んだ。そこにはいなかった。

他に部屋は、二つある。一つは、妹の貴美子の物。もう一つは、本来は客間だが今は父の仏壇を置いて、仏間にしてある。母はよくここに閉じ込もって、ブツブツと念仏を唱えていた。

浩二は、母の念仏を唱える姿が嫌いだった。何を祈っているのかは、聞き取れないが、どうせ自分のことを訴えているのに違いなかったから。どうして我が家にこんなヤクザ者が生まれたのだろうとか、このヤクザ者の子に取り憑いた悪因縁（いんねん）を祓ってもらいたいとか、この子に良い守護霊が憑きますようにとか。

ええい、胸糞悪い。

居間を、大股（おおまた）で通り過ぎると、奥の仏間に駆け込んだ。襖（ふすま）を押し倒さんばかりに開くと、敷居（しきい）に仁王立ちして叫んだ。興奮と逆上のあまり、顔は真っ赤に染まっていた。

「おい、お袋、俺が呼んでるのに、聞こえないのかよ。ずっと、呼んでんだろうが」

幸恵は仏壇に両掌を合わせて、正座していた。まるで何十年もその姿勢でいるかのように、微動もしない。

浩二のわめき声など、聞き馴れている。殴られたり蹴られたりするのにさえ、馴れている。今さらこんなことで動揺する、母親ではなかった。

浩二がワアワア叫んだり組みついて来たりするのを無視して、幸恵は最後まで祈りを捧げた。身の丈一メートル八十を超える大男の浩二に対して、母は半分くらいの大きさしかない。それなのに浩二は、幸恵を揺することしか出来なかった。

祈りを終えると、幸恵は仏壇に向かって、深々と頭を垂れた。

頭を起こすと深呼吸を一つして、浩二に向き直った。冷静な口調で言った。

「また、お薬を射ったんでしょう、お前は。いけない子ね。でも、お前ももう三十歳、立派な大人なんだから、自分のことは自分で仕切れるわね」

きっぱりした母の言葉に、浩二もさすがにたじたじになった。正座する母の正面に、ぬぼおと立ち尽くしていた。

「自分で覚醒剤を射つと決めたんだから、私にはもう何も言えません。その結果、生ずる業を、お前は自分で背負うのみ。神はお前に、そうした苦しみと、その苦しみを背負う喜びを下さったのです」

またぞろ説教だ。これだから、仏壇に向かっている母ちゃんは嫌いなんだ。勘弁してくれよ、もお。

「違う、違う……俺が訊きたいのはだなあ」

再びわめき始めた浩二を、幸恵は目顔で制した。

「判っています。自分の正体は何なのか、それが知りたいというのでしょう。判っていますとも……どうでしょう、お薬を射っている時のお前は、まるで鬼みたい。鏡を見てごらん。そのお顔、赤鬼ですよ、ほんとに」

幸恵はぶつぶつ呟きながら、仏壇に手を伸ばした。仏壇の引き出しを開くと、小さな経本を取り出した。

「自分の正体は何なのかって、ようやくお前も、そういうことを考えるようになったのですね。それは大変良いことです。この本を読みなさい。そうすれば自ずと、答えが見えて来る。自分が何者なのか、判るようになるでしょう」

それは、母が近頃熱を上げている、ある新興宗教の経本だった。宇宙の真理と人生の何たるかについて、教団の教えの記されている物だった。

「俺が何者なのか、この本に書いてあるって」

そんな馬鹿な。

しかし、母の口調は自信に満ちていた。元気に振るまっているが、実は浩二は今や、迷える子羊と化している。母の自信に、あっさり圧倒されてしまった。

いつしか、経本を手に取っていた。

そんなに言うなら、欺されたつもりで読んでみるか。

浩二は経本を脇に抱えると、やって来た時とは打って変わった大人しい足取りで、自分の部屋に戻った。

変な具合に興奮したせいだろうか、手足がムズムズする。頭が朦朧として来た。心臓も動脈もパンパンに膨張していて、今にも破裂しそうだ。

部屋でまた、覚醒剤を一本、注射した。

母のくれた本を、一心に読み耽(ふけ)った。最初の一ページから最後の一ページまで、全く休むことなく読み通した。

いつしか夕方になり夜になり、朝になっていた。この間に貴美子が帰って来て、母と夕食を食べたり風呂に入ったりしたに違いない。が、経本に集中している浩二には、そんなこと全く気にならなかった。

早朝の空が白々と明けてゆく。経本を一冊読み通し、深い満足感があった。

満足感はあったが、何が書いてあるのかさっぱり理解できなかった。浩二の頭が悪いのか、それとも経本の中身が抽象的過ぎるのか。

ただ、鶴と亀のエピソードだけが記憶に残った。どんなエピソードだったか、それは良く判らない。ただ、鶴と亀という単語だけが、生々しく脳裏に焼きついている。

この鶴と亀という言葉が、自分の正体に深く関わっているように思えた。

鶴、鶴、鶴、鶴……亀、亀、亀、亀……。

鶴亀、鶴亀、鶴亀、鶴亀、鶴亀……。

「亀って、亀頭と何か関係があるのだろうか」

浩二の脳裏に亀という単語と同時に、隆々と猛り立つエラの張った亀頭が浮かんだ。

「鶴と亀、か……俺の正体には、きっと何か性的な由来があるに違いない」

浩二は訳の判らない事柄を考えつつ、勝手に納得して大きく頷いた。

3

俺はいったい、何者だろうか。俺は、いかに生きるのがふさわしいのか。

浩二は飲まず食わず、眠ることもせず、これを考え続けた。

しばしば、思考が中断する。中断しては困るので、覚醒剤を射つ。するとまた、頭が活発に働く。

かくして浩二は、さらに二昼夜の間、覚醒剤のみを糧として生き長らえていた。

計三日三晩の思索の挙句に、ついに答えを発見した。

考えるまでもなかった。

正体というのは、自ずと顕われる。人間の殻の下に何者が隠れていたのか、浩二はそれを、まざまざと目のあたりにしたのだ。

夜だった。外は暗い。

部屋の明りは、点けている。

蛍光灯の光を反射して、ベランダと部屋の境のガラスに像が映っていた。外は暗くこちら側は明るいせいで、ガラスが鏡のように作用しているのである。

そこに、じいっと思索に耽る浩二の顔が、映っていた。

その顔がブヨブヨと蠢きつつ、変形しはじめた。

髪が、スルスルと伸びてゆく。同時に身長まで伸び、いつしか身の丈二メートルを越えていた。

口が耳まで裂けてゆく。裂けた口元から、二本の牙が突き出た。

全身が、筋肉質に膨張していった。まるで、狼男かデビルマンみたいだ。洋服が窮屈になって、今にも裂け千切れそうではないか。

鬼だ……この顔は、鬼だ。

「それとも、エイリアンか?」

母がいつだったか、俺のことを〝鬼〟と呼んだ。冗談めかした言い方をしていたが、冗談ではなかった。俺は本当に、鬼だったんだ。

浩二は、これを深く確信した。

着衣が邪魔だ。

浩二は、引き千切らんばかりに、着ている物をすべて脱ぎ捨てた。

自分自身の姿をもっとはっきり見たくて、部屋の外に飛び出した。

バスルームに向かった。そこの姿見に、自分の全身像を映した。

全身が、赤と紫と肌色の、まだらに染まっている。髪は黒で、瞳は緑だ。股間の一物、が、天に向かって隆とそそり立っている。大きさといい長さといい、人間の二の腕、いやいや太腿くらいの体積がある。

「鬼だ、俺は鬼だ、母ちゃん、俺は鬼だったんだ……母ちゃん、判ってたんだな、それを……それなのに、どうして隠してたんだ」

浩二は、興奮した。武者震いし、一物を左右に打ち振りつつ、猛り立った。

母は、なぜ俺が鬼だということを、隠していたのか。すぐに、その理由が納得できた。

あいつは、人間だからだ。鬼族でなく、平凡な人間の女でしかないからだ。

あいつ、本当に俺の母なのか? 俺を産んだのは、あの女なのか?

違う。人間の女に、鬼の子を産めるはずがない。ということは……あいつは、乳母(うば)だ。鬼の子である俺を育てるために傭われた、人間の女に過ぎないのだ。

だからこそ、あの女は、俺に自分が鬼だと気付かせまいとした。

俺の本当の親は、どこにいるのだろうか。鬼の住む世界は、どこにあるのだろうか。

浩二は、鬼として周囲を眺め廻した。

「俺はひょっとすると、鬼の世界から間違って、この人間の世界に転げ落ちてしまったのではないか」

「それとも、人間の世界を支配するための先兵として、この世界に遣わされたのだろうか」

浩二はバスルームを出ると、廊下を行ったり来たりした。自分の部屋のベランダから眼下を眺めたり、反対側の居間のベランダから外を眺めたりしつつ、忙しく思考を巡らせた。

「いずれにしろ、これだけは間違いない。鬼たる俺は、人間などより格段に優れた存在だ。人間どもを支配すべき位置にある。つまり俺は、この人間世界を支配する王子、鬼の皇太子なのだ」

鬼の皇太子などという訳の判らぬ地位を造り出し、浩二は得意になった。

鬼の仲間よ、どこにお前たちは住んでいる。

かつてヤマトタケルが一人、辺境の地の征伐に遣わされたように、鬼の皇太子である俺様も、こんな人間の世界にたった一人で放り出されている。

低俗の種族どもの間で、一人孤独に生きなければならない。そして、鬼の版図を拡げるために、この身を捧げなければならない。これこそ、鬼の皇太子に生まれた俺様の、悲しい運命（さだめ）なのだ。

ああ、鬼よ、同胞の鬼どもよ、お前たちは、どこに住んでいるのか。

浩二は、悲劇のヒーローになり切った。廊下を、自室を居間を、右往左往しながら悲嘆に暮れた。声を上げて号泣し、自分の胸を両拳でドカドカ叩いて運命を呪った。

いずこかにある鬼の世界に向かって、両腕を高々と掲げた。何とかそれが見えぬものかと、異次元に向かって必死に目を凝らした。

しかし、何も見えない。見えるはずがない。

自分はまだ、鬼の世界に還ることを、許されていないのだ。

鬼の世界に還るためには、自分は皇太子としての義務を果たさなければならない。そうすれば自ずと、鬼の世界への門が開くだろう。

義務、すなわち、人間界を征服すること。この低劣な種族を、支配下に置くことだ。

浩二の内に、ふつふつと闘志が湧いて来た。闘志の昂まりとともに、さらに二廻り、三廻り、身体が脹れ上がっていった。

天井に、頭がつかえそうだ。一物の袋が、床にこすれるくらいでかく脹らんでいる。浩二は中腰のへっぴり腰で、ひょこひょこと部屋から部屋へと走り廻っていた。

ところで、人間どもを支配するためには、自分は何をしたら良いのか。

ここでふと、またも思考が中断した。

自室に取って返すと、改めて注射器を手にした。たっぷりと、覚醒剤を注入した。

鬼の住む世界はこの地上でなく、別次元の星にある。つまり鬼は、エイリアンでもある。

「俺が、自分は鬼だと気付いたのは、この覚醒剤のおかげだ。この覚醒剤こそ、鬼の食べ物なのではないか」

覚醒剤は実は、鬼の〝宇宙食〟鬼として生きてゆくために必要な物質が凝縮された人工栄養なのではないか。

浩二はすっきりした頭で、改めて大きく頷いた。

宇宙食の栄養分のおかげで、新たな事実に思い至った。

そうだ、俺が支配者になるのだとすると……支配者には必ず、配偶者がいるではないか。王と妃が揃ってこそ、子を産むことが出来、その子が続く王たりうる。つまり、永劫に亘(わた)っての支配が可能となる。

妃、俺の妻も、この地上のどこかに降臨しているはずだ。

これについては、深く頭を悩ませるまでもなかった。

ほら、いるじゃないか、目の前に。貴美子だよ、貴美子。同じ乳母に育てられた、常に浩二に深い愛情を寄せて来た妹、あの貴美子こそ、俺の妻たるべき女だ。

彼女自身は、まだそれを自覚してはいまい。だが凡人の長兄や長女と異なり、貴美子は常に、浩二を温かく見守って来た。彼を守る立場に廻り、文句一つ言わずにつくして来た。

そうなのだ、貴美子もまた鬼なのだ。

宇宙食を摂取すれば、彼女もすぐに、自分の正体を自覚するだろう。

しかし彼女はこれまで、宇宙食を摂取したことがない。宇宙食は栄養価の塊りであり、いきなり摂取しては、消化不良を起こしてショック死してしまう。

一気にでなく少しずつ、あるいは純度を低くして注入する必要がある。

少しずつ、純度を低くして、注入……注入……注入。

注射器のシリンダーに、例の鶴と亀の連想が重なった。シリンダーがいつしか亀頭に変貌した。

そうか、鶴と亀の話は、予言だったんだ。亀頭を用いて、貴美子に宇宙食を注入せよという。

宇宙食をいきなり注射するのは、貴美子には危険過ぎる。だから、いったん浩二の身体に取り入れ、浩二の体液で薄くするのだ。

それを、性交という形で、貴美子の体内に注入する。こうすれば貴美子は、安全に気持ち良く、宇宙食を取り入れられる。

何度も何度も、性交による注入を繰り返すうちに、やがて貴美子の身体にも抵抗力ができて来る。そうしたら、注射器でじかに血管に、宇宙食を射ち込めば良い。

やがて、鬼の皇太子夫婦が誕生する。

人間世界を、どうやって具体的に支配するのか。それはまだ、判らない。

やがて、それが必要な段階になれば、また見えて来るだろう。今、自分は鬼なのだと自覚し、それに続けて次から次へと、様々な事実を発見したように。

しかるべき時が来れば、自動的にすべてが見えて来る。自分をこの人間界につかわした鬼族の支配者が、そのようにプログラミングしたのだ。

何も心配することはない。心の内なる声の命ずるままに動いていれば、自分は本来の自分へと立ち返れる。

浩二の身体が、キリキリという奇妙な軋り音を上げながら、貴美子の眠っている部屋に向かって歩きはじめた。

4

ドアのノブを廻した。が、鍵が掛かっていて開かない。

ドアを激しく叩いた。鬼の声で言った。

「開けろ、貴美子、俺だ、心配することはない、俺だ、開けてくれ、鬼として話がある」

浩二は、マンション中に響き渡るような大声を出した。破らんばかりに、ドアを叩いていた。

「貴美子、俺だ、同じ鬼として話がある」

しかし、返事はなかった。

貴美子は、ずっと前から起きていた。部屋から出て何やらわめきながら歩き廻る兄に、恐怖を覚えていた。

兄は覚醒剤をここ数日、打ち続けている。もう三、四日、眠っていないはずだ。中毒が、ひときわひどくなったらしい。何を仕出かすか判らない。

覚醒剤中毒による一家惨殺とか連続殺人が、しばしば新聞を賑わせている。あんなの他人事(ひとごと)だと思っていたが、まさか、まさか兄の浩二がそうなるのでは……？

そうなりそうな気がする。いや、そうなりつつある。それを考えるともう、貴美子は生きた心地がしなかった。まんじりともせず、部屋のベッドで身体を丸めていた。

貴美子の奴、俺が呼んでいるというのに……やはり、鬼としての自覚がまるでないのだな。

浩二は、困惑した。同時に、ムラムラと腹が立って来た。全身がさらに二廻り、脹れ上がった。ドアが、ひどく小さく見える。

一刻も早く、宇宙食を注入しないと。鬼として目覚めさせなければ、人類の支配に失敗してしまう。

大きく息を吸い込んだ。

肺が破裂せんばかりに空気を吸い込んでから、一気に吐き出した。

「うおい」

鬼の怒号だった。

怒号しつつ、ドアに体当たりした。

ベニヤ板を組み合わせただけのドアは脆(もろ)いし、覚醒剤の作用で浩二は、火事場の糞力を発揮した。

一撃で、ドアが破れた。浩二は、貴美子の部屋に転がり込んでいた。

貴美子は、パジャマ姿で毛布を抱きかかえ、震えていた。その可憐な姿に反応して、浩二の一物がブルル、胴震いした。

「さあ、貴美子、鬼として目覚めるんだ。宇宙食をやるぞ、食らえ」

言うや否や、まだ何もせぬうちから、一物は白濁液を吹いた。液は元気良く二メートルほど尾を引いて飛び、ベッドの端までかかった。

兄が自分に何をしようとしているのか、貴美子はただちに悟った。

「いや、いやあ、お兄ちゃん……どうしたの……気が狂っちゃったの……正気に返って」

泣きじゃくりながら、ベッドで身悶えした。後退(あとず)さりしようにも、背後は壁だ。壁に背中を押し当て、じたばたもがくばかりだった。

浩二が貴美子の身体を掴もうと、のしかかった。

しかし、

「ギャッ」

不意に浩二の背後から、甲高い悲鳴が響いた。そして浩二の背中に、何かがしがみついて来た。

「何をする浩二、相手は妹だぞ、お前の実の妹だぞ。狂ったか、こら。正気に返らんか」

母の幸恵だった。

幸恵もまた、数時間前から騒がしく暴れはじめた浩二の様子を、じっと聞いていた。一人で勝手に暴れているだけだったら朝までそのまま放置し、病院なり組の者なりに連絡するつもりだった。しかし、娘の貴美子に手を出そうとしていると判った今となっては……已むに已まれず、こうして跳び出して来たのである。

幸恵の手には、包丁が握られていた。いざとなったら、これで浩二を刺す覚悟だった。今も、刺すつもりで組みついたのだが、やはり人の親。刃先は自然に、逸れてしまっていた。

「悪魔よ、去れ。悪魔よ、去れ」

浩二に必死でしがみつきながら、幸恵は目を固く閉じ、歯を食いしばって、悪魔祓いの文句を唱えた。

「悪魔よ、もうこの子を放っておいてくれ。この子から、離れてくれ。取り憑くんなら、ええい、私に取り憑いとくれ……悪魔よ、去れ……怨敵退散、怨敵退散、怨敵退散……」

背中に張りついた母を引きはがそうと、浩二はしばし身悶えした。背中に手を伸ばしても、渾身の力で張りついている母をはがすことはできない。

〝怨敵退散〟の言葉が、奇妙に痛々しく胸に刺さった。良心の声とでも言おうか、理性の光と言おうか、何やら自分がとんでもないことを仕出かしている気がして来た。いかん、こんなこっちゃいかん。人類を支配するのが、俺の運命だ。俺は、鬼なんだ。

浩二は、吐き捨てるように言った。

「乳母め、邪魔だ。俺は悪魔じゃない、鬼だぞ、鬼なんだ。呪文が違ってる。それじゃ、俺を祓えん」

言った瞬間、良心の呵責だか理性の光だかは、粉微塵に消し飛んだ。

「え、悪魔じゃない？　鬼だと？　しまった」

母は、歯噛みした。これが、一瞬の隙となった。

鬼を祓う呪文を幸恵が改めて唱えるより早く、浩二が隙を突いた。幸恵の両腕を掴むと、背負い投げの要領で前へ放り出した。

幸恵は、頭から床に叩きつけられていた。

浩二はこの投げに渾身の力を込めたし、母は隙を突かれて全く受け身を取れなかった。それに、六十五歳という高齢でもある。

床に落ちた瞬間、首が不自然に曲がった。本来なら曲がるはずのない方向に、クニャリと折れた。

「ああ」

幸恵は、間の抜けた溜め息をついていた。目が剽軽に、白黒と踊った。

その目から、急激に生気が失せた。

床にだらしなく伸びた手脚が、脳天を鉄槌で一撃された豚のそれみたいに、しきりに痙攣した。

一瞬の、静寂があった。

事態を呆然と眺めていた貴美子が、口に両掌を当てた。そうして自分の顔を掻き毟りながら絶叫していた。

貴美子の絶叫を引き金に、浩二は再び、キリキリと動きはじめた。

「乳母め……こいつはただの乳母だったんだぞ、貴美子。俺たちを、人間として育てやがった。だが本当は、俺たちは人間じゃない。鬼なんだ……乳母め、俺たちを欺しやがって」

浩二は、床に伸びている母の身体を、上から三度ほど、力任せに踏んづけた。

一踏みごとに、身体はまだ生あるごとくに反応した。肋骨が何本かと背骨の折れる、鈍い響きがあった。

母が死んでもまだ握りしめている包丁を、今度は浩二が奪った。すぐには奪えず、指を一本ずつ引きはがし、ようやく自分の物にした。

包丁を右手に持って、部屋の真ん中に立ち尽くした。じいっと、貴美子を見つめた。

一物が、隆起している。先端から、まだ白濁液が重吹いている。

包丁を握ってぼおっと立ち尽くす浩二の姿には、もはや微塵の理性も感じられなかった。とても人間には見えなかった。

——鬼だ……お兄ちゃん、本当に鬼になっちゃったんだ。

逆らえば、間違いなく殺される。いや、逆らわなくたって、何の拍子に殺されるか、判ったものではない。

貴美子は、全身を緊張させ、その場でワナワナ震え続けていた。

浩二は、もはやされるままの貴美子をベッドに押し倒すと、素裸に剥いた。

のしかかっていって、挿入しようとした。

ヤクザという商売柄、何十人もの女を相手にして来ている。挿入のコツは身体で覚えているし、その気になって失敗したことは、一度もない。

それがこの時に限って、失敗した。

覚醒剤の作用と、挿入前にすでに多量の精液を放出していたせいである。いざ挿入する段になって、一物が萎えてしまった。

「下の口からは無理か……では、上の口から飲め……うん、そうだ。宇宙食なんだから、膣よりは胃から吸収する方が、本当だよな」

浩二は、貴美子にフェラチオを強制した。

レイプされるよりは、こちらの方がまだましだと、貴美子は思った。

言われるままに、半萎えの一物をしゃぶり立てた。

いかにしゃぶり立てても、大きくはならない。

大きくしないと、殺される。

そう感じている貴美子は、これを何とか大きくしようと、必死に吸い上げ、舌で刺激し、唇で摩擦した。

だが、駄目だった。

不意に目の端に、母の死体が入った。

急激に、腹が立って来た。

いったい何なの、この男。良い年齢をした働き盛りのはずのこいつを、家族みんなで一所懸命に面倒を見て来た。こいつのおかげでみんな、どれだけの苦労を背負い込み、辛い日日を送って来たか知れないのだ。

それなのに、こんな風に母を殺し、あたしを犯そうとしている。

どうしてあたしたち、こんな目に合わなきゃいけないの。この男、いったい何の資格が、権利があって、あたしたちをこんな風に扱えるの。

浩二がヤクザになって以来十五年間の苦労の数々が、走馬灯のように脳裏を巡った。

激しい怒りの発作に駆られた。

発作に駆られた瞬間に、顎に力が込もっていた。歯と歯を食い合わせ、ギリギリと歯軋りした。

口の中に、モワッと血の塊りが吹いた。口の中だけで収まり切れず、唇の隙間から、鼻から、生温い血が吹き出していた。

その瞬間、貴美子は、奇妙な安堵を覚えた。血の粘り、温かさは、まぎれもなく人間のそれだったからだ。

お兄ちゃんは、鬼じゃない。やっぱり、人間だった。覚醒剤のせいで、こうなっちゃっただけなんだ。

その覚醒剤の作用のせいで、浩二は痛みを自覚するまで、数秒の時間を要した。

股間に痛みが走り、何が起きたのかを自分の目で見届けてから、とてつもない悲鳴を上げた。

掌にした包丁を振り廻し、貴美子の顔面と言わず後頭部と言わず、滅多突きにした。

顔面をザクザクに刺し貫かれて、貴美子は浩二の陰茎を頬張ったまま絶命した。

浩二は血の吹き出る股間を抑え、部屋の外に飛び出した。玄関に向かうとドアを開け、マンションの廊下にまで走り出た。

エレベーターを呼んだ。

ボックスに転げ込むと、一階の玄関ロビーに直行した。朝の四時だった。外は暗くて、管理人もいないし、新聞配達にはまだ早い。

ロビーを横切って、マンションの外にまで浩二は這い出した。大量の血を失ったせいと痛みとで、この時にはもうさすがに、立っていられなかった。

「鬼だぞ、俺は鬼なんだ。人類の支配者になるんだ」

そう呟いたり啜り泣いたりしながら、人気も車の通行も全くない夜明け前の舗道の上で、瀕死の蜘蛛のようにひとしきり手足をバタつかせていた。

本来なら、とっくに死んでいる。少なくとも、意識は失っているはずだ。

それが覚醒剤の作用のせいで、まだ死に切れないでいた。それどころかまだ意識を保ち、「俺は鬼だ、鬼なんだ」と呟きつつ、その後も二時間以上、浩二は一人で路上で蠢き続けていたという。


（了）

第三部　恐怖霊異譚

第三部は、オーソドックスなホラー。「怪談」と呼んだほうが落ち着きがいいだろうか。

「後ろを見るな」（《小説ＣＬＵＢ》一九九五年十一月号）は、怖さもさることながら、二〇〇〇年代のはじめに広まったある都市伝説との共通項も興味深い一作。伝説と創作のあいだのゆらぎを感じずにはいられない。

「幽霊屋敷」（一九九三年八月増刊号）では、作者と同姓同名の主人公が、格安の借家に引っ越したばかりに恐怖に遭遇するさまが語られる。軽妙な文体が醸し出す恐怖感は作者ならではだろう。

「お伽の島にて」（一九九二年十二月増刊号）は、作者がイギリスはコーンウォールを旅したときの印象に想を得たもの。二年間滞在したロンドンを舞台にした『黒魔館の惨劇』（一九九一）や『ジャック・ザ・リッパー』（一九九二）とは一味ちがう、古き良き怪奇映画を彷彿させる空気にあふれている。

後ろを見るな

1

国道二〇一号線。

午前六時十五分。

津田幸治は、八木山の頂上付近の一直線の道を、時速九十キロ近いスピードで飛ばしていた。

海沿いにある福岡市内から山間部を経て、筑豊地方の飯塚市に出る道である。さらに先まで行くと田川、行橋と来て、太平洋側の海に出る。

津田幸治は、この国道二〇一号線を走るのが好きだった。変化に富んでいるからだ。

福岡市内を出るとすぐに、篠栗に出る。札所巡りで有名な霊場で、山間部に入るやたちまち厳(おごそ)かな雰囲気に包まれる。すぐ手前は福岡市近郊の住宅街にして商業地域であり、道路が大渋滞する賑やかなところだ。それが一歩山間部に入ると、たちまち静けさに包まれる。お遍路姿の年寄りが、しょっちゅう通り掛かる。

国道は続いて、八木山という山に入る。大して高い山ではないのだが、凄いのは峠道だ。八木山峠といえば福岡でも有数の急カーブの道。上りも下りもヘアピン・カーブの連続で、何も知らずに初めてこの峠道に紛れ込んだ人は、たいてい悲鳴を上げる。

進行方向が一気に百八十度変わるヘアピン・カーブの連続をやり過ごし、八木山の頂上に出ると、今度は遥か彼方まで見通せる一本道だ。制限時速はいちおう五十キロだが、視界を遮る物も枝道も何もないこの道路を、制限時速を守って走る者などいない。遅くても時速七十、早ければ今の津田みたいに時速九十は平気で出す。

福岡市と筑豊地方を結ぶ幹線道路なので、朝夕はさすがに車が多い。しかし、朝のこんな時間には車が連らなって走るなんてまず考えられなかった。

特に今は、前後に全く車がいなかった。また、こんな時間にスピード違反の取締をやっているとも考えられない。

津田は、アクセルを時速九十の位置で固定すると、溜飲の下がる思いがしていた。

助手席にいる誰かに話し掛けるみたいに、吐き捨てるように言った。

「バッカ野郎、あんなウチ、もう帰らないからな」

ハンドルを握ると人間が変わると良く言われるが、本当だと思う。冷静になってからいつも、津田はそれを実感する。

津田は、日頃は温厚で知られている。人前でも一人で部屋にいる時でも、よほど腹が立たない限り決して悪態を吐いたりはしない。それが車に乗ると、すぐにカッカして来るのだ。

「あんな落ち着きのない家に、住んでいられっかよ……誰が家賃を払い、生活費を払ってると思ってるんだ。俺だぞ、え、おい。それなのにその俺が、何だって家族に遠慮しながら暮らさなきゃなんないんだ。あんな騒がしい家じゃなくて、静かに落ち着ける空間が欲しいから、俺の小遣いで飯塚に部屋を借りただけじゃないか。それなのに、ギャアギャア、ギャアギャア……そんなに文句を言うなら、家の中をもっと落ち着けるところにしてくれってんだ、全く」

なぜ車に乗ると、人間こんなにカッカとして来るのか。

車で興奮した後には、津田はしばしばこれについて考えた。

まず、車を運転しているストレスだと思う。

人間にとって適切なスピードとは、歩いたり走ったりする、あの程度の早さだ。車のスピードは、人間に相当のプレッシャーを掛けているのではないか。

どんなにのんびり運転しているつもりでいても、前の車がいつ急ブレーキを踏むか、あるいは急な飛び出しはないか、神経を尖らせている。おかしな運転をしている車はないか、前後の車はどう走っているか、自分はこの車線をキープしていていいのか。ミラーに目をやり、自分の目で視認し、まさに神経がピリピリしているのである。そして、アクセルだブレーキだギア・チェンジだ、四本の手足を忙しく動かし続けている。

つまり、全身が興奮状態なのだ。この状態の真っ只中で、何か神経を逆撫ですることが起きれば、あるいは嫌なことでも思い出せば、たちまちアドレナリンの分泌量が増える。

十八で免許を取り、何年間もそれこそ毎日毎日運転していて、車が自分の手足のようになっている人だったら、それほどのプレッシャーは掛からないかもしれない。そう言えば確かに、運転が上手いと言われる人ほど、何が起きても涼しい顔をして切り抜けていて、悪態を吐いたなど聞いたことがないではないか。

しかし津田はそうではなかった。免許を取ったのは三十を過ぎてからで、運転歴はまだ五年だ。ようやく、一大決心をせずともハンドルを握れるようになったところだった。

そんなに緊張するなら、なぜ車に乗るのか、自分でも不思議に思う。

結局、その緊張感が堪らないのだと思う。人間と言うのは困った生き物で、緊張する時と言うのがないと怠惰になり、生きる意欲をなくしてしまう。サウナに行って汗を流すようなもので、ウワアッと緊張することにより、生き返ったような気持ちになるのだ。ストレス一杯で運転することにより、逆にそれまでのストレスがなくなる。

とにかく今は津田は、福岡市内の東区にある自分の家での出来事に腹を立て、腹立ち紛れに朝方に家を飛び出し、飯塚市にこっそり借りていたマンションへと車を飛ばしているところだった。

峠道のヘアピン・カーブを楽しみ、八木山の頂上部の稜線に沿って走る直線道を飛ばしていた。

「そうなの、判ったわ、女が出来たってわけね」

女房の富美子は、勝手に決め付けた。

「帰らない日があんまり多いから、きっとそうなんじゃないかって、お母さんも言ってたわよ。そんな馬鹿なって、あたしは否定してたんだけど、やっぱり、母の言ってた通りだったわけね」

「別に、そんなんじゃないよ」

津田は、唇を尖らせて否定した。

「じゃあ、何だっていうの、何の必要があって、マンションをこっそり借りたりしてたのよ。そのマンションで、何してるの、一人でぼおっと昼寝でもしてるわけ」

津田は、ぐっと言葉を飲み込む他はなかった。本当のことを言っても、信用してくれるわけがない。

いったん言葉を飲んで、口の中でモゴモゴと言った。

「そうだよ」

富美子の目と口が、両方とも真ん丸に広がった。そして、津田の真意を見抜こうと言わんばかりに、まじまじと見つめて来た。
二、三度口をパクパクさせてから、大きな声で言った。

「あなた、あたしを馬鹿にしてるの。一人でぼおっとするために、わざわざ飯塚なんかにマンションを借りた、ですって」

津田の頬に、平手打ちを浴びせた。

「何言ってるのよ、家でいつもぼおっとしているくせに」

明け方の四時頃のことである。大きな声を出せば、家中に響き渡る。きっと、まんじりともせずに二人の会話を盗み聞きしていたに違いない義母が、襖を薄く開けて言った。

「富美子、そんなに興奮しないで、幸治さんの言い分も聞いてあげないと……」

そもそも自分こそが、「女が出来たに違いない」なんて余計な入れ知恵をしたくせに、まるで娘婿のよき理解者のような顔で、こんな口を挟んできた。

幸治は、本気で腹が立って来た。憎しみすら覚えた。

そもそも、こいつが原因なんだ。こいつが来なければ、親子三人で落ち着いて暮らせたのに。

幸治が家に居辛くなって来たのは、義母がこの家に住むようになった半年前からだった。

「ねえ、あなた、靖の面倒、お母さんに見てもらうわけに行かないかしら」

富美子のこの言葉が、悪夢の始まりだったのだ。

「お母さんに見てもらうって、このウチに来てもらうってことかい」

「ええ、そうすれば、私も安心して仕事に集中できるし」

幸治は、二階建ての一軒家を借りている。親子三人で住むには充分過ぎる広さで、「お母さんも一人で寂しいだろう、そのうち一緒に住んでもらおう」などと、幸治は言うともなしに口にしていた。何気なく口にしていたこの言葉が今、現実になろうとしている。

と言っても、何が起きるかは起きてみなければ判らないものだ。反対する理由は何もないので、幸治はこれに軽く頷いた。

「ああ、いいよ。お前も子供の面倒を見るばかりでは面白くないだろう。お母さんが来て、食事の支度とかきちんとしてもらえれば、俺だって万々歳だもんな」

「そう、良かった。でも問題は、犬たちよね。煩くないかしら」

「犬？　うちにはもう一匹いるじゃないか。この上、何匹か増えたって……ここは、犬を飼っても構わないって言われてるんだから」

かくして半年前、義母が犬と鳥の大群を連れてここに移って来たのである。

富美子は、早くに父親を亡くしている。つまり義母は長い間、未亡人で一人で募らしてきた。その寂しさを紛らわすために、犬を五匹と十数羽の鳥を飼っていた。急にそれらを始末するわけにも行かないので、一緒に移って来たのだ。

すでに飼っている犬と合わせて六匹が、庭を走り回っていた。

夜と言わず朝と言わず昼と言わず、猫が傍に来たと言ってはワンワン、子供がからかったと言ってはギャンギャン吠える。隣は普通のアパートで、小さな子供のいるうちが多いのだが、子供たちの中には犬が怖くて外に出られないという子も出て来て、これがまたアパートの出口付近に来ては火が付いたように泣いている。

加えて、鳥である。

鳥の声なんて、と思いがちだが、これが意外に大きいのだ。それも一羽二羽ならともかく、十数羽となると、百メートル離れたところからも、ピーピーピヨピヨとけたたましく響いて来るのである。義母の住んでいるまさに畑の真ん中の一軒家なら、犬が吠えようが鳥が鳴こうが誰も気にするまいが、ここは福岡市の住宅街の真ん真ん中なのだ。

富美子は、保険の外交の仕事をしている。義母が子供の面倒を見てくれるというので、夜遅くまで外を飛び回っている。つまりほとんど家にいないから、そんなこと大して気にならないらしいが、だいたい六時には帰って来て、土曜日曜は必ず家にいる幸治としては……。

幸治は、極端な綺麗好きである。しかし、犬と鳥が来てからは……庭先と玄関先が異常に犬臭くなり、三ヶ月も経った頃には、幸治にはその匂いが堪え難いまでになっていた。犬を病的に愛している義母が、犬と子供を一緒に扱うのにも、堪え難かった。

子供一人いるだけでも物が散らかると言って、幸治はしょっちゅう片付けばかりしていた。それが、義母がそうした片付けのセンスのまるでない人で、そこいら中に、まるで倉庫のように物が積み上げてある。

おまけに、食べる物の趣味が合わない。味噌汁はいつもぬるいし、味付けはしつこい。しつこいにもかかわらず生ぬるい……これは、なんとも言いようがなく不気味な味がするもので、幸治はしばしば、腐っているのではないかと疑いながら食事したものだった。

幸治は、確かに綺麗好きなのは自覚していたが、いたってズボラで無神経な方だと思っていた。それが、細かいことの一つ一つがこんなに気になる神経質な男だったとは……自分でも正直、驚いているのだった。

一軒家を借りたのは、子供を三人は欲しと思ったこともあるが、それ以上に、周囲に気兼ねなく呑気に暮らしたいと思ったからである。読書とビデオを見ることが趣味の幸治としては、書斎とまではゆかなくとも、静かに落ち着いていられる部屋を絶対に欲しかった。

それに幸治には、家族にはまだ言えないでいるが、密かな楽しみがあった。今の高校教師という職業と平行して、ちょっとした冒険を試みていた。静かな空間は、この冒険のためにどうしても必要なのである。

確かに、そのための閉じ籠れる部屋はある。しかし、犬どもとワアワア言いながら暮らすことに馴れている義母は、興奮するとひときわ声が大きくなり、幸治は一つ屋根の下にいるとどうにも落ち着かないのだった。

幸治は自分だけの空間を求めて、思い切って部屋を借りた。

借りたのは、つい一月前のことだ。そしてたった一ヶ月で、唯一の寛ぎの世界を奪われようとしている。

ついに、神経が切れてしまった。

幸治は、あれこれと捲し立てる富美子の前からついと立ち上がると、やはりアタフタと慌てる義母も無視して、家を出た。車に乗ると、飯塚目指して走り始めた。

もう帰るまいと決めた。

このまま、別居だ。あんな義母と一緒に暮らすくらいなら、子供もいらない。

車を運転していると、興奮しやすくなる。幸治は車で二〇一号線を飛ばすうちに、この半年間の些細だが堪え難い出来事の一つ一つを、ネチネチと思い出した。そして、興奮と逆上に油を注いだ。

黙って出て来ずに、富美子を一発張り飛ばしてやれば良かった。義母にも、「出て行け」とどうして怒鳴りつけなかったのか。

「ここは、俺の家だ。どうして俺が我慢しなきゃならないのか。出て行くのは、お前らの方だろう！」

どうして、こう言ってやらなかったのだ。自分で自分の人の良さに、腹が立って来た。

「糞っ垂れめが」

思いっ切り、アクセルを踏み込んだ。

スピード・メーターが、百キロを越えた。

「えい、糞、ざまあ見ろ」

八木山の頂上の直線道路の、ほぼ中間部に差し掛かった。周囲には、車は一台もいない。ここいらでは一休みできるよう、食事処が固まっている。ラーメン屋とか定食屋の類いだ。もちろんまだ朝が早いので、みんな閉まっている。だから車ばかりか人影も、全く見当たらない。

全く?

不意に、路上に何かいるのに気付いた。

犬か。夜の間に放された犬が、まだあちこちを散歩している?

犬と思ったら、腹が立って来た。

「ふん……犬か」

魔が差した、としか言いようがない。日頃の言動を知る者は、幸治がこんな行動に出たなんて、決して信用しないだろう。まさに、魔に憑かれたような心理状態に、幸治は陥っていた。

「ふん、犬か……殺ってやろうじゃないか」

幸治はさらにアクセルを踏み続けた。時速百二十キロ近くまで上がった。

犬の姿が、急速にこちらに近付いて来る。

犬はエンジン音に気付いて、ようやくこちらを振り向いた。

「……ああ」

幸治は思わず、声に出していた。

犬ではなかった。

子供だった。

もう、ブレーキを踏んでも間に合わないし、なぜか幸治は、踏む気にもなれなかった。今起きていることが現実の出来事と思えず、夢か何かを見ているような気がして、呆然自失してしまったのである。

ボディに、激しい衝撃があった。子供と思われる物体が、手足を振り回しながら宙高く舞い上がり、彼方に落下して行くのが見えた。

衝突する直前の子供の姿と顔を、自分はしかと見たのだろうか。見たような、見なかったような……。

幸治は車のスピードを百キロ以上に保ったまま、直線道路を駆け抜けていた。そして、下りの急カーブに差し掛かっていった。

「誰にも見られてないよな。車も人も、どこにもいなかったよな」

幸治は無自覚のうちに、ぼんやりとそれを確認していた。

2

目が覚めた。

時計を見ると、十時だった。

外は明るいから、もちろん朝のである。

「遅刻だ」

目が覚めて真っ先に気になったのは、そのことだった。

「まずいぞ、これは」

津田幸治は、高校の国語の教師だった。勤め先は県立の工業高校であり、だから彼はいちおう公務員だった。公務員は何よりもまず、仕事の出来なんか何の関係もなく、出欠が一番大切なのである。特に教師は生徒たちの手前、遅刻はおろか欠勤なんて絶対に許されないことだった。


ただでさえ、楽な仕事なのだ。

学校に勤務している時間は、朝の八時から夕方の五時まで。その間実質働くのは、授業のある時間だけだから、一日四時間もありはしない。その上、春、夏、冬には、他の職種では考えられないたっぷりした休日がある。忙しいのは試験の時くらいのものだ。

授業の内容にしたって、はっきり言ってルーティン・ワークだ。特に、工業高校で、国語に力を入れるはずはないから、授業がおざなりだろうが何だろうが、文句を言う奴などいない。

そんな風だから、せめて出勤くらいはきちんとしていないとバチが当たる、彼はそんな風に決めていた。

「いいですねえ、学校の先生って、そんなに休みが多いんですか」

実態を知った人は、必ず言う。

「ええ。ただしね、ということはね、仕事に生き甲斐を見出だせないってことなんですよ」

津田は羨ましがられたら、こうしかつめらしく付け加えることにしていた。

「ふとそのことに気付いたら、言い様のない虚しさっていうかね、寂寥感に駆られるものですよ」

「へええ、そんなもんですかねえ。でも、虚しさとか、寂寥感とか、やはり贅沢ですよ。青春している若者ではあるまいし。あたしらなんか生きて行くので精一杯で、そんな優雅な、文学的な感傷に浸っている暇さえありゃしません」

「その、暇がないってのこそ、生き甲斐ってもんですよ」

津田は、頷きながら言い返す。

文学的な感傷……この言葉が、津田には妙に嬉しかったりする。

津田の生き甲斐は、小説を書くことだった。

高校教師と言うのは生きて行くための定収入を得る手段で、小説を書くのを無上の喜びとしていた。

教師の傍ら小説をなどというと、絵に描いたような地方の同人誌作家だが、津田は同人誌には一切所属していない。彼の場合はむしろ所属していた方が、仲間とわいわい騒いで苛々や欲求不満を解消できたかも知れない。

土曜日曜に部屋に籠り、一人で黙々と書いていた。ある中間小説雑誌に三度ばかり投稿原稿が掲載されたことがあり、プロの作家になるのも決して不可能とは思っていない。

ではいっそ今の職業から撤退し、一家を上げて上京して、出版社の近い東京で本気で原稿書きに勤しめばいいのだが、とてもその気にはなれなかった。

「一人ならともかく、女房、子供がいるからな。連中を放り出して、生活を危うくすることはできんよ」

実際、この呑気で収入も間違いなく、将来的にも退職金も年金もたっぷり出る職業を放り出し、将来はおろか現在の生活の保障すら全くない作家などと言う〝虚業〟に就くと言ったら、富美子はさぞかし猛り狂うことだろう。

しかし、自分の職業に関して他人のせいにすることは出来ない。選択するのは、彼自身なのだ。

安穏な職を捨てて虚業に就くのを、誰よりも恐れているのは、実は彼自身だった。

教師という職業のつまらなさを、原稿を書くことによって誤魔化している。そしてこれは、自分が殻に閉じ籠るための、何よりの口実でもあった。

小説を書いて、それがたまには活字になっていると、富美子に言うべきだったのかもしれない。そしたら彼女も、なぜ幸治が自分一人の空間を必要としているか理解してくれたかも知れないのだ。

しかし幸治は、それを言わずにいた。小説を書きたいなどと言えば彼女は反対するだろうし、そんな暇があるならもう少し靖の面倒を見てくれと言うだろう。ベテランの保険外交員である彼女は、自分がなかなか働きに出られないのを悔しがっていたし、それほど現実的な女だった。それを考えると幸治には、とても部屋を借りた理由など言う気になれなかったのだ。

そして、こんな風に思いがけない大喧嘩なってしまった今となっては、こんなこと言ってもそれこそ空々しいばかりだ。

「遅刻か……不味いな」

十年以上勤めあげ、無遅刻無欠勤だったキャリアに、あっさり傷がついてしまった。

「どうしようか」

今日は、朝の一時間目から授業があった。二時間目も確か……今から学校に行っても、二時間もサボった後だ。それに、道路は混んでいる。ここ飯塚から福岡市内まで、どれだけ時間が掛かるやら。

不意に、学校に行くのがどうでも良くなって来た。ふっつりと、緊張の糸が切れた。

学校に行っても、富美子が電話を掛けて来るだけだ。そして、昨夜の出来事の再現だ。あの女のことだ、下手をすると学校まで怒鳴り込んで来かねないぞ。

ひょっとすると、今こそ思い切るチャンスなのではないか。

「学校、辞めちまうか、このまま。富美子ともさっぱり縁を切って、一人で暮らすか」

ここか、でなければ上京して、出版社との関係を強力に作るんだ。

「靖か……お義母さんがいるじゃないか。元気に賑やかに、面倒を見てくれるさ」

子供に対する感覚は、男と女では決定的な違いがある。母親は決して子供を捨てられないが、父親は子供が可愛いか否かとは全く別の次元で、いざとなると意外にあっさりと子供を切り捨てられる。母親が付いていると判っていればますます、そういうものなのだ。

これをきっかけに、世間とのしがらみを一切絶ち、一人で再出発する。

幸治にはこれが、ひどくいい考えに思えて来た。

「よし、もういいや。止めちまえ、学校なんか」

急に、さばさばして来た。

ふと、何か大事なことを忘れているような気がしてきた。

「何か、あったぞ、昨夜……いや、今朝方か……」

福岡市内の家を飛び出し、八木山峠を越えて、ここ飯塚市のアパートに辿り着くまでの光景が走馬灯のように脳裏を過ぎっていった。

——子供を轢いた。

五歳か六歳、小学校に上がるか上がらないかくらいの年齢だった。歩いてはいるが、見るからにまだ歩き方が子供々々している。放し飼いの大きな犬と間違えたくらいだ。それくらいの年齢の子だった。

女の子だった。裾の短いワンピースを着ていて、真っ白いパンツが見えたから、女の子に間違いない。

「子供を轢いたのか、今朝方」

こんな大事なことを、どうして今まで忘れていたのだろう。睡眠不足で、頭がぼんやりしているからか。

いや、他人事だからだ。

全く見ず知らずの、津田幸治とは何の関係もない子供だ。それが死のうが生きようが、はっきり言って知ったことではない。それよりも幸治にとっては、今朝は学校に行き損ねたことの方が、はるかに大切なことだった。

それにしても、あれは現実の出来事なのだろうか。

もし現実とすると、時速百キロ以上でぶつかったのだから、あの子は確実に死んでいる。

自分は、人を殺したことになる。

「ほんとかよ……そんな、まさか」

自分が轢き逃げ犯として逮捕されることを考えたら、急に恐ろしくなってきた。

慌てて、パジャマのまま外に出た。

マンションの駐車場に入れてある自分の車を、おっかなびっくり確かめた。

左のフェンダーのところに、大きな窪みがあった。

ということは、昨日まではこんな窪みはなかったから、今朝方ここに来るまでの間に誰か、あるいは何かと衝突したことは間違いないわけだ。

しかし、子供をはねたのなら、血糊とか肉片が付着しているものではないのか。それらしい跡は、全く見当たらないが。

スピードを出し過ぎていたので、血糊の付くゆとりすらなかったのか。子供は潰れながらポオンとはね、コンクリートの路面に着地して初めて血糊と肉をぶちまけた……考えられることだった。

でなければ、子供を轢いたと思っているのは幸治の勘違いで、人間でない別の何かを轢いたのである。そうであれば、どんなに有り難いか。

今朝方のあの出来事を、幸治は頭の中で何度も何度も反芻した。

しかし考えれば考えるほど、あれは小学校に上がるか上がらないかの女の子にしか思えない。

人間の錯覚というのは、恐ろしいものなのだそうだ。反復して考えるうちに、とんでもない方向に思い違いが発展してゆくという。

車のフェンダーの凹みを、目を丸く開いて見つめながら、幸治はしばらく駐車場に佇んでいた。

3

幸治は一日、飯塚のマンションに閉じ籠っていた。

子供を轢き殺した。そう思うと、さすがに恐ろしかった。今にも警察が来るのではないかと思うと、生きた心地がしない。下手に外に出ると、道行く人や近所の住民に、「あ、轢き逃げ犯が出て来た」と後ろ指をさされるような気がしてならないのだ。

この恐怖感、外に出られない気持ちの背後にはもちろん、家族を放り出し、学校を無断欠勤していることに対する疚しさもある。

電話はあるが、これはこちらからどこかに掛けるための物で、番号はもちろん誰にも教えていない。教えたら、隠れ家の意味がなくなってしまう。新聞も取っていない。外への窓口としては、テレビがあるだけだ。

自分の引き起こした轢き逃げ事件が、自分の顔写真と共に報道されていたらと思うと、恐ろしくてそのテレビも点ける気になれなかった。

こういう時には酒でもあれば、気が紛れるのだろう。だが困ったことに、幸治は酒を一滴も飲めなかった。カクテル一杯で激しい頭痛に襲われ、トイレに駆け込んで吐きまくる。極端な下戸なのである。

太陽の下を堂々と歩けない……この言葉を幸治は比喩的な意味で考えていたが、まさに物理的に太陽を見るのが疚しくなるのだと、初めて実感した。

部屋でまんじりともせずにいたが、ほとんど徹夜に近い状態だったせいだろうか。夜、暗くなったらそのまま眠ってしまっていた。

朝、六時頃に目が覚めた。

さすがに、気分がすっきりしていた。

「警察、来ないじゃないか」

もう一度、駐車場の車を見てみた。

フエンダーは確かに大きく凹んでいるが、血の跡はない。これでは、ただ物にぶつかったとしか見えない。

やはり、子供を轢いたと思ったのは、自分の錯覚だったのではないか。

そうに違いない。何しろあの時自分は、ひどい興奮状態にあった。そして一睡もしないで朝方、八木山峠を時速百キロ以上で走り抜けたのだ。錯覚を起こすのに絶好の状態だった。

そうだ、気のせいだったのだ。昨日あんなに怯えて過ごした自分が、馬鹿みたいだ。

「疲れてるんだな」

富美子とは別れる、学校も辞める。昨日のこの決心は、今も変わらない。むしろ頭がすっきりしている今、昨日以上に決意は固くなっていた。

ただし、このまま夜逃げのような形ですべてを変えるのではなく、筋を通してからだ。

富美子には、まだしばらく連絡はしないでおこう。今、連絡して、この決意を話しても、彼女はますます逆上するだけだ。一定の期間、彼女を放置して、彼にはもはや一緒にいる気がないことを知らしめた上で、別れ話を切り出す。それが一番いい方法に思える。

学校には、今日連絡する。そして緊急の事情で、しばらく学校には行けない旨だけでも伝えておこう。

時計を見た。七時だった。教師たちが学校に来るのは、だいたい朝の八時。まだ連絡するには早過ぎる。

駐車場まで出て来たついでに、ふらりと外に出た。

新飯塚駅の近くの無人スタンドには、早い時間から新聞が並んでいる。

まさかとは思うが、どうにも気になるので、幸治は西日本新聞を手に取ってみた。地元のニュースは、やはり地元紙が一番詳しいはずだから。

立ったまま、新聞を広げた。もちろん、まず最終面だ。

ただちに、気になっている記事が目に飛び込んで来た。

〈六歳の少女、早朝の国道で暴走車にはねられる〉

「×月×日の早朝七時前、国道二〇一号線沿いの道路脇でボール遊びをしていた福岡県井川町の栗田弥生ちゃんが、時速百キロ以上で暴走していたと思われる車にはねられ、即死した。両親が、朝食の支度等で慌ただしくて、弥生ちゃんから目を離した隙の出来事だった。事故現場の八木山峠は……」

この事故こそ、自分が引き起こしたものに違いなかった。読むのは恐ろしいが、しかし読まずにはいられない。幸治は、一気に記事を読んでしまっていた。

事故現場を目撃した者は今のところ一人もなく、誰が轢き逃げをしたのかは全く不明とある。たまたま、幸治が現場を通過したのと前後して暴走族の車が二台連なって走っていたとかで、警察の目はそちらに集中しているようだ。記事はさらに、この時間に六歳の子供がボールを持って外に出るのに気付かなかった両親の後悔の言葉と、深夜早朝の国道がいかに危険かを強調していた。そして、目撃者を探している旨を記して、記事を閉じていた。

やはり、自分は子供を轢いていたんだ——そのことに強いショックを受けたが、しかし同時に、自分が全く捜査の圏外にいることも判り、幸治はほっとした。

八時になるのを待って、学校に電話を掛けた。適当な理由を作って、しばらく学校を休む旨を連絡した。

教頭が電話に出て、しかるべき理由があって、しかるべき手続きを経なければ、それは許されないと怒った。

幸治は、何と言われようと行けないものは行けないと繰り返した。教頭は幸治の態度を、とても一人前の大人のそれとは思えないと言い出したが、そんなことはもはや、幸治の知ったことではない。黙って蒸発するのでなく、行けない旨を連絡しただけ有り難いと思えだ。

教頭はさらに、幸治の妻の富美子から、再三学校に電話が入っていると言った。家庭に何か問題があるならいつでも相談に応ずるからと、懐柔策に出た。

そうか、やはり富美子は執こく学校に電話をして来ているか。これは学校に行かなくて正解だったなと、幸治はますます学校に近付かない決意を固めた。

教頭はまだブツブツと何か言っていたが、もう話すことは何もない。幸治は面倒臭くなって、話の途中で電話を切った。

さっぱりした。学校に勤めるようになって十数年、結婚してからの五年間、その間に全身にずっしりと溜め込んでいた澱が、急速に消えて行く。

どうして、早くこうしなかったのだろうかと、奇妙にウキウキして来た。

今朝の事件のことなど、どうでも良くなっていた。どうでも良くなると同時に、今度は他人事として、事件の成り行きが気になって来た。

テレビを点けた。

さっき買って来た西日本新聞のテレビ欄を見てはニュース番組を探し、自分の起こした事件について新事実の報道はないかと目を皿にした。

昼過ぎまでテレビに齧りついていたが、報道は何もない。

考えてみれば、当然ではないか。事件を起こしたのは昨日の早朝、三十時間以上も前のことなのだ。しかも、たかが交通事故。ニュースにも何もなりはしない。暴走車による死亡事故など、珍しくもないのだ。

この先、仮に犯人が逮捕されたにしても、それが有名な芸能人とか政治家とか、人目を引く人物でない限り、報道はない。まあ、もし津田幸治が犯人だと判れば、曲がりなりにも高校の教師と呼ばれる人物が轢き逃げをしたわけで、小さく報道されるかもしれないが。

「しかし犯人は俺じゃない。暴走族なんだろう」

自分で自分にそう嘯き、幸治は笑った。そうだ、こういうのは思い込みが大切なんだ。

幸治はふと思い付いた。

自分自身に言い聞かせるために、二十回以上も繰り返して、こう口に出してみた。

「犯人は俺じゃない。犯人は俺じゃない」

そして、本気で憎しみを込めて、こう付け加えてもみた。

「犯人は、暴走族だって話じゃないか。全く、あのカスどもと来たら。ロクでもない奴等だ。あんなのはみんな、殺してしまえ」

不気味なことに、いつの間にか本当に自分が犯人ではないような気になっている。そして、暴走族にひどく腹を立てていた。

「こいつはいい。効果覿面だな」

幸治は、嬉しくなっていた。

念仏のようにいつまでもいつまでも、この台詞を繰り返し続けた。

4

一日、テレビを眺めて過ごした。

当然ながら、例の轢き逃げ事件の報道など、全くなかった。

警察らしき者が、このマンションに訪ねて来た形跡もない。

「やったな、逃げおおせたぞ」

人間の心というのは、想像以上にしたたかに出来ているものらしい。

事件から二日と経っていないのに、罪の意識など消え失せかけている。事件があったのさえ、もう何年も前のことに思えるくらいだ。

安心したのか、十二時になる頃には、テレビも部屋の電気も点けたまま、ウトウトしていた。

電話が鳴った。

ギクリとして、跳ね起きた。

「どうして電話が鳴るんだ」

確かに、ここに電話は引いてある。だが、受信するためではない。だいいち、誰にもここの電話番号は教えていないのだ。知っているのは、このマンションの管理会社と大家くらいのもんだ。

「不動産屋の勧誘か、通信販売の案内か？」

土曜日に時折り、そういう電話が掛かって来る。が、この電話に掛かって来る電話らしい電話というと、それだけだ。

「そんな馬鹿な、今は十二時だぞ」

時計を見ると、まさに今は深夜の十二時。

ボンボン時計であれば、十二回、不気味な音を響かせている時間である。

急に、何やらゾクゾクして来た。背筋にツーッと、冷たいものが走った。幸治は今、精神状態がひどく不安定な状況にある。つまらないことで、ピクピクしてしまうのだ。

「なんぼなんでも、こんな時間に勧誘の電話が掛かってくるはずはないよな」

怖いのを誤魔化すために、わざと声に出して言った。

とにかく、相手を確かめることだ。

電話に出た。

微かな雑音が聞こえた。

雑音というのもおかしな言い方だが、まるでテレビの何も映っていないチャンネルを点けた時みたいなざーっと流れるような音が、電話の向こうから聞こえて来るのだ。幸治は咄嗟に、電話の故障かと思ったくらいだ。

「はい、どなたですか」

教師の悲しい性で、つい生真面目に返答していた。もちろん、彼の方からは名乗らなかったものの。受話器の向こうからは、相変わらずの雑音だ。やはり故障だろうか。

「はい、どなたですか、こんな夜中に」

言いながら、また時計を見た。十二時から、一分を回ろうとしている。

依然、雑音のみ。

幸治はからかわれているような気がして、急に腹が立って来た。

「なんだ悪戯電話か、頭にくるなあ、もう」

独り言で悪態を吐くと、受話器を置こうとした。

その瞬間、受話器から声が聞こえて来た。

声は言った。

「あ、おじさん？　あたし、ヤヨイ。今、あなたのところに向かってるの一緒に遊ぼう」

まさに受話器を置く瞬間だったが、声はまさにそう言っていた。

「え、何？」

女の声だった。可愛い、ハスキーな女の声。子供の声のようにも聞こえる。

受話器を置く手を止めようと思ったが、遅かった。すでに受話器は、カチャリという金属音を響かせて、フックの上に落ちていた。

受話器を置いて、しばし考え込んだ。

「ヤヨイ？　誰だろう」

聞き覚えのある名前だった。

夜中に男一人のところに電話を掛けて来て、「一緒に遊びましょう」だなんて、何とも不謹慎な電話である。最近は、商売女もこういう営業の電話を掛け捲るようになったのだろうか。これからデートの段取りをしようとしたところで、幸治の方がせっかちに電話を切ってしまったらしい。

「ちぇ、惜しいことをしたな」

こういう時には、女だよな、やっぱり。

教師という体面上、幸治は女房以外の女を極力遠ざけて来た。しかしもう教師でもなければ、女房とも手を切るのだ。思い切って商売女を抱くのも、思い切りが良くなっていいのじゃないか。

しかしその女は、いったいどこからこの番号を調べて来たのだろう。この番号の主は、中年に差し掛かった男の一人住まいだと、なぜ判ったのだろう。ランダムに片っ端から電話をして、餌が掛かるのを待っているのだろうか。

ヤヨイ……ヤヨイ……それにしても、どこかで聞いた名だ。

どこか、行ったことのあるスナックのママかホステスの名か。

酒を飲めない幸治は、忘年会とか新年会、誰かの送別会、歓迎会、昇進祝い、転勤祝いの類いが大嫌いだった。が、教師も公務員であり、こうした行事にきちんと参加することは、授業をサボらない以上に大切なことだった。だから幸治は、嫌々でも顔を出さないわけには行かなかった。さらに、あいつは付き合いの悪い奴だと言われるのが嫌さに、スナックやカラオケ・バーでの二次会にも顔を出したりした。

そうした場所で知り合って、こちらのことを覚えている女の誰かなのだろうか。

それにしても、どうしてここを知ったのか。酒を飲まない幸治が、万一にも羽目を外して、うっかりこの秘密のアジトのことを誰かに話してしまうなんて、まずありえないことなのだ。

それに、そういう場所での幸治は、ビール一杯で赤くなったり青くなったりして見苦しい真似をしているか、でなければムキになって酒を断りつつ憮然としているかである。とても、遊びに誘いたくなる相手ではないのだ。

ヤヨイ……ヤヨイ……ヤヨイ……しかし確かに、聞き覚えがある。それも、最近のことのような……。

五分と経たないうちに、再び電話が鳴った。

あの同じ女であることに、まず間違いない。話の途中で切れてしまったので、また掛け直して来たのだろう。

今度は躊躇わずにすぐに出た。

「はい、もしもし」

女からだと思うと内心ウキウキしているのだが、それでも慎重を期してこちらからは名乗らなかった。

数秒間、沈黙があった。

　また、例の雑音が聞こえる。だから、同じ相手からだと、すぐに判った。きっと、携帯電話から掛けているんだ。数秒間の沈黙の、心地好い緊張感。

　そして、声が聞こえた。

「あ、おじさん、あたし、ヤヨイよ。今、マンションの入り口のところに来てるの。一緒に遊ぼう」

「あ、ヤヨイさん、ちょっと話をしようよ。オジサンだなんて、ひどいなあ。これでも自分じゃあ、まだ若いつもりなんだぜえ。でも、どうしてここを知ってるの。誰にも内緒……」

　幸治は、みっともないくらい甘い声を出していた。後で冷静になって自分でこの声を聞いたとしたら、さぞかし屈辱を覚えるだろうというほどの甘い声である。

　しかし、ヤヨイさんとやらは、幸治の言葉など聞いているのかいないのか、自分の用だけ言うと、さっさと受話器を置いてしまった。

　電話が切れた瞬間、幸治は全身から、音を立てて血の気が引いて行くのを自覚した。視野が急速に狭くなり、自分がどこにいて何をしているのかすら混乱して来た。


　ヤヨイという名をどこで聞いたのか、思い出したのである。

　ヤヨイ……弥生だ。あの、事故で轢き殺された……いや正確に言うと、俺が轢き殺した。

　馬鹿な……そんな馬鹿な……だってあの子は、死んでるんだぞ。死んだ人間が、どうして携帯電話なんか……。

　深夜のこの時間なだけに、幽霊を想像して震え上がった幸治だが、すぐに気を取り直した。

　そんな馬鹿な話があるわけない。怪談の世界じゃないんだぞ、ここは。

　誰かの悪戯だ。

　こんな悪戯をする奴は……やはり、誰かに見られたのではないか。その目撃者が、あれから一日半の間に幸治の居場所を突き止め、脅しの電話を掛けて来たのだ。

　その目的は……金か、復讐か。

　金だ、間違いなく。復讐が目的なら、警察に通報すればすむことだ。今時、〝復讐するは我にあり〟なんて流行らない。

　それにしても、どうして女の、子供の声なんだ。子供が、強請(ゆすり)なんか働くか。

いやいや、幸治は弥生という女の子の声を聞いたことがないのである。女の子と思える声を聞かせれば、充分に脅しの効果はある。

「そうか、判ったぞ」

幸治は膝を叩いていた。

「あの雑音、声を誤魔化すためなんだ。どうもおかしな音だと思ったが」

慌てていないと言ったら嘘になる。

やはり、目撃者がいたんだ。自分は今にも、犯罪者として捕まるかもしれない。

どうする。言いなりに金を払うか。それとも、逆襲してこいつも消してしまうか。

もちろん、後者だ。こんなことで一生強請られて暮らすなんて、真っ平御免だ。せっかく、作家として独り立ちする決意を固めたのに、それを捨ててどうして地獄を見なければならない。

そうとも、作家になるのに、犯罪者であって困ることは何もない。刑務所に入ったって、小説は書けるのだ。いや、その方がよほどいい物が書けるかも知れない。刑務所で代表作を書いた作家は、世の中にたくさんいるのだ。

そうとも、強請られるくらいなら、いっそ自分から自首して、刑務所に入った方がましだ。

そう開き直ると、ますます決意は固まった。

「そう言えば、今はマンションの入り口にいると言ってたな。来るなら来いだ。返り討ちにして、お前も血祭りだ」

幸治は、ほとんど使ったことのないキッチンに行って、果物ナイフを手にした。ここで料理をしたことはないし、する気もないから料理用のきちんとした包丁はないのである。

しかしその前に、三度目の電話が鳴った。

きっとまた、あの強請り屋からだ。

電話に出るべきか否か、迷った。相手の正体が見えないから、電話に出るのがひどく恐ろしいのである。

しかし、だからこそ出ないではいられない。

受話器を取った。

やはり同じ雑音が聞こえる。

沈黙に堪え切れず、幸治はつまらない誤魔化しを口にしていた。

「困るな、お嬢ちゃん、どこの子。こんな夜中に、悪戯電話なんか掛けて……」

　最後まで言い切らないうちに、ハスキーな声が返って来た。

「あ、おじさんね。あたし、ヤヨイよ。今、エレベーターの前にいるの。これからエレベーターに乗るのよ。一緒に遊ぼうね」

　まさにこれから友達のうちに遊びに行く子供のような、凄く楽しそうな声だった。

　これが、強請りの声だろうか。

　幸治の背中を、再び冷たいものが這い下りていた。強請りが、こんな声を出すだろうか。

　子供に喋らせて、テープに録音したのか。充分に考えられる。なぜなら、幸治の言葉に何の関係もなく、返事すらせずに、この子はいつも同じ調子で、自分の台詞だけ喋って切ってしまうではないか。雑音の調子も、いかにも録音テープに相応しい。

　手の込んだやり方だ。相手は一人でなく、複数の可能性もあるぞ。

　果物ナイフ一本で、間に合うのだろうか。

　何か、身を守るのに決定的な武器はないのか。幸治は周囲を見回した。

　バットも太くて長い棒切れも、ここにはない。料理用具がなければ、大工道具でも戦うのには充分なのだが、それすらない。まさか、そんな物が必要になるなんて、夢にも思わなかったのだ。

　戦う道具を探して部屋をうろうろしながらも、もう一つの疑問が頭を擡(もた)げて来る。

　本当に、あの弥生って子が迎えに来たんじゃあ……。

　しかし、それだけは考えたくなかった。

　また、電話が鳴った。

　今度こそシカトしようと思った。

　最初の電話がこちらに向かって来る路上、次がマンションの前、次はエレベーターの前……とすると今度は、エレベーターを下りたところだ。

　エレベーターを下りたところというと……幸治の部屋だ。エレベーターを五階で下りると、すぐ真ん前が幸治の部屋だった。

　電話が鳴っているということは、そいつはこの五階で、エレベーターを下りたのだろうか。そして、携帯電話でうちに電話をしている?

エレベーターの音は、ここまで響いて来ただろうか。エレベーター・ボックスが部屋の傍に来ると、響きで判る。気にしなければ聞き損なうが、どうかして耳に付いて来ると、ひどく煩く感じるくらいだ。

今は聞こえただろうか。彼女は、乗って来たのか。今はそれを確かめ損なってしまった。

ドアの覗き穴に目を当てれば、ちょうどエレベーターの降り口が見える。覗いて確かめてみれば一番早いのだが……もしそいつが、携帯電話を持っていなかったらどうしよう。電話を使わずに、うちの電話を鳴らしているんだとしたら……いや、ただ電話を持っていないだけでなく、そいつの顔や姿形が……それを思うと、怖くて向こうを覗けない。

無意識のうちに、電話のベルの鳴る回数を数えていた。

十回鳴っても、まだ切れない。

二十回鳴っても、まだ鳴り続けている。それも気のせいか、音は一回鳴るごとに刻々と大きくなって行くようで、幸治は自分がひどく責められている気がしてきた。

三十回目には、もう堪え切れなくなっていた。


例の雑音。

もう余計なことは何も言わず、固唾を飲んで受話器からの声を待った。

ハスキーで無邪気な、女の子の声だった。

「おじさんでしょ。あたしよ、ヤヨイ……おじさんの部屋の玄関の前にいるの。ボールも持って来てるの、一緒に遊ぼう」

これは、テープに録音した言葉なんかじゃない。ほとんど同じのようだが、毎回毎回、言葉のニュアンスが違っている。この少女は間違いなく、幸治の反応を確かめながら話し掛けている。

ほら、台詞を言い終わった後の、このかすかに聞こえる含み笑い。こんなの、今まではなかったぞ。彼女はもう、遊ぶのを待ち切れなくなっているのだ。

目の前が、真っ暗になった。向こうが受話器を置くのも確認せずに、幸治は叩き壊さんばかりに受話器を置いていた。

どうしよう。何か武器は。とにかく、相手の侵入するのを防ぐだけでもいいのだ。

幸治は立ち上がると、忙しく動き始めた。テーブルだの椅子だのソファーだの、本を詰めた段ボールだのを、片端からドアの前に積み上げていった。

相手が得体の知れない強請り連中だろうと、あるいは幸治が絶対に考えたくない種類の存在だろうと、一歩も中に入れてやるものか。そうきっぱり、決意したのだ。

とにかくここで、朝まで籠城する。それからどうする？

「そんなの、朝になって考えればいい。最悪の場合、警察に電話して自首するさ」

ふてぶてしく、幸治はそう開き直った。

そう開き直って、不意に今、最も安心できる解決策を思い付いた。

そうだ。警察だ。こういう場合は何はともあれ、警察に連絡して守ってもらうのが一番いいのではないか。

別に、自首する必要などない。怪しい電話が掛かって来て、どうもおかしな人物がマンションに侵入して来ているようだ、そう電話すれば、飛んで来るだろう。そして、マンションの周りも中も調べてくれる。

「そうだよ、そうじゃないか、こういう時こそ、官憲を利用するのが一番だよな」

自分の恐怖心がいかに根拠のないものか、それで明らかになる。

幸治は矢も盾も堪らず、電話に飛び付いた。

受話器を取った瞬間、しまったと思った。

取る寸前に、電話機は音を立てたのだ。かすかに、リンと。つまり、ベルを鳴らす前兆のリンである。

幸治が電話を掛けるまさにそのコンマ何秒か前に、誰かが電話を掛けて来たのだ。そして幸治は、その電諸に応えてしまった。

雑音。

さっきまでは、この雑音が数秒間続いたのだが、今度はわずかしかなかった。考えてみれば雑音の続く時間も、一回ごとに短くなっていたではないか。あたかも、距離が近付くのに正比例するかのように。

すぐにも電話を切って、そのまま受話器を持ち上げ、警察に電話しようとした。なぜなら今度の台前の内容が、幸治にはもう充分に予想がついている。そしてその台詞だけは、絶対に聞きたくなかったからだ。

しかし、切るより早く、少女は言葉を口にしていた。

「おじさん、ヤヨイよ。あたし今、あなたの後ろにいるの。さあ、ボールで遊びましょう」

幸治は、受話器を持ったまま、その場で硬直した。
少女が、電話を切る、プツンという音。
しかし幸治は、受話器を置けなかった。
受話器を持ったまま、全身にグッショリと汗をかいて、ゆっくりと後ろを振り返った。

（了）

幽霊屋敷

1

これは本当の話なので、地名・人名等をありのままに記すのは、差し障りがあろう。すべて、仮名に伏せさせていただく。

東京からF県に越して来たのは、一年ほど前のことだった。

F県は東京から、約千五百キロ離れている。飛行機に乗れば一時間半かそこらで行き来できるが、思い立ってぱっといける距離ではない。

「友成さん、どうしてまたF県なんかに」

担当の編集者たちは言う。

「まあ、F県にいても、原稿は書けるじゃない。今はFAXも普及してるし、電話の市外通話も安くなってるしさ」

日本は今のところ、東京を中心とした厳然たる中央集権国家である。私は原稿書き、というか、要するに作家なのだが、こういう仕事をしていると、ひしひしとそれを感ずる。

出版社の大半は、東京に集中している。特に雑誌の全国誌を持つ会社はすべて、編集実務は東京で行なわれている。はっきり言って、仕事先との付き合いを考えると、東京にいないと肌理細(きめこま)かな打ち合わせや、情報交換はできないのだが……。

それで皆、F県の人々さえ、私にこう問うのである。

「友成さん、どうしてまたF県に……何か、事情でも?」

もちろん、事情はある。いささかプライベートで、他人には知られたくない事情がある。ここにはとても書けないような事情があるから、こんなF県くんだりにまで〝都落ち〟して来たのだ。

が、これを、誰も彼にも話すわけにはゆかないので、こう言い訳をする。

「まあ、ぼくは元々、F県の生まれなんだよ。でも、H市でなく、ずっと外れのI市で生まれたんだけどね。両親もF県にいるし、親戚は全員、このF県に住んでる。まあ、実家に帰って来たようなものさ」

わっはっはっはっ——笑って誤魔化す。

ここまで言えば、たいていの人は納得してくれる。

「なるほどね」

これは嘘ではない。私の両親を始め、親戚は全員、F県にいる。私が生まれたのも、F県I市である。

ただし、生まれてすぐに、自分でも全く記憶のない時期に、転勤になった両親に連れられ、東京に出た。以来三十六年間、三十七歳になるまで、東京の山の手に住んで来た。

F県出身というより、私はあくまで、うどんよりはソバの方がずっと好きだし、トンコツ・スープで紅ショウガを入れる博多ラーメンより東京の屋台のショウ油ラーメンの方が好きだし、東京の人間なのだと思う。

F県に越して来た当初は、H市の中心部にあるマンションを借りて住んだ。

「ぼくはもともと、F県で生まれた人間だから」。そう言いながら、市内のどこが繁華街で、下町で、山の手で、そんなことは一切判らぬ。中心部を、何とか地図に頼らずに歩けるようになるのに、半年はかかっただろうか。

その間、驚くことの連続だった。同じ日本の中というのに、さすがに千五百キロも離れると、東京とF県とではまるで事情が違う。

まず、飲み屋。屋台が、常連客以外からボルのはまあ、どこでもよくある話だが、メニューにきちんと値段の書いてある居酒屋でさえ、店長とお友達か否かで、まるで値段とサービスが違って来る。

家具や電気製品を注文すると、届くのに二週間はかかる。ましてや電気製品の修理など、一ヵ月はかかると覚悟しなければならない。

「何時にどこで会いましょう」とか「何時に始まります」という時間の約束事に、きわめてアバウト。早くなることはまずなく、だいたい一時間くらい遅れる。

電話でも、「はい、折り返し電話します」などと言って、まず掛かって来たためしはない。先日も、私の商売道具である原稿用紙を注文した際、「二、三日で品物は入ります。入り次第電話します」との由。約束の三日を過ぎ、四日を過ぎ、五日が経っても連絡がないので、こちらから電話を入れたところ、案の定、受話器の向こうで、「入っちょります」と胸を張っておられた。こういうことが、頻繁にあるのである。

Ｈ市には二本だけ、地下鉄が走っている。東京と違って、ラッシュの時間帯でも混み具合いは高が知れている。肩や肘が触れ合うくらいのもので、肋骨が折れんばかりの押し合いは考えられない。それは有難いのだが、まるで行列を作らず、出入口にドッと殺到するのはいただけない。

物凄いのは、道路事情である。

Ｈ市の車は、信号が赤に変わってからも四、五台は、当然の顔をして交差点を走り抜けてゆく。もし、黄色信号で停止でもしようものなら、「なんばしよるとね、こんバカタレが」と罵声を浴びせられるか、下手をすると追突される。

高速道路の入口とか、あるいは車線の数が減少する際には、東京では車は互いに譲り合い、一台ずつ交互に進んでゆく。が、Ｈ市では、強引な車の勝ちである。もし相手に譲ったりしたら、その車は半永久的に先へ進めないだろう。

郊外ばかりでなく中心部でも、酔っ払い運転が珍しくない。時には、缶ビールを片手に運転している人もいる。

先日も、車で来た友人と外で飲んだ。

「よっし。車の駐めきる店で飲みまっしょ」

ということになって、駐車場に隣接した飲み屋で腰を据えた。私は当然、この人はもう車を、ここに置きっ放しにするつもりなのだと思った。

違った。私の考え過ぎだった。この人は私以上にしたたかに飲んだ後、私に言った。

「さ、帰りましょ、友成さん。タクシー？　馬鹿なこと言いんしゃんな。わたしが送っちゃるけん」

で、家まで車で送っていただいた。

この時に初めて気づいたのだが……そう言えば私は、Ｈ市内で、お巡りさんの姿というのをほとんど見かけたことがない。そもそも、交番というものが、東京ほどやたらめったらにはないではないか。

この間、物凄い運転を見た。

交差点で、歩行者用の信号が青になったので、私は交差点を渡りはじめた。右折のウインカーをチカチカさせつつ、車が正面からやって来る。右折車なので、私の方に来るはずがなく、私は気にもしないで歩き続けた。

しかしその車は、相変わらず右折のウインカーを瞬かせつつ左、つまり私の渡っている方向に曲がって来たのである。

　信じられなかった。このままでは、間違いなく、私は車に轢かれる。二歩ほど、後ろに退いた。

　車はそのまま、私の鼻先を堂々と走り抜けていった。運転手は正面をキッと睨みつけており、私の姿が目に入っていないはずはないのだが、まるで無視してくれた。

　こういう運転が許されるのか――私は驚くのを通り越して、何だか嬉しくなって来た。

　私も運転免許は持っているが、ペーパー・ドライバーである。免許を取ったっ切り、全く乗っていない。運転はできないに等しい。

　が、「ああいう運転が許されるなら」と一念発起して、車に乗ることにした。

　当地で出来た友人に、フオルクス・ワーゲン専門の中古ディーラーがいる。カー・マニアの間では全国的に知られたワーゲン・マニアで、自分で整備するのはもちろん、レースにもしょっちゅう出ている。

　大胆にも、この方に注文してワーゲンに乗ることにしたんですなあ。一介のペーパー・ドライバーが、シート位置が低くてクラッチ操作のやりにくいワーゲンに乗ろうだなんて。車を知っている人は誰もが、「ええっ、大丈夫なの？　まあ、練習にはいいかも……」と言っている。

　今さらそんなことを言われたって、決めてしまったものは仕方がない。こうなったら、覚悟を固めて乗るだけだ。だいたい当地は東京ほど交通機関が発達してはいないから、やはり車は必需品なのだ。特に、スクーバ・ダイビングだスキーだと現を抜かしている私としては、車に乗れるか否かで行動範囲がまるで違って来る。

　整備に二ヶ月ばかりかかるとかで、まだ車は届いていない。

　届いたら、駐車場が必要である。

　が、私が住んでいるマンションは駐車場付きではないので、別に借りなければならないのだが……。

　駐車場がないばかりでなく、二DKのマンションでは何となく手狭になって来た。それに、物価を知らずに部屋を決めたのだが、どうも割高な物件を借りてしまったようだし。

　思い切って、引っ越しをすることにした。

　H市の外れ、境界線を一歩越えてK市に入ってしまったあたりに、絶好の物件を見つけた。

一軒家である。

二階建てで、五ＬＤＫ。正規の部屋とは別に、まさに部屋と呼んで良い大きさの納戸が二つあり、事実上は七ＬＤＫである。そして家の外に、車は二台まで駐車して良いとのこと。

でもって家賃は——十万円。この広さで、たったの十万円。

地元の人々に訊いても、この広さを見せて値段を言うと、「安かあ」「なしそげん安いとね」と目を丸くして魂消る。中には、「人殺しがあったっちゃなかろうか」「お化けが出るったい」と勝手なことを言ってくれる人もいる。

これだけの一軒家を東京で借りたら、いったい幾らするだろう。二十三区を離れた東京都下でも、三十万円は下らないと思う。

何はともあれ、出物なことは間違いない。結婚も間近かに控えている身としては、この広さなら二人で住んで、子供が生まれても充分に住んでいられるわけで、即決で借りることにした。

引っ越しの前に、婚約者を連れて、もう一度、部屋を見に来た。

「二階建てで広いのは嬉しいけど…… 何か、気味の悪い雰囲気があるわね」

ぽつりと口にしてから、慌てて言い足した。

「いえ、嫌だって言うんじゃないとよ。ただ、部屋によって、何か怖い感じの部屋があって…… でも、どこもそうよね。一軒家の広い家って必ず、暗い感じの変な部屋があるものね」

私は、沈黙せざるをえなかった。

彼女がどの部屋のことを言っているのか、あえて聞くまでもなかった。私にも、見当がついている。

あえて意識の表面には昇らないようにしていたが、私自身、何となく肌寒い思いのする雰囲気が、この家のある場所には漂っていたからだ。

2

先に記したが、家は、Ｈ市からＫ市に入った入口のあたりにある。バス停の、すぐ裏手だった。

家の前は、車が十台ほど駐まれる、月極めの駐車場になっている。これに隣接して我が家はあり、この駐車場の一番奥の一角を、うちが勝手に使えるというわけだった。

駐車場に面して建っている——車の出入りの騒音がう

るさいかな。それが、第一印象だった。

　駐車場に面した壁には、窓も軒もない。納戸に通ずる粗末なドアが二つあるのみ。二階建て分の一枚壁が、ドーンとそそり立っている。

　窓のない一枚壁というのは、見ているだけで息苦しくなる、何とも不思議な感じだ。

　この壁の裏側、一階部分が、二間続きの納戸になっていた。

　一つは、八畳敷きくらいの広さで、コンクリートが剥き出しの土間だ。これに続くもう一間は、四畳半くらいの広さの板間。これで窓があれば、立派に部屋として使える。

　この二間続きの納戸には、大きなエアコンが備えつけてある。家主だか前の借手だかが、ここで学習塾をしていたとのこと。なるほどこのスペースは確かに、人を集めて何かをしたくなる。

　何とも薄気味の悪い雰囲気だったのは、まずここだった。特に、居住部分に連らなる、四畳半くらいの広さの板間の方。

　窓がないので、暗い。昼間でももちろん、夜のように暗い。板間にはさらに押し入れもあるのだが、押し入れの中に何か黒い塊りが潜んでいて、ばあとか顔を出しそうだった。

　蛍光灯が二本、ついている。これが、今時はどこにも売っていないような、実に安っぽく古めかしい代物だった。スイッチの紐の先を、可愛い熊の人形で飾っているのだが、こいつがまた埃まみれで、何だか怨念のこもっていそうな代物で……。

　この蛍光灯をパチンとつけると、いちおう板間は明るくなる。しかし、まるでここが本当は闇の世界であるとでも言いたげな、何とも頼りない暗い明るさで、却って薄気味が悪くなってしまう。

　感じの悪い場所は、もう一部屋ある。

　これは、二階だ。

　二階部分は、階段とトイレを挟んで、洋間二部屋と和室二部屋に、大きく分かれている。

　和室部分には縁側があり、縁側の一端が押し入れ、もう一端は小さな納戸になっている。

　この小さな納戸が、これまた不気味なのだ。

　ここは明るい。窓があるからである。さらに、天井には蛍光灯か電球を吊るすためのプラグがあり、さらに電源コンセントまである。

ほとんど押し入れと変わりない、いや、押し入れより狭いくらいのスペースなのに、窓があり電灯プラグがあり電源コンセントがあり――つまり、まるで人間がここで生活できるようにしつらえられているのである。

まさか……な。

納戸のドアを見た。本来なら把手か何かあってしかるべき位置に、小さな穴が四つほど開いていた。

その穴は、木ネジか何かを刺したせいでできた穴に違いなかった。

木ネジ四本で、ここにいったい、何を固定していたのだろうか。

「……鍵……か」

他に、何が考えられよう。

納戸とは、物を収納する場所である。いわば、押し入れのようなものだ。

押し入れに鍵をつける人が、いるだろうか。鍵をつけるのは本来、人間が出入りする場所だけだ。

いやいや、そうとは限らない。鍵とはそもそも、貴重な物、大切な物を安全に保管するための物だ。この納戸にはきっと、さぞかし家主の大切にしていた物が、収納されていたに違いない。

そう自分を納得させようとするが、しかし依然、疑問が頭を持たげて来る。

では、窓は？　電灯は何のために？

そうそう……そう言えば……鍵にはもう一つ、大事な役割があったな。

人を、そこに閉じこめる……。

木ネジの穴は、納戸のドアの表側にはあるが、裏側、つまり内部にはない。言う意味は、もしここに鍵があったとすると、その鍵は納戸の外からのみ操作できるので、内側からはいじれないのだ。

私はこの納戸を見た時、軽く肩を竦めたのみで、後は深く考えないことにした。

婚約者が、友達を連れて、いずれ住むことになるこの家を、見学に来た。

友達の一人が、この納戸を見て、さも面白そうに言った。

「わあ、何に、この納戸。何か、気持ち悪かあ……折鑑部屋みたいやね」

「ほんと。ここに、悪さした子供を閉じこめとったりしてね」

「じゃなきゃ、人前に出せない家族とか生き物とか、ここに閉じこめて飼ったっちゃないやろか」

私が、あえて考えないようにしていた数々を、彼女たちはあっさり口にしてくれた。

婚約者が冗談で言った。

「うち、好かん、この家。お祓いか何かしてからにせんと、うち、よう住みきらんきね」

半分は確かに冗談だが、半分は本気で言ったように、私には聞こえた。


引っ越しというのは、体力を消耗する。年ごとに、それを痛感する。

F県H市に越して来たのが、ちょうど一年前のことだと、先に記した。

が、引っ越しは、この時ばかりではない。

そのさらに一年前には、私はロンドンから東京へ転居している。

その二年前には、東京からロンドンへ。またその数ヶ月前には都内文京区から港区へ、移っていた。

私は三十八年間の人生でいったい何回、引っ越しをしたことだろう。今、ざっと勘定してみたが、ほぼ二十回も転居を繰り返し、しかもその半分以上がここ十年ほどに集中している。

別に、引っ越し魔なわけではない。それどころか、肉体労働は苦手なので、引っ越しなんて面倒なことは、大嫌いだ。いつも、これで最後にしようと思うのだが、諸般の事情が私に引っ越しを余儀なくさせる。

二十代の頃には、それほど大変とは思わなかった。大変と思うどころか、初めての引っ越しの時には大きな家財はすべて新規購入だったので、本とか食器とか蒲団とか、自分の手で運んだものだった。

両親と、今となっては些細なことで諍いをし、家を出た。まだ学生だったので、アパートを借りるのが精一杯。アルバイトで得た金で、家財を一つ、また一つと買い揃えつつ、本や何かをリュックや紙袋に詰めて運んだ。両親の家からアパートまで、電車を二回とバスに乗り継がねばならなかったが、いったい何往復したことだろうか。

不思議に、苦痛はなかった。むしろ、親の下を離れての新しい生活、未知の経験への期待に、胸を高鳴らせたものだった。

　三十歳を過ぎた頃から、引っ越しにひどい疲労感を伴うようになった。若い編集者などの手伝いの手や、業者を介しての引っ越しだというのに、えらく疲れる。

　自分の持ち物を、二晩ほどかけて段ボールに詰める。情けない話だが、それだけでもうヘロヘロになっている。

　さらに、二晩ほどかけて段ボールから荷物を出したら、もう半死半生だ。これは決して、大袈裟に言っているのではない。腰が曲がらないほど痛くなり、ふくらはぎがパンパンに張ってしまう。

　間違いなく、自分は年齢(とし)を取った。三十八歳、いやもうすぐ三十九歳なのだ。そう、もう二十代だったあの頃の体力と柔軟性はなく、確実に中年から初老へと近づきつつある。

　今回の引っ越しは、婚約者とその女友達が何人も、そしてダイビングの仲間たちが手伝ってくれた。これほどの人手が、あったためしはない。

　先ほどは悪口めいたことばかり書いたが、H市の人、F県の人の人情の篤(あつ)さに私は正直、感動していた。知り合ってまだ一年と経たない新参者のために、ここまでしてくれるとは。

　が、疲れた。これほど疲れた引っ越しも、またない。これは誰のせいでもなく、他ならぬ、私自身の年齢のせいである。

　引っ越しの完了した初日、だだっ広い、荷物を散らかしたままの部屋で、横になった。

　越して来たばかりの部屋というのは、奇妙に神経の高振るものである。

　前に住んでいた人の魂、情念、ここに生活している間に味わった喜怒哀楽が、まだ残っているせいだろうか。

　それとも、ここはほぼ一ヶ月、空き家だったという。その間に逆に人の気は失せ、代わって、畳だとかはめ板だとか、柱、床のリノリウムの本来の物性が、滲み出て来るのだろうか。

　いずれにしろ、越して来たばかりの家には、家具がまだ馴染まない。すべてが借り物に、家に拒絶されているように見える。家に窒息死させられそうな、そんな息苦しさを覚えるのである。

　段ボールを積み上げた真ん中に、蒲団を敷いて寝た。

もともと私は神経質で怖がりなのだが、越して来たばかりということもあって、その夜はひときわ気色が悪かった。

婚約者に、傍にいてほしいと思った。こういう夜にこそ、傍にいてほしいものだが、いかんせん、こう散らかっている真ん中に、「頼む、今夜は泊まっていってくれ」なんて、とても言えたものではない。

婚約者は、夜の十時頃まで手伝ってくれたものの、「あ、こげん遅くなってしもた。うち、もう帰るきね。片付いて落ち着いたら、知らせて。ゆっくり来るわ」

そう言い捨てて、無情にも帰ってしまったのである。

怖いので、部屋の電気はつけっ放しにした。蒸し暑い夜なので、エアコンもつけっ放し。でもって、タオルケットを頭まで被って寝た。

エアコンが肌寒いくらい利いているというのに、身体が汗ばんだ。まあ、タオルケットを被ったりしてるから、それも当然なのだろうな。

しかし、まだ六月なのに、何という蒸し暑さ。このF県の暑さだけには、去年一夏(ひとなつ)を経験しているというのに、どうしても馴れることができない。

自分では、ちっとも眠れないと思った。が、疲労とは偉大なものである。あれだけ得体の知れない不安感と、言いようのない気分の高振りを味わっていたというのに、私は五分と経たぬ間に眠りに落ちていたらしい。

夜泣きだ。

寝入端(ねいりばな)に、赤ん坊の泣き声を聞いた。

夜泣きする赤ん坊に手を焼いたらしい、母親の怒りの声が聞こえた。ひどくヒステリックな声だった。

まあ、ここは住宅街だ。それも、最も庶民的な地域。この蒸し暑い夜に、窓を開けて眠っている家は多い。夜中に、夜泣きをする赤児の声や、それに癇癪を起こした母親の声が聞こえても、おかしなことは何もない。

そればかりではない。癇癪を起こしたヒステリックな母親の声に、それに業を煮やした父親の声も重なった。

それはついに、夫婦喧嘩にまで発展したらしかった。それも相当に派手な、口ばかりでなく腕や脚まで動員しているらしい気配がある。

怒声に、悲鳴が混じる。野太い声と甲高(かんだか)い声が、交互に叫んだり、暴れたりしている。その間も、赤ん坊の夜泣きは止まりはしない。それどころか両親の喧嘩に刺激されて、いっそう激しくなったようだった。

こういう家庭は、しょっちゅう同じことを繰り返すものだ。どうやらこの夜中の喧嘩に、頻繁に煩わされることになりそうである。

まあ、いいさ。そのうち馴れるだろう。原稿のネタにも使えるさ。

それにしても、大きな声だな。まるで、すぐ隣の部屋で罵り合っているように聞こえる。

声を聞きながらそんなことを考えているうちに、私はいつしか、眠りに落ちていた。

夜中にいったん、目が覚めた。やはり、新しい部屋は、寝心地が良くはない。それに疲れている時というのは、却って朝方とかに目が覚めやすい。

寝室に決めたのは、二階の和室の八畳だった。例の、みなが〝折檻部屋〟と呼んだ納戸の、隣りの部屋である。

そんな部屋をどうしてわざわざ選んで、蒲団を敷いたのかって？

理由は、単純である。ここが、いちばん明るい感じだからだ。隣りのマンションの通廊を、駐車場を出入りする車を、この部屋からは眺められる。物音も当然、ここに最も良く聞こえて来る。

賑やかで明るい感じだから、取りあえずここを寝室にしたのだ。都会育ちの私は、多少の雑音がないと、なかなか寝つけないのである。

例の縁側と和室とは、障子で仕切られている。

縁側と外とは、大きなガラス戸で仕切られている。ここにはカーテンをすべきなのだが、一週間ばかり前に注文したカーテンは、まだ届いていない。先にも記した通り、ここは東京でなく、F県なのだ。

カーテンがないので、隣りのマンションの通廊の白い光が、まともにガラス戸に当たる。それが障子に射して、部屋全体に明りを投げかけていた。

夜中というか、朝方に目が覚めた時には、さすがに、タオルケットを顔から剥いでいた。上半身が、剥き出しだった。

ひょいと開いた目に、障子が飛びこんだ。

白い光を背景に、浮かび上がる影があった。

動いている。縁側を、押し入れのあたりから納戸の方向へと。

啜り泣きにも似た、か細い声と、赤ん坊のぐずる声が二重唱になって聞こえて来る。

「よしよし、よしよし、よしよし」

そう言っているらしい。

何と悲しそうな、それでいて怨めしそうな声なのだろうか。その啜り泣きから私は、狂気の匂いを嗅ぎ取らずにはいられなかった。

「よしよし、よしよし、よしよし」

その合いの手とともに、何か言っている。

あっぷっぷう……あっぷっぷう……

そう聞こえる。

かと思うと、
あっちへ入れる……あっちへ入れる……

そうも聞こえる。

障子に映る影は、どうやら、赤児を抱いた母親らしい。

しかし、何と背中の丸い、母親なのだろう。

そして、何と長い髪なのだろうか。背中どころか、腰か尻のあたりまで垂れた豊かな髪を、大きく振り乱している。障子越しだから判らないが、きっと漆黒の艶々した髪なのに違いない。

また、赤児。赤ん坊にしちゃ、何と大きな子だ。特に、頭。この赤ん坊の頭は、大人のそれよりも大きいぞ。

変な母子だ。実に変な母子だ。

親子は、ぐずる声と、啜り泣きながらあやす声とをしみじみと洩らしつつ、押し入れから納戸へとゆっくり歩いていった。納戸でくるりと方向転換をし、今度は押し入れへと向かった。

きっとこうして何時間も、この親子は、ここを行ったり来たりしているのに違いない。

ふうん……変な親子だな。

私は完全に夢現(ゆめうつつ)で、そんな風に感じた。

自分の方が、他人の家に泊まっているような気がした。何しろ引っ越して来た初日の晩、まだ、全く部屋に馴染んでいない夜のことだったのだ。

あの母と子こそここの住人なので、自分の方こそが余所者(よそもの)なのだと。

そして、またすぐに眠りに落ちた。

3

朝、目が覚めた。

夜明け前に障子越しに見た光景がちらりと脳裏をかすめた。

おかしな夢を見たものだと思った。昨夜の寝入端に、赤児を挟んで夫婦の喧嘩する声を聞いた。そのおかげで、あんな夢を見たのだと思った。

それにしても、生々しい夢だったな。

ここ三、四日の疲れは、一晩眠ったくらいで、取れるものではない。しかも、引っ越しはまだ半分終わっただけで、これから二、三日をかけ、荷解き(にほど)きをしつつ必要な物を買い揃えてゆかなければならない。

そう思うと、なかなか蒲団から出る気になれなかった。しばし蒲団の中で、輾転反側(てんてんはんそく)した。

ようやく決心を固めて、蒲団から這い出した。

梅雨の合い間を縫って、外は好い天気だった。障子越しにも、朝の心地良い光が射しこんで来る。

立ち上がり、障子に手をかけた。

開けた。少し引っ掛りがあったが、コトンと音を立てて、障子はすぐに開いた。

顔に、陽が当たった。

眠気が、一気に覚めた。何と清々(すがすが)しく、心地良い陽射しだろう。

大きく、伸びをした。

縁側に踏み出しつつ、下を見た。

「……」

絶句した。踏み出すべく上げた脚が、その場で止まってしまった。

縁側に、足跡がついていたのだ。

別に、白とか赤とか、色がついているわけではない。ただ、湿っぽいだけだ。もし三つとか四つしかなければ、その足跡の存在に気づくことは、まずなかっただろう。

足跡は、縁側一面に拡がっていた。押し入れを向いたものがあれば、納戸を向いたものもあり、足跡の上に幾重にも足跡が重なっている。それこそ、無数の足跡と言って良かった。

誰かが一晩中、この縁側を行ったり来たりした。そうでなければ、こんな足跡がつくはずはない。

私の全身から、一瞬で音を立てて、血の気が引いていた。いったい誰が、こんなところに入って来たのか。

そして、梅雨時とは言え、一昨日、昨日、今日と、絶好の引っ越し日和(びより)だった。足跡がこんなに湿っているのは、いったいどういうわけなんだ？

それに、変な形の足跡だった。大きさといい形といい、人間のそれなのだと思うが、しかし人間のそれにしては、細すぎる。痩せこけているのだ。

人間というより、オランウータンかチンパンジーのそれを、思わせた。

夜明け前に、ちらりと垣間見た光景が、ありありと目の前に蘇った。

赤児を抱いて歩き廻っていた母親の姿、あれは本物だったのだ。

「幽霊？……そんなはずはないよな……幽霊には、足はないはずだもの」

私は、本気で自分にそう納得させようとした。したたかな足跡を残してゆく幽霊なんて、ありえない――そうだろう？

昨夜、喧嘩をしていた夫婦のうち、奥さんの方が赤ん坊を抱いて逃げ出したんだ。そしてどうやってか、うちの二階に侵入して来た。

きっと、隣りのマンションの通廊からうちの二階の屋根に飛び、どうやってかガラス戸の鍵を開けて中に入った。そして朝まで、子供をあやしながら歩き廻った後、旦那の大人しくなった頃を見はからって、再び鍵をかけた後に、自分の部屋に戻った。

どうも現実にはありそうもないことだし、いかにして外からこのガラス戸の鍵を開閉したかという問題は残るが、しかし、他にどうとも考えようがない。

この日は一日、引っ越し荷物を片づけつつ、近所の住人の様子を観察した。例の母親と赤ん坊と覚しい者を、見つけようとした。

赤ん坊連れの母親は、何組も見つけた。疑おうと思えば、その全員が怪しい。が、違うと言えば、全員が違っていた。

一つだけは言える。あの、ギスギスと尖った、狂気じみた雰囲気を放っている母親は、唯の一人も見つけることができなかった。

二日目の夜、私は、すべての電気をつけて、ほとんど眠らぬままに過ごした。あの、夢とも現実ともつかぬ、おかしな出来事の真相を、掴みたかったのである。

もしそれが、幽霊とかの怪異現象にかかわるのだったら、即にでもここを引き払う覚悟だった。

縁側の足跡は、そのままにしておくのも気色が悪い。かと言って、午後になっても、全く乾く気配はない。

仕方がないので、怖いのを我慢して、雑布で自分で拭った。何が怖いといって、もし拭っても拭っても落ちなかったらと思うと、それがいちばん怖かった。

しかし、足跡をそのままにして夜を迎えるのも、また怖い。

雑布で拭ったら、幸いなことに、足跡はすぐに消えてくれた。

二日目の夜は、何事もなく過ぎた。

三日目の夜は、ただでさえ疲れている上に、二日目にほとんど眠らなかったせいで、自覚すらないうちに眠りに落ちていた。

何か、眠っている間に起きていたかもしれない。が、死んだように眠りこけたせいで、何も気づかずにすんだ。

これで、憑き物でも落ちたのだろうか。以降、おかしなことは何も起こらなかった。

四日目、五日目と、寝つきは決して良くはなかったのだが、普通に眠り、普通に起きることができた。

一週間も経つ頃には、引っ越しもあらかた完了し、新しく購入した家財も届いていた。家にようやく、馴染みはじめていた。

気のせいだろうか、あれほど薄気味の悪かった納戸も、しきりに出たり入ったりして荷物を動かしているうちに、怖さを感じなくなっていた。

婚約者も、家を訪れて言った。

「あら、だいぶ人間の住むところらしくなっとおね。このお化けの出そうな納戸も、気味悪い折檻部屋も、もう何ともなかごとあるね」

それを聞いて、ほっとした。どうやらこれからは、夜も電気を消して眠れそうだ。彼女がここに越して来るのも、もう時間の問題だろう。

それにしても、あの母親と子供は、いったい何だったのだろうか。そうそう、それとあの父親——三人の声は、あれ切り全く聞かない。あれは、めったにない出来事だったのだろうか?

怖いようなことは、何もない。が、何しろ大きな家なので、〝おや〟というようなことは、少なくない。

たとえば、ドアが勝手に、軋り音を立てて開いたり閉じたりする。音が聞こえるばかりでなく、しばしばその現場を目撃するが、確かにドアはいったん大きく開いて、また閉じる。

まるで、誰かがドアを開けて通り、後ろ手に閉じたような案配だ。

きちんとロックしたドアが、勝手に開くこともあった。そういう時にはさすがに、首を傾(かし)げたくなる。

最も頻繁に開いたり閉じたりするのは、言うまでもなく例の折檻部屋のドアである。

そして、この辺りには、変質者とか、頭の少しおかしい連中が多いらしい。

駐車場の奥にあるこの家は入りやすいのか、連中はしょっちゅう、昼と言わず夜と言わず、庭に入りこんで来た。

そう、うちには、猫の額ほどの庭があり、そこに野菜や花を栽培することができた。

私はそうした方面には無精なので、何もしないでいる。が、婚約者がこの庭の使い途については、情熱を燃やしていた。

ここに、入り込むのである。

夕暮れ時とかに、カカシのように微動もせず、無表情に、庭にボオッと突っ立っていたりする。そして、物欲しそうに、家の中を眺めている。

その顔色の青白さ、死んだ魚の目のような哀れな目つきと来たら。

十分も二十分も、その場に立ち尽くしている。気味悪くなって警察でも呼ぼうかという頃、いつの間にか姿を消している。

二階の屋根に昇って来て、窓からひょい、爬虫類を思わせる眉毛のない顔を覗かせ、室内の気配を伺っていることもある。

どうしたら、あんな格好ができるのだろうか。屋根の軒先から、逆(さかさま)にぶら下がり、窓の上の方から、顔を覗かせることもあった。

長い髪が、だらりと真下を向いて下がる。重力の法則のせいで、顔の肉が下方へ引っぱられるせいで、ただでさえおかしな、狂気めいた顔が、ますますおかしくデフォルメされてしまう。

ひょいとそんな顔が目に入った日には、私は思わず、吹き出しそうになったものだった。

入れ換わり立ち換わり、変質者だかいささか頭のプッツンした奴だかが、うちを覗きに来る。怖いと言えば怖いし、気味が悪いと言えば、気味が悪い。が、滑稽で剽軽（ひょうきん）でもある。どうしたわけか私は、連中を憎む気になれなかった。

　連中が姿を見せるようになった最初のうちこそ、警察を呼ぶことを本気で考えたが、一ヶ月も経つ頃にはそんな気は失せていた。

　別に、何も悪さはしないではないか。あいつら、少し頭が足りないだけなのさ。五ＬＤＫプラス納戸二つという、大きな家にたった一人で住み、日がな一日家でブラブラしている小説家という人種が、連中は珍しくてしょうがないのだ。

　隣り近所の主婦連には、この奇妙な連中よりも、私の方がよほど気味の悪い人間に見えるに違いない。

　しかし、我が婚約者は、この者たちを気持ち悪がるだろうなあ。私としても、婚約者と二人での生活を、こいつらにずっと観察されるのはたまったものではない。

　まあ、いい。婚約者がここに住むまでに、まだ二ヶ月ほどある。対策は、それまでに考えればいいことではないか。

　考えなければならないことは、他にもたくさんある。

　私ももう三十八歳、もうすぐ九になるし、婚約者も決して若くはないのだ。ふらふらした生活にも、この辺でけじめをつけ、堅実な生活を営んで、子供を生むことでも本気で考えなければいけない。

　そう、子供を生むことを。

　なんでこんな広い家を借りたのかというと、いつ子供が生まれても良いようにだ。

　我が婚約者が、子供を抱いているところを、空想してみた。

　そして、それを傍で、ニコニコしながら見ている自分を。

　何か、気持ちが悪くなって来た。

　何か、変だぞ。

　ほら、窓からヒョイ、また顔を出した奴が、笑っている。こいつが声を出すのを聞くのは、これが初めてだ。

　奴は、ケタケタ笑いながら、こう言っている。

「けけけ……掛かったな……憑いたぞ、お前に」

　憑いた？　どういうことだ？

（了）

お伽の島にて

1

「こりゃ、いい値段で売れるぞ」

海岸に立って沖を眺めた時、天野は思わず呟いていた。

真昼の心地良い陽射しを浴びて、沖合いの島の上に、お伽話に出て来るような可愛らしい城が、シルエットになってくっきりと浮かび上がっている。

改めてじっくりと眺め、天野はいつしか黙り込んでいた。「いい値段で売れるぞ」などと下世話な台詞(せりふ)を口走った自分が、恥ずかしくなっていた。

ここは、日本を遠く離れた、イギリスの地である。そのイギリスの中でもひときわ日本から遠い、コーンウォールのペンザンス――。

と言っても、イギリスを知らない人には、判りにくかろう。イギリスはよくウサギの形にたとえられるけれども、そのウサギの足先、西南端に相当する部分がコーンウォールである。場所柄、気候も良いので、イギリスでも指折りのリゾート地として知られている。農産物に恵まれた豊かな土地でもあり、イギリス人の間でも最もイングランド的(イングリッシュ)なところと呼ばれている。

成田からヴァージンの直行便で十二時間弱、ロンドンのヒースロー空港に降り立った。本当ならロンドンで三、四日ゆっくりし、時差呆けを治して仕事に取り掛かりたい。が、貧乏性で仕事熱心な日本人に、そんな余裕は許されないのだ。

ロンドンに着いたその夜に一泊しただけで、翌朝には天野は、パディントン駅からペンザンスへ向かう車中の人となっていた。

列車に揺られること約七時間、天野は目指すペンザンスの駅に降り立っていた。ここは、ロンドンからソールズベリ、プリマスを経て西方へ一直線に走る鉄道の、終点でもある。

全く、何てひどい会社に俺は就職したんだ。

丸二日に亘る旅でヘトヘトに疲れ切っていた天野だがペンザンスの街に出た瞬間、その疲れも急速に失せていった。

重い雲に包まれていたロンドンと違って、ここには清々しい陽の光があった。

今は、六月の終わり。これから夏のシーズンが、本格的に始まろうとしている。

でこぼこした石畳が、うねりながら続いている。その石畳に沿って、いかにもイギリスの地方都市らしい古い石の家が、軒を連ねている。イギリス人が、最もイングランド的な土地としてここを愛するというのも、日本人の天野にも判るような気がした。

街には住人以外にも、早くもリゾート客が姿を見せている。陽射しを楽しみに来た老カップルから子連れの夫婦、若いカップルまで、様々なリゾート客の姿を見かけることができる。

イングランド的な土地柄のせいだろうか。ロンドンではあれほど目にした黒人や中近東人種、東洋人さえ、ここでは見掛けない。代わって、ロンドンでは少ないアングロ・サクソンの典型的な白人が、ここには溢れている。ホルマリン漬けを思わせる連中の生白い肌が、この地の陽射しにもろくも、ピンク色に上気していた。

街に泊まりたい衝動を振り切って、天野は街並みを背に、海岸に向かった。

今日の陽のあるうちに、島に着く約束になっている。今夜は、そこに泊まるのだ。そして契約をすませたら、ただちに失礼してロンドンに戻り、再びロンドンに一泊しただけで、機上の人となる。

十二時間もかけてイギリスくんだりまで来て、こんな美しい街に立ち寄りながら、仕事だけすませてさっさと帰る。何とも馬鹿げた、それこそ実にもったいない訪れ方である。

しかし、それが日本のビジネスマンというものなのだ。仕方がない。

日本経済もひどい落ち目だが、イギリスはそれよりもっとひどい状況にある。旧貴族やブルジョワは、もはや財産を支えることができず、次々に投げ売りしていた。

数年前まで、日本の不動産屋が、これらの物件を比較的高値で買い取っていた。

それが日本も、戦後初の不動産不況である。日本もこれを、もはや買えなくなった。

しかし連中にすれば、頼りは日本の不動産屋だけだった。それが買ってくれないとあっては、まさに首を括(くく)るしかない。

連中も、捨て身になった。つまり、ただでさえ投げ売りしていた土地を、さらに安い値段で手放そうというのである。

こうなっては、いい物件があれば、不況のどん底にあえぐ不動産屋としても、食指を動かさないわけにゆかなかった。利益の出る見込みのある物件に投資しなければ、商売が成り立たないではないか。

天野は、越路エージェンシーという不動産グループに、営業課長として就職している。〝課長〟といえば聞こえは良いが、これは、取引先の信頼を得るための肩書だ。大手不動産グループの越路エージェンシーには、いったい何百人、何千人の課長さんがいて、現場から現場へと飛び歩いていることやら。

で、天野の上司は、イングランド西南部のこの物件に目を付けたというわけ。

上司は、奥さんが旅行好きだとかで、前に一度、イギリス周遊旅行をしたのだそうだ。その時にここコーンウォールを訪れ、問題の城を見たという。

「コーンウォールってのはな、天野、そりゃ美しいところでな。特にペンザンスは、イギリスでも指折りの避暑地だ。ペンザンスがなんでそんなにイギリス人の心を魅きつけるかっていうとな、島があるからさ。セント・マイケルズ・アイランドっていってな、小さな島の真ん中にデンとゴシックの城のそびえ建つ、まさにお伽話みたいな島でな……まさか、あそこが売りに出されるとはな」

天野の上司は、何年か前に見た光景をありありと思い出したらしく、遠い目をした。いつも土地と金の話しかしない現実主義者の上司が、こんな夢見るような目をするなんて。天野は、上司のうっとりとした表情にこそ、驚いたものだった。

その島は、ただの島ではないのだそうだ。

〝島〟と呼んでいるが、一日に一度、小一時間ほど、島でなくなる時がある。

潮が干(ひ)いた時だ。

島と海岸を結ぶ浅瀬が顕(あらわ)れ、歩いて行き来できるのだそうだ。島に出入りの商人も島の住人(といっても、城の人間だけだが)も、この道の顕れる一瞬を狙って、馬車で往復したものだという。

もちろん、頼めば漁師が船を出してくれる。しかし人々は船よりも、一瞬の時期を見はからって、徒歩や馬車で渡る方を選んだという。一日に一度、海を割って顕れる道——何とも神秘的で、ロマンチックではないか。それが、人を魅きつけるのだろう。

　話としてこれらのことを聞いた時は、天野は他人事として、「ほおっ」と思っただけである。

　しかし今、現実に、ペンザンスの街にいる。

　海岸に立ち、沖合いのセント・マイケルズ・アイランドを目の前にしていた。

　上司のロマンチシズムが、もはや他人事ではなかった。そして、冒頭の呟きを口にしていたのである。

　荷物を肩からぶら下げたまま、しばし呆然と、島と城郭を眺めていた。

　引き潮時を狙って、自分もここを歩いて渡りたいと思った。

　しかし今の時期、潮が引いて道の顕れるのは、夜中の十一時頃なのだという。

　暗くなってから、道を渡るのは難しい。ランプや懐中電燈の光は限られた範囲しか照らさないし、道を見きわめながらモタモタ歩いていては、やがて潮に飲まれてしまう。

　それに今は、仕事で来たのだ。そんな悠長なことをしている余裕はない。

　時計を見た。

　夕方の六時過ぎ。

　じきに、ボートが迎えに来るはずだった。

　夕方の六時だが、陽はまだ空高くにある。

　六月の終わり、日が一年で最も長い今の時期、イングランドは夜の十時頃まで明るい。夜の十一時なんて、まだ陽が沈んだばかりと言って良かろう。

　夕方という気が、ちっともしなかった。いつもなら夏の夕方六時頃には、ビールを一杯引っ掛けたくなるところだが、およそそんな気になれない。それは時差のせいばかりでなく、この陽射しのせいだと思う。

　イングランドよりさらに北のスコットランドでは、夜十一時にならないと、空は暗くならないのだそうだ。日本にいては信じられない、それこそ夢のような話ではないか。

　天野はようやく、自分が荷物を担いだままなことに気づいた。

荷物を降ろすと、その上に腰を落とした。現実離れした風景に腰を据え、日本から遥か離れた地に来たことを実感しつつ、迎えのボートをぼんやりと待っていた。

城の女主人は、名をレディ・グレイと言った。

グレイというと〝灰色〟なわけで、ひなびた世捨て人の老婆か何かを想像する。現に天野は、貴族の血を引く城の主人という立場からも、ゴツゴツしてプライドの高い、魔法使いの婆さんみたいなのを予想していた。

実物は、まるで違った。

二十代半ばの、栗色の髪の美女だった。

イギリス女といえば、色気のないので有名だ。骨格はゴツいし、腰は縄文土器のようにでかく、足も太い。パサパサの肌で化粧気はまるでなく、ガニ股でのし歩く。イギリス紳士が続々とホモの道に走るのも、イギリス女性の色気のなさを見れば、なるほどと頷けてしまう。

しかし、レディ・グレイは違った。

アングロ・サクソンより、ラテン系に近い感じだ。肌のすべすべした様子といい、ふっくらした顔立ちといい、まるでフランス人形みたいだった。

実際、コーンウォールは地理的にもフランスやスペインに近く、多数のラテン人種が上陸しているという。少なからず、婚姻関係により実質、フランスの領地となってもいる。ペンザンスの街全体に漂う華やかさ、明るさは、そのラテンの血と無縁でないに違いない。

貴族の血を引くというレディ・グレイにもきっと、フランスかスペインの貴種の血が流れているに違いない。

二十代半ばといえば、社会の荒波にもまれて来た中年男、天野の目から見れば、まだほんの小娘だ。にもかかわらずその美しさ、愛らしさがまぶしくて、天野はしどろもどろになった。ただでさえ下手糞な英語が、いっそうぐちゃぐちゃになった。

天野の錯乱した英語を、苦笑い一つ見せずに熱心に聞いた後、レディ・グレイは乾いた口調で淡々と言った。

「おっしゃった値段で、結構ですわ。私どもの方では、もうここを維持するのと税金の支払いで手一杯で。それらの経費と、改装に要した借金とが消えるのなら、只で手放しても良いと思っていたくらいなので」

イギリスの貴族は、プライドこそ高いが金にはガメつく、一ポンドでも余計に手に入れようと、みっともないくらい執（しつ）こく交渉を迫ると、同業者に聞いていた。しかしこのレディ・グレイの、何ともあっさりしていること。

「御覧になったでしょう、ペンザンスの街を、城の眺めを、そして城内も」

島に着いてすぐ、まだ陽のあるうちに、天野はレディ・グレイに、城を案内してもらっていた。

小さな城ながら、六つの塔を持ち、内部は迷路のように入り組んでいた。牢だった隠し地下室があれば、絵画をコレクションした一室があり、豪華に装飾されたチャペルがあり、庭はまた美しく……。

「この環境、この保存状態でおっしゃった値段で手に入るなら、ひどくいい買い物をしたとお思いでしょう。しかしそれは、それだけの経費をかけて維持をして来たからなので、お金が本当にかかるのはこれからなのだと、しっかり頭に入れておいて下さいね。ここを美しく保つのは、主人（あるじ）の義務なのだと、肝に銘じておいて下さい」

レディ・グレイは、その辺りの年間経費の計算書も、すでに提出してある。天野の上司は、それを承知し、維持を固く約束した上で、買い取りを決めたのだ。

このメルヘンのように美しい地所を目にしたら、赤字覚悟で、誰でも手に入れたくなる。天野はレディ・グレイの言葉に、きっぱりと頷いていた。

「城の管理を任せておいた者たちにはすべて、暇を出してあります。私も含めて一族の者も、もはや誰もここには住んでおりません。私も、あなたとの契約を終えたら、すぐにロンドンに戻ります。きっと、あなたと一緒の列車で戻れるでしょう」

このレディと二人で列車に乗ることを考え、天野は胸が高鳴った。

いやそれより、今夜はこの城にレディと二人切りなのかと思うと、何の下心もないにもかかわらず、身体が火照ってならなかった。

「今夜、契約書を交わした瞬間から、城を所有する権利と同時に、維持する義務も、越路エージェンシーの手に移ります。管理人や使用人、この地の習慣のことで知りたいことがあれば、もちろん何でもお知らせしますので、遠慮なく相談して下さい」

レディは俯き加減で、淡々と畳みかけていった。

天野の仕事は、取りあえず契約をまとめて帰るだけだ。入れ違いに業者の者が来て、具体的な作業にかかる。細かい相談は、彼らがレディ・グレイにすることになる。天野が、余計な質問をすべきではない。

彼らが、レディと密に相談する様を想像して、天野は嫉妬の情を禁じえなかった。

レディが顔を上げ、窓の外を眺めながら言った。

「そろそろ、暗くなって来ましたね。私はお先に失礼しますけれども、お食事はまだお済ませでは？　簡単な手料理を、寝室に用意して御座います。もしよろしかったら、どうぞ食べて下さい」

外には明るさが残っているが、石で固まれた室内は、ランプの灯りがなければ物が見えないほど暗かった。

外から光を浴びて、レディの顔も黒っぽく沈んで見えた。まだ二十代半ばだというのに、その表情はひどく暗かった。〝グレイ〟という名が、その姿には不思議によく似合った。

今のイギリスで、貴族の血を引く者がどれほど困難な立場に追い込まれているか。レディはこの可憐な身体で、一人でその労苦に立ち向かっているのだ。

天野は、レディ・グレイがいっそう愛惜（いとお）しくなっていた。

2

陽のある間はあれほど美しく思えた城が、夜には恐怖の塊りと変わった。

レディ・グレイと話していた応接間から、まだ空が明るいうちに、塔の最上階に用意された寝室へと向かった。

城というのは防御の必要上、窓というのが最小限の大きさに造られている。部屋も通廊もいってみれば、石の厚い壁に息苦しいまでに閉ざされている。

小窓から覗く空がなまじ明るみを残している分だけ、城内はますます闇に閉ざされて見える。

もはや住人もいないので、城の電気はすべて止めてあった。

カビ臭くて狭い石の通廊を、ランプの光のみを頼りに歩いてゆく。通廊は、昼に見るよりはるかに狭く長く、うねって感じられた。寝室までほとんど一本道なのだが、とんでもない方向にさまよい込んだような気がしてならなかった。

城が建ったのは五百年ほど前、千四百年代のことだそうだ。以来、改築に改築を重ねて今日に至り、今後も改築を重ねてゆくことだろう。

ゴシックの由緒ある城というのは、血塗られた歴史を持つものだ。

この城で何人の貴族が貴婦人が、政治や宗教の陰謀の犠牲となり、死んでいったことだろう。あの秘密の地下牢で、何人が悶死し、また拷問で殺されたことか。

自分は今、その血塗られた歴史の真ん中にいるのだ。

足が自然に、地下牢の方へと向いてしまいそうだった。ランプの先は、周囲ほんの数メートルしか届かない。その先は、漆黒の闇に沈んでいる。

闇の中に、得体の知れない魔物や幽霊が、蠢いていそうだった。そして今にも、ひょいと、ランプの光の中に姿を見せるのではないかと思うと、天野は気が気でなかった。

三十歳を過ぎてまだ、オバケを怖がるなんて。日本では信じられないことだが、このお伽話めいた世界では、それが本当のことに思える。

レディ・グレイは、何ともないのだろうか。こういう環境で育ったはずの彼女は、きっとお化けくらい何ともないのだろう。全くの話、お化けなど怖がっていては、城主などつとまるまい。

ようやく、廊下の突き当たりに出た。

狭い、それこそお化けの出そうな螺旋階段を伝い、塔の上へと辿ってゆく。さんざん踏み潰されて、少しでも気を抜けばすぐに転んでしまいそうな階段で、転んだらそのまま下まで落ちるだろう。

今にもひょいと、その辺から節くれだった灰色の手が出て来て、天野の足首を鷲掴みにしたりして。

レディ・グレイも今、この同じ域内にいるのだ。

天野は一所懸命にそれを考え、恐怖心を鎮めようとした。

レディ・グレイは、本当に城にいるのか？

十一時頃、潮が引いて道が顕れるという。彼女は当然、この道のことを知っている。目をつむっていても、歩けるはずだ。

天野一人を放ったらかして、用はもうすんだとばかりに、さっさと島を離れていたりして。

その可能性を考え、天野は気が狂いそうになった。

腕時計を見た。

十一時の少し前。まだ道は、顕れていない。少し、ほっとした。

天野の部屋は、海岸に面しているはずだ。ということは、不意に出現した神秘の道を、眺めることができるだろう。

今夜は、月もきれいに出るだろう。月の光に照らされたペンザンスの街と、神秘の道は、さぞかし美しく見えるに違いない。

天野はそんな風なことを考えて、必死に気を落ち着かせた。

フロア三つ分を昇りつめて、ようやく最上階の寝室に出た。

接客用の、タペストリーと絨毯できれいに装飾された寝室といっても、所詮は古い石の城の中である。

円形の、昼に見たよりはるかに狭い空間だった。大きなベッドが真ん中に据えてあり、それでもう空間は塞がっていた。

ベッド脇に小さなテーブルがあり、そこに、言われた夜食が用意してあった。冷めないよう気を使って、紅茶を入れた魔法瓶も用意されている。

レディの心遣いが、ひどく人間味を感じさせてくれて、有難かった。彼女が一人だけ、彼を放ってさっさと城を出てしまうかもしれない。ほんの一時とはいえ、本気でそう疑った自分を、天野は用意された夜食を見て恥じた。

窓から覗く空は、もはや黒く染まっている。つい先ほどまでの青みが、嘘のようだ。

心細いランプの光のみを頼りに、天野はボソボソとサンドイッチをぱくついた。

美味(うま)いか不味(まず)いか、良く判らなかった。丸二日間に亘る旅の疲れと、思いがけぬ美人に出会ったことと……そして今、何とも得体の知れない恐ろしさを味わっているせいだった。

狭い部屋の隅と天井に、かろうじてランプの光が届く。光は、ベッドや家具や壁に吊ってある装飾品の影を、奇妙に暗く重く映し出している。おっかなびっくり見つめていると、風もないのに、その影がかすかに右に左に揺れて見える。まるで部屋全体が呼吸し、鼓動しているみたいで、何とも言えず気色悪かった。

サンドイッチを噛む音が、耳元で生々しく響く。その音が、変に谺(こだま)して大きく聞こえ、そのせいで城に眠っている魔物か何かを起こしてしまいそうで、天野はそれが恐ろしかった。

こういう気味の悪い晩は、蒲団を被ってさっさと眠ってしまうに限る。

天野は紅茶を飲み干して胃袋を鎮めると、ランプを吹き消した。

蒲団を頭まで被り、目を閉じた。

二日間ほとんど眠っていないので、すぐに眠れると思っていた。

しかし、神経は却(かえ)って磨ぎすまされ、高ぶり、眠くなるどころか目がますます冴えて来た。

空気が乾燥しているといったって、蒲団を被っていればさすがに暑い。身体がすぐに汗ばみ、心臓が高鳴って来る。

その心臓の音に、いつしか耳を傾けていた。

聞こえて来るのは、心臓の音ばかりではなかった。

自分のパジャマや毛布の、衣ずれの音。どこから響いて来るのか、木や石の軋り音や、空気の流れる音。

まるで、誰かがこちらへ歩いて来るみたいだ。それともすでに部屋にいて、歩き廻っているのだろうか？

そして、溜め息をついている。

いや、溜め息でなく、啜り泣きか、笑っているのか。

暗闇の中で、目が見えない。そのせいで、聴覚が異常に敏感になっている。昼日中なら気にもかけないような些細な音の数々が、今は様々な妄想を呼び起こした。

妄想だと判っていても、幽霊や物ノ怪の姿をそれらの音からまさに現実の物として想像してしまうので、本人にとっては気色悪いことこの上ない。

ついにこらえ切れなくなって、天野は蒲団を剥ぎ、顔を出した。

思い切って目を大きく見開き、周囲を見廻した。

怪しい物音や軋り音や溜め息の数々は、ただちに消え失せた。見馴れた寝室の風景が、目の前に拡がっていた。

蒲団を被って震えていた間に、目がすっかり闇に馴れたらしい。ついさっきは真っ暗に感じられた室内が、今は信じられないくらいくっきりと見えた。

部屋には、恐れていたような物ノ怪も何もいなかった。

部屋の一角に、大き目の窓がある。その窓から、少し欠けた月が覗いていた。

今になって天野は、レディ・グレイがわざわざこんな遠い塔の一角を天野の寝室として当てがってくれたのか、納得がいった。窓が大きくて、月明りを最も良く取り込むことができるからだ。

月の光を見て、天野はほっと我に返った。レディ・グレイの気遣いを思って、ひどく嬉しくなった。

そのせいで、眠る気など全く失せてしまった。

もはや、横になっていても無意味である。かといって、ランプに光を入れて、何か始める気もしない。下手に明るくすると、却って怖くなるだけだと実感したからだ。全くの話、光というのは、闇を照らすためにあるのでなく、闇を際立たせるためにこそ存在するのではないか。

生き返ったような気がして、居ても立ってもいられず、天野はウキウキとベッドから立ち上がった。

部屋を二、三周歩き廻り、窓辺に立った。

「ほおっ、こいつは凄い」

天野は、感動のあまり溜め息をついていた。恐怖のあまり忘れていたが、今はちょうど、引き潮のピークだったのだ。海面が割れて、島からペンザンスの街の海岸へと至る道が、顕れている。

月の青白い光が、眠り込んだペンザンスを、静かな人気のない海岸を、そして濡れてキラキラ光る〝道〟を照らし出している。光の明るいきらびやかな色を失い、黒や青の濃淡のみで描き出された世界。それは、昼の光輝く世界とはまるで違った、凍りつくような神秘を感じさせた。

天野はその美しさに、息を飲んでいた。

時の経つのも忘れて、夜の神秘を見つめていた。

「……あれ?」

奇妙な影を目にして、天野はふと、我に返った。

海の裂け目に覗く決して広くはない道を、動く影がある。影には手があり、足があった。ということは、それは人間に違いなかった。

人間にしては、歩き方がおかしい。歩くというより、何だか滑るみたいだ。影のひらひらしている様子から察するに、男ではなく女だ。

天野は、ギクリとした。

さっき捨てた考えが、また脳裏を過った。

レディ・グレイが、一人で城を出て行く?

が、その考えは、すぐに頭から消えた。

問題の人影はペンザンスの街へ向かってでなく、街から城へとやって来るからだ。

いったい誰が、こんな時間に城へ来るんだ。レディ・

グレイは、もはやここには誰もいないと言いこそすれ、来客のことなど一言も言ってなかったぞ。それとも、関係ないから言わなかっただけで、今夜、あまり他人に知られたくない客人でも……。

天野の脳裏を、しきりに様々な考えが過ぎていった。

ふらふらと踊るように、滑るように近付いて来る影は、次第に大きさを増してゆく。

姿形を、顔立ちを、少しずつはっきりと認められるようになって来た。

天野の胸の内に、再び恐怖が芽生えて来た。今度は、物ノ怪だとかお化けだとかに対するような漠然とした、曖昧な恐怖でなく、もっと切実な、まさに生命の危険を伴うような恐怖だった。

その女は、若いのか年寄りなのかは判らないが……いや、判りようがないではないか、だってそいつは、顔も着ている物も、血まみれなのだ。血まみれのくせに、顔一面にニタニタ笑いを浮かべている。

「………」

天野は、絶句した。

女は、自分が怪我をしているのか、それとも誰かを殺してその返り血を浴びているのか、判断しかねたからだ。

「……ぐううっ」

絶句したのに続いて、呻き声を上げていた。腹の底から、自然に込み上げてしまった呻きだ。悲鳴のようなものだった。

そのかすかな、とても向こうまで届くはずのない呻きを聞きつけて、女は顔を上げた。

確かに、天野を見つめた。目と目が、しかと合った。

女はその場に立ち尽くすと、ついと腕を上げた。一直線に天野を指さすと、さも嬉しそうにケタケタと笑い始めた。まるで、「見つけた、見つけた、さあ、見つけた」そう浮かれ騒ぐような、笑い声だった。

天野は、臓腑が痙攣するのを味わっていた。知らぬ間に、悲鳴を上げていた。

そして何より幸いなことに、その場に昏倒していた。

3

天野は悪夢にうなされ、ベッドから跳ね起きた。

壁に開いた窓、いや窓というより大き目の明り採りから、朝の陽の光が射し込んでいる。

イギリスの夏は、日本の夏と違って極楽だと聞いていたが、全くその通りだと思う。空気は乾燥していてさわやかで、陽射しはポカポカと気持ちがいい。

目が覚めるや、何やらほっと人心地がついた。

今、悪夢にうなされていたようだ。その証拠に、ほら、こんなに汗を掻いている。

しかし、何の夢だったのだろうか。それを、すぐには思い出せなかった。

ベッドの上にしゃがみ込み、しばし考え込んだ。

思い出した。夜、眠る前に窓から外を見たら、引き潮のピークで例の道が顕れていた。その道を、血まみれらしい女が歩いていたのだ。女は、天野を見つけて、嬉しそうにケタケタ笑い……。

その光景を思い出した瞬間、背筋がゾクリとした。

が、それだけのことだ。

あの出来事が現実のことだなんて、とても思えなかった。寝入り端(ばな)に見た夢だ。そうに決まっている。

旅の疲れが重なった上に、こんな不馴れな厳(おごそ)かな場所で眠ったものだから、あんな奇怪な夢を見たのだろう。

天野は肩を軽く揺すると、不快な思いを振り払った。

レディ・グレイとの楽しい朝食を思って、胸が高鳴った。

枕元の時計を見た。

おっとっと、まだ朝の六時だ。

時差呆けのせいだ。相当に疲れているのだが、日本では真昼に相当する時間に眠らなければならないので、熟睡できない。数時間眠っただけで、目が覚めてしまうのである。

こんな時間から朝食を食べに降りては、迷惑な話だ。レディはきっと、まだ眠っているに違いない。

天野はそれでも間がもたず、ベッドから起き出すと、身仕度を整えた。お茶を飲んだり、本をめくったりして時間を過ごした。

朝の七時を過ぎた。

レディは昨夜、朝食が何時とも何とも言っていなかった。いったい何時に起きて何時に食事をし、そして何時にボートの迎えが来るのだろうか。

それを確かめなかった、自分を呪った。

いかにここの景色に感激し、レディの美しさに心を奪われたとはいえ、それくらいは確かめておかなければ。

レディだって、それくらい言っておいてくれればいいのに。

何時に下に降りたら良いか判らず、天野は苛立ちに駆られはじめていた。

苛々と過ごすうちに、七時半になった。

もう、起きてもおかしくない時間だ。

レディ・グレイ、この島の所有主にして城主。貴族の血を引く一族の一人。民主日本の地に生まれ育った天野には、想像もつかない人種である。考えてみれば天野は、彼女が未婚なのか既婚なのか、家族についても親戚についても、ただの一言も聞いていない。ここを所有しているという話だが、ここに住んでいたことがあるのか否か、住んでいたとするならどのくらい——それすら、聞いていない。

彼女の美しさ以外、天野はレディ・グレイについて、何も知らないのである。

だがすぐに、天野はいらぬ詮索を止めた。

相手は、貴族だぞ、おい。一介の平民で、不動産屋の営業マンでしかない天野とは、格が違うのだ、格が。家族のことなど、親しい間柄の者に話すので、レディがどうして天野ごときに話してくれよう。猿を相手に、世間話をするようなものだ。

あんなに優しい心遣いを見せてくれてはいるが、やはりレディ・グレイは、天野に対して決定的な距離を置いていたのだ。

その事実に気づき、天野は何だか、気落ちしてしまった。

八時になった。

もう、階下に降りていっても、ちっともおかしくない時間である。

しかし天野は、下に降りる気になれなかった。レディが、自分に距離を置いている。それに気づいたからだ。呼びに来るのを待って、さらに三十分、部屋でぼんやり過ごした。

しかし、一向に呼びに来る気配などなかった。

天野は本気で、不思議に思いはじめた。ひょっとするとレディは、もう城にいないのではないか。そう思って。

昨夜見た、あの奇妙に生々しい悪夢が、しきりに脳裏にフラッシュ・バックする。

昨夜、何かあったのだろうか。

天野は意を決して立ち上がると、ドアに向かった。

小さいが、厚い板の重いドアだ。

押した。

びくともしなかった。

おかしい、昨夜は軽く押しただけで、ギイイイイ、薄気味の悪い軋り音を上げて開いた。別に、ロックした覚えもないというのに。

把手を持って、押したり引いたりした。何かが引っ掛かっているのかもしれないと、揺すり立ててもみた。

しかしドアは、軋るどころかドッシリと戸口を塞ぎ、びくとも動かなかった。

――外から、錠を降ろされている。

手応えから、そうと察しがついた。

天野の全身から、冷や汗が吹いた。

どうしてだ。いったい、どういうわけなんだ。

昨夜の悪夢が、再び生々しく脳裏を過(よぎ)ってゆく。今度はただの冗談でなく、現実的な恐怖感を伴って。

思わず、ドアを両掌で叩いていた。

「レディ・グレイ、レディ・グレイ、ここを開けて下さい」

叫んでいた。うろたえて日本語で。次いで、アクセントのでたら目な英語で。

間違いだ。何かの間違いだ。声を聞きつけて、レディがすぐに開けてくれるに違いない。そう祈りつつ。

「レディ・グレイ、開けて下さい。ぼくです、天野です。ドアが、開かないんです。何か、閉じ込められちゃって。レディ・グレイ、聞こえないんですか。開かないんですよ、ここを開けて下さい」

ドアを激しく叩き、蹴飛ばしながら、天野は叫び続けた。

しかし、誰も来る気配はなかった。

どのくらい、天野は半狂乱に騒ぎ続けただろうか。知らぬ間に爪が割れ、拳から血が滲んでいた。指の骨でも折れたのではないかと思うほど疼き、腫れ上がった。

咽喉(のど)が潰れ、もう声が出ない。

時計の針は、朝の十時半を指していた。

もう駄目だ。

間違いだとか、気づかないとかではない。

この時間になってもまだ姿を見せないとは、要するに、レディは、天野の置かれている状況を承知しているのだ。

いや、はっきり言って、レディが天野を、ここに監禁したのだ。

天野は、精も根も尽き果てて、ドア口にへなへなと崩(くず)折(お)れ、へたり込んだ。

どうして。何で天野なんかを。中南米のゲリラじゃあるまいし、天野なんか誘拐監禁したって、一文の利益にもならないぞ。

昨夜の血まみれの女の顔が、クローズ・アップでしきりに、天野の目の前に迫って来る。

俺は、化け物に魅入られ、取り殺されるのか？

そうかもしれない。

明かり採りの窓の外には、みごとな青空が拡がっている。が、塔の最上階のこの一室は薄暗くて、何だか黄昏時にいるみたいだ。

そうだ、きっと俺は、取り殺されるんだ。

天野はドア口にへたり込んだまま、手放しで啜り泣いていた。自分でもみっともないと思うくらい、グシャグシャに泣き崩れていた。

ショックを受けても、人間というのは眠れるものらしい。それともショックのせいで、昏睡状態に陥ったのだろうか。天野はドア口で、泣きながら眠ってしまっていた。

時差から言っても、イギリスの朝十一時は日本の夕方七時。疲労度を考えれば、眠りに落ちてもおかしくない時間だ。

ドアを叩く気配で、目が覚めた。

ドアが開く、咄嗟にそう判断して、跳ね起きた。

再び、ドアをノックする音。

天野は、嬉しくなってかすれ声で叫んでいた。

「レディ・グレイですか。やっと来てくれたんですね。開けて下さい。何だかドアが閉まっちゃって、自分では開けられなくて……助かりました。開けて下さい」

ノックの音が止まった。

一瞬の間があった。

天野は、ドアの向こうにいるのがレディではないような気がして、ギクリとした。昨夜の血まみれの女の顔が、再びフラッシュ・バックする。

天野は発作的に、ドア口から跳びのいていた。

ドアの向こうから、声がした。女の声とは思えなかった。人間の声とも、思えなかった。人間の声に動物の声を何種類か混ぜ、機械で変調したような声だった。

「御免なさいね。あなた、昨夜、見ちゃったでしょう、妹の姿を。すぐに眠ってくれれば良かったのに、窓に立って、妹が帰って来るところを、見ちゃったでしょう。だから、あなたを、もうお家に帰してあげるわけにはゆかないのよ」

喋っている内容から察するに、声の主はレディ・グレイなのだと思う。しかしその声は……。

天野は、もう一言も発することができなかった。目を大きく見開き、眼球をギョトギョト動かし、尻もちをついてドアを睨みつけていた。ドアの向こうにいる者の正体を、見定めようと。

「御免なさいね、天野さん。痛くないように、すませてあげるから。首筋が、チクンと痛いだけだから。いえ、たぶん、気持ちいいのだと思う。あたしたちにキスされて、逃げた人、今までにいないもの……御免なさいね、天野さん、こんなことになって……でも、あなたが悪いのよ。窓の外を、眺めたりしたから」

天野の目から、知らぬうちに、涙が流れていた。

死の恐怖が、臓腑の奥からゾクゾクとこみ上げて来る。恥ずかしいことに下半身が麻痺して、失禁していた。

恐怖のうちに、何ともいいようのない陶酔感もあった。

レディが、自分を虜にした。自分は、レディの所有物なのだ。もう、レディから離れることはない——そんな、マゾヒスティックな快感が目覚めている。

吸血鬼なんてのが、本当にいたんだ。

奴ら、この城を日本人に売って……要するに、日本に来る気なんじゃなかろうか。

しかし、天野にはもう、それを阻止する力はない。行方不明の天野に代わって、新しい使者が越路エージェンシーから来て……。

天野は、怒りを覚えた。

吸血鬼に対してではない。

天野以外にも、レディ・グレイの牙に倒れる奴がいると気づいたからだ。レディの牙を、口づけを、独占できないことに対する、怒りだった。

窓の外を見た。

まだ、陽は高い。

イギリスの夏は、日没が遅い。レディ・グレイはいったい、いつ自分のところへやって来るのだろう？

（了）

第四部　猟奇名画座

小説家やコラムニストであると同時に、作者は映画評論家でもあり、ホラー、とりわけスプラッタ映画においては小説『ホラー映画ベスト10殺人事件』（一九八九）や、エッセイ集『内臓幻想』（一九九三）をはじめとする映画の著書で、造詣の深さを披露している。

第四部では、作者が愛するホラー映画を素材にした作品を集めた。

「壁の中の幻人」（《小説ＣＬＵＢ》一九九三年二月増刊号）、「二人の男」（一九九二年六月増刊号）、「妖精の王者」（一九九二年八月増刊号）の素材は、いずれも古典名画の怪人たち。「ハイヒール」（一九九二年四月増刊号）の素材は、繰り返し映像化されてきた古典怪談。どれもが、作者得意の猟奇残虐の世界に転生する。

「恐竜のいる風景」（一九九三年十月増刊号）と「缶詰めの悪夢」（一九九二年十月増刊号）は、恐怖を湛えたお伽話のような作品。素材となった映画はそれぞれいくつも浮かびそうだが、作者がどの映画から想を得たか想像してみるのも、映画ファンの楽しみだろう。

壁の中の幻人

1

東京赤坂、サクラTV。

神田は七階から九階まで、息を切らせて階段を駆け登っていた。

七階の七〇五スタジオでは目下、人気赤丸上昇中のアイドル倉田百合子が、ミュージック・サテライトに出演している。

九階の九〇一スタジオでは、人気急落中のアイドル星野聖が、バラエティ歌謡ショーにゲスト出演している。

二人とも、マネージャーの神田が面倒を見ている、大切な〝商品〟だった。

大切な商品がどちらも、同じ時間帯に仕事に突入するなんて。全く、マネージャー泣かせなことをしてくれる。

別に、神田がいなくたって本人だけいれば、番組を撮るのに何の問題もない。しかし、神田が傍に着いて目を光らせているか否かで、ディレクターを始めとするスタッフの、そのタレントに対する扱いは自ずと違ってしまう。傍にいればそれだけ、カメラが彼女をアップで撮る回数が増えるわけで、いるに越したことはないのだ。

だから仕事熱心な神田としては、七階の七〇五スタから九階の九〇一スタへと、時間の余裕を見つけて走っている。きっと五分から十分置きに、この往復ダッシュを繰り返さなければなるまい。

待つのを面倒がってエレベータを避けたのを、神田はたちまち後悔していた。

サクラTVの建物は、他TV局のそれと違って、もともとTV放送のために建てられたものではない。三十数年前に放送局を開設した際、民間の一般ビルを買い取ったものだ。

大小のスタジオと放送機材のために、これを強引に改装した。そしてTVの普及とともに、建て増し建て増しを繰り返して、今日に至っている。

つまり、局の内部は迷路のように入り組んでいるのだ。自然発生的に無秩序に拡大した都市みたいなものだ。

隣りのスタジオに行くのに、幾つもの部屋や通廊を経て、大廻りしなければいけなかったりする。

七階のスタジオでいつも使う大道具を、三階の倉庫からいつも運ばなければならなかったりする。

ある階段は、五階から七階までをダイレクトに結んでいて、六階に行こうと思ったら別の階段を探さなければならない。

また、スタジオと化粧室や控え室、機材室等の配置も無秩序で、局の人間さえ、間違った部屋のドアを開けてしまうのがしょっちゅうだ。

ましてや、部外者の神田に、七階から九階まで徒歩で上り、目当てのスタジオに辿り着こうなんて、肉体を駆使しての迷路ゲームに挑戦するようなものだった。

七〇五スタを出て階段を見つけるまでの間に、早くも方向感覚を見失った。

早く九〇一スタに行って星野聖の様子を見なければと、気ばかり焦る。倉田百合子の方はスタジオ録画なので、問題があったら後でクレームを付けることもできる。が、星野聖の方は生中継なのだ。

「エレベータにすれば良かった」

脂肪汗(あぶらあせ)を掻きながら、悔やんだ。

「でもまあ、考えてみれば、同じことか。結局、エレベータを探すのに苦労するんだから」

そう、自分を慰めた。

九〇一スタは、サクラTVで最も大きなスタジオである。スタジオそのものと、化粧室や道具部屋、機材室、すべてを合わせたら、広大な九階のフロア全部が、このスタジオのためにあるようなものだった。

神田は、すぐにスタジオに駆け込めると思った。

甘かった。

スタジオへは、三つの道具部屋と機材室脇の通廊を通らなければ、入れなかったのだ。それを知らず、フロア中をおろおろと歩き廻ってしまう。

「俺は、何しに来たんだ、ここへ。二人の面倒を見るより、歩き廻ってる時間の方が長いじゃないか」

局の人間を掴まえては、道を訊(き)く。が、ただのアルバイトで神田程度にしか知らなかったり、自信を持って違う道を教えてくれたりする。

「よく、こんな面倒なTV局、造ったよな。みんな、よくこんな迷路の建物で、辛抱してるよな」

半泣きになって、悪態をついた。

確かに、サクラＴＶのこの不便さは、業界人の間でも有名だ。昔から毎年のように、移転の話が持ち上がる。しかし、ＴＶ局の引っ越しなんて、道具の量を考えただけで……ましてや、ＴＶ局人種というのがそもそも整理整頓に無縁で、引っ越し作業など不可能だということを考え合わせると……。

そうこうするうちに、土地の値段は信じ難いほど上がり、サクラＴＶの迷路のような建物は、〝迷路屋敷〟とか〝幽霊ＴＶ局〟なんて言われて、名物になってしまった。いつしか、移転の話は、話題にならなくなっていた。

結局、神田の愚痴は、落ち着くべきところに落ち着いていた。

「聖が悪い、あの落ち目の聖が、みんな悪いんだ」

神田のような人気アイドル担当のマネージャーは、マン・ツー・マンで徹底的に面倒を見るのが基本である。神田はここ一年、もっぱら星野聖を担当して来た。

聖は、可愛い。泣きべそを掻いたような表情とマシュマロのように柔らかい感じが、高校生や大学生に爆発的な人気で、一年前、人気アイドルとなった。

半年前までは、ワイド・ショーや歌謡番組に欠かせない顔で、ドラマや映画にも出演した。イベントやコンサートも開いて、全国を巡業した。このままゆけば、タレントとして安定した人気を保ち、ひょっとすると大物になるかも……そうなれば、マネージャーの神田も左団扇（うちわ）だったのだが。

人気アイドルのたいていがそうなのだが、すぐにボロが出た。

あんな純情そうな顔をして、初体験は小学校の六年の時で、中学高校時代には売春まがいの行為を、同級生や上級生に働く不良娘だった。何か悪いことがあれば他人のせいにし、良いことはすべて自分のおかげ。自分の短所や失敗は何とも思わないが、他人のそれには驚くほど敏感で、それをネチネチといつまでも責める。

親も持てあます、とんでもない我儘娘だったのである。

一般視聴者は、星野聖のそんな本性など知らない。ブラウン管に映った、作り物の顔しか見ていないからだ。聖がまた、この顔の使い分けというか、ブリッ子が天才的に巧みなのである。

しかし、聖の周りで働くスタッフには、そんなものすぐに判る。神田など、彼女を担当して一週間で、早くも辟易(へきえき)した。

現場スタッフに嫌われたタレントで、長生きのできた者はいない。タレント生命の長さと本人の性格の良し悪しは、正比例すると言って良いのだ。

星野聖のタレント生命は半年、いや、人気を保ったのは三ヶ月だけだろうか。それから半年を経た今では、マネージャー神田の口ききのおかげで、かろうじてまだ幾つかの番組に、脇役や一回こっきりの、ゲストで、出演しているのみである。

その神田も、聖にはもうほとほと嫌気がさしている。プロダクションの上層部の、彼女の肉体の虜となっている何とかいうバカ部長の命令がなければ、とっくに担当を降りているだろう。

こんなアバズレに関わっているより、一見きつそうだが性格は優しい倉田百合子の方に、全力投球したかった。

それをできずに、こうして聖の面倒も見るべく、汗だくになって駆け廻っている。

「なんだってあんな女のために、俺はこんなに動かなけりゃならないんだ」

顔を合わせるのも、苦痛だった。

自意識過剰の聖は、自分の人気が落ち目なのを、人一倍敏感に察している。

それをマネージャーの神田の働きが悪いせいだと、事あるごとに彼に食ってかかる。平手を浴びせたり、足で蹴ることもしょっちゅうだ。

それは、まあいい。タレントという商売は、世間で考えているよりはるかにプレッシャーが大きく、時にはこうした発散も必要だろう。

しかし、局のスタッフや、時には取材陣の目の前で神田を面罵し、コケにするのには参る。神田にも、いかに裏方とはいえ、プライドというものがある。世間の人は知るまいが、TV業界では敏腕マネージャーにして仕掛人として、現場スタッフの尊敬も集めている。

こんな女のマネージャーをしていては、マネージャーとしての俺自身の値打ちも下がってしまう——ここしばらく神田は、どうやって星野聖の担当を外れるか、そればかり考えていた。

「くそ、あのバカ女め。あいつのおかげで……」

癇癪玉が破裂しかけた頃、九〇一スタに突入できた。

いかん、いかん——気を鎮めた——聖の担当を一年も続けたせいか、何でもすぐに他人(ひと)のせいにして八ツ当たりする癖が、うつってしまった。これはマジに、一刻も早く担当を外れないと、俺まで嫌な人間になってしまう。

スタジオの一角に、ステージが組まれている。ステージ自体は小さいが、セットは恐ろしく豪華だ。このSF映画かミュージカルを思わせる派手なセットがこの番組の売り物で、そのせいで高視聴率を稼いでいる。そのために、サクラTVで最も大きいスタジオを必要とし、準備にも丸一日を費やしているのだが。

「しまった……不味(まず)いな、これは」

ステージを見て、神田は舌打ちした。いや、舌打ちどころか、気絶したくなった。

ゲストの星野聖は、すでにステージに上がっていた。そして司会者と、最近の〝御活躍〟について話している。

突入して来た神田を目敏(めざと)く見つけるや、カメラが司会者に向いている隙に、凄まじい一睨をくれた。

収録が終わるや、また平手打ちと面罵の嵐が待っている。

出演前に、ディレクターを混じえて簡単な打ち合わせをするはずだった。が、フロアをうろうろする間に徒(いたず)らに時が過ぎ、打ち合わせたからって今さらどうなるでもない。

別に、神田は遅刻してしまったのである。

見栄っ張りの聖はセットの派手なこの番組が大好きで、今回の出演を、起死回生のチャンスと信じている。実際は、大した出演では全くないのだが。

これだけの出演者とスタッフの前で罵倒される屈辱を考えると、神田は今すぐにもこの場を逃げ出したくなった。

ディレクターの関川が、真っ青になっている神田を見つけて、歩み寄って来た。

「おう、やっと来たな、マネージャー殿」

神田をからかった。が、神田の困惑した表情を見て、からかうのは止めた。気の毒そうに言った。

「お冠だぜ、聖お嬢様は。神田は最近、百合子とデキてて、百合子を売り出すために、聖を潰そうとしている——そんな風についさっきまで、ここで言い触らしてたよ」

またか。

神田は、きわめてビジネス・ライクな人間である。何とかいう部長殿と違って、商品に手を付けることはしない。手を付けるも何も、そもそもタレントを商品、物としか見ていないのだ。小便臭いジャリタレに、手など付ける気にもなれない。

が、聖はそういう風に言い触らしている。事情を知らない者は、聖の言うことを信じて聞くかもしれない。火のないところに煙は立たぬ、とか何とか言って。

関川は、しばし沈黙した。何か、大切な話をしようとでも言うように、それも、口にしにくいことらしくて、言葉を選んでいる。

神田は、覚悟して続きを待った。

「実は、この場で言うのも何なんだけど」

ほら来た。

「困るんだよ、ああいう態度は。これから番組を始めようって、みんなで気合いを入れてるっていうのに、誰かの悪口を並べたりするの。聞いてるこっちが嫌になるし、雰囲気が悪くなるし」

何が言いたいのか、読めて来た。

「はっきり言って、もう人気ないじゃない、あのお姫様は。俺たちももう、何とかフォローしてあげようとか、盛り上げてあげようって気に、なれないんだわ」

関川は、神田の目を覗き込んで、真剣に言った。

「普通は、こんなことは言わない。ただ、黙って干すだけだ。これは、君だから言うんだけど……うちの番組はもう、お姫様を使う気はないから。申し訳ないけど、ここには売り込みに来ないでくれよ。神田さんが一人で頑張ってるの、見ているこっちが辛いからさ」

ついに、来るべきものが来た。

神田は、黙って頷いた。いつもなら、この時ばかりに逆に聖を売り込み、別の番組の仕事に結びつけたりする。だが今回はそれもせず、ただ黙って頷いた。

さすがの神田も、もう勘忍袋の緒が切れたのである。

関川が、最後に付け加えた。

「余計なお世話かもしれないけど、神田さんも、お姫様の担当、降りたら。マネージャーとして、ずいぶん評判を落としてるよ」

神田は、これにも頷いた。

今は本気で、それを考えていた。

これ以上、聖の相手をするのも馬鹿らしくなって、彼女の出番が終わるのを待たず、ステージの上に放り出したまま、七〇五スタにさっさと戻ってしまった。

2

カメラが自分に向いている間の、純情で大人しそうな表情が、出番が終わるや一変した。

星野聖は、音もなく椅子を立つと、ディレクターの関川を険しい目で睨みつけた。まさに、火の吹くような目差しだった。

大股でステージを降りた。

関川は、早くも逃げ腰になった。神田はとっくに、逃げ出してしまった。自分は、まずその責任を問われるに違いないのだ。

助けを求めて思わず、関川は周りを見廻していた。

誰もが、この事態を予想していた。アシスタントも照明助手も製作進行も、いつもは何人か必ずいるただの見物人さえ、今は気配を察して関川の下を逃げていた。

「ちょっと、関川さん」

聖は、マイクが間違っても拾わないよう、囁くように言った。しかし、語調は厳しく。聖の内面にわだかまっている怒りと不満が、一瞬の念力テレパシー波となって、関川を直撃した。

「え、はい」

返事をしたつもりが、声が出なかった。

神田に代わって、今度は自分が殴られるのだろうか。関川はまだ、聖に殴られたことはない。周りには、態度が悪いとか口のきき方を知らないとか、馬鹿にしたと因縁をつけられ、殴られた者は何人かいるけれども。しかしそれは今まで関川にとって、あくまで他人事(ひとごと)だった。

今初めて、殴られたりいびられたりした彼ないし彼女の味わった屈辱と怒りが、判るような気がした。

聖は関川の目の前に立っと、ジロリと睨み上げた。歯軋りしながら言った。

「関川さん……神田は、うちの神田は、どこへ消えたの」

肩が震えている。今にも腕を振り上げそうだ。放っておけば、腕が勝手に上り、関川の頬をパッチン、叩いているだろう。しかし聖の理性が、相手はこの番組のディレクターだという認識が、腕の動きをかろうじて抑えていた。

「さっき、ここにいたでしょう。わたしがステージに上がって、ろくに打ち合わせもできなくてすごく不安な気持ちでいた時に、それをまるで面白がるみたいにヒョコヒョコとやって来て……」

全くこの女は、物事をどうしてこう悪く悪くとれるのだろうか。関川はいつも、聖のこの根の暗い才能に舌を巻いている。そしてそれこそが、聖をクビにした最大の理由なのだ。

「二人で深刻な顔をして、何か話してたけど、いったい何を言ってたの？　うちの神田が逃げていったってことは、わたしに言えない何かよね。わたしの悪口？　いい根性してるわね。マネージャーとディレクターが一緒になって、わたしを干す相談？」

不安な気持ちでステージに上がっていた割りには、スタジオの薄暗い一角で全く目立たないでいた関川と神田の様子を、ずいぶん細かく観察していたものである。

「神田はどこに行ったの。倉田百合子のところ、そうでしょう。あいつ最近は、あのアバズレのところに入りびたり。あの雌犬に、たらしこまれてるんだわ」

また始まった。

関川は、ステージが気になった。彼は星野聖の付き人でなく、この番組のディレクターなのである。番組の進行状況に、常に目を光らせていけなければならないのだ。

ステージの上では、番組の常連の演歌歌手である武田清が、歌っている最中だった。常連が相手なので照明も音響も勝手が判っており、今のところ問題なく進行している。

一息ついた司会者が向こうから、気の毒そうに関川の様子を眺めていた。

次は、新人歌手だ。ちょいと、司会者と打ち合わせを。

関川は、聖を振り切ってそちらへ行こうとした。

「あら、関川さん、わたしよりあの武田の方が、気になるわけね。いいえ、その次の、あのポッと出の小娘の方かしら……わたしは、どうでもいいわけね。だから出番も少ししかなく、歌もちゃんと歌わせないで、用が済んだらもう帰れって……わたしの時はいつもおざなりなのに、他の歌手だとそんなに熱心になって」

泣き声になって来た。信じがたいことだが、すべて本気で言っているのである。

声が、少し大きくなって来た。下手をすると、ステージ上のマイクが彼女のヒステリックな言葉を拾ってしまうかもしれない。

それは困る。これは、生番組なのだ。思いがけないハプニングと緊張感を期待して、生にしているわけだが、こういうハプニングは困る。

こういうタイプの女は、構うとますます騒ぎ出す。関川は、聖を無視してくるり、背中を向けた。司会者の方に小走りに向かった。

その間にアシスタントに合図を送り、聖をスタジオの外に追い出させることにした。

外に出してしまえば、もうこっちのもの。後始末は、神田に任せておけば良い。泣こうがわめこうが暴れようが、この番組には何の関係もない。

事態を察した司会者が、強張った表情で成り行きを眺めている。

武田はステージで、自分の歌に陶酔し切っていた。

聖が外に連れ出されるまでに、要した時間は約十秒。関川にとって、こんな肝の縮み上がる思いをするのは、年に一度あるかないかだ。きっと、白髪がまた増えたに違いない。

聖は、不思議なくらい大人しく外に連れ出されていた。

きっとその分だけ、後で神田が激しく罵られるのだ。気の毒だが、仕方がない。あんな女を頑張って曲がりなりにも〝アイドル〟に仕立てたのは、あいつだ。自分でまいた種なのだ。

聖が外に出たと判った瞬間、関川の全身にパッと冷や汗が吹いていた。

「大変ですね、関川さん」

司会が、関川に苦笑いした。

「これで本当に最後にしましょうよ、あれを使うのは。そこまで神田さんに義理立てすること、ないでしょう。うちくらいのもんですよ、あれにまだ出番をやっているのは」

関川は、大きく頷いていた。

おかげで、何を言うつもりでここまで来たのか、ど忘れしてしまった。

そして、関川がそれを思い出すことは、もう二度となかった。

ステージの上では、女心を歌った武田の歌が、クライマックスに差し掛かっていた。武田は、苦悶するように表情を歪め、涙さえ浮かべて、声を絞り出す。

腕を振り、大きなモーション。

マイク・スタンドを掴んだ。

いったん息を吸い、間を置いて、再び声を絞る。同時に、スタンドからマイクを外した。このクライマックスの瞬間を狙ってカメラが寄り、アップで武田の口元をとらえた。

聖の言葉が、関川の脳裏をついと過った。

「わたしより、他の歌手の方がずっと気になるんでしょう」

そりゃそうだ、当然だろう。お前、これだけ盛り上げられるか？　関川は頭の中で、言い返した。

次の瞬間、爆発音が響いた。

信じられないことが起きていた。

マイクが、破裂したのだ。

マイクばかりでなく、それを握る武田の掌も、細々に吹き飛んでいた。武田の顔面も血まみれになり、肉汁を散らした。目も鼻も口もない、ただの肉団子と化していた。

陶酔し切っていた武田は、死の瞬間まで、何が起きたか理解しなかったに違いない。演歌歌手たるもの、ひとたびお客様の前に立ったら、何が起きようとも、たとえ死んでも、舞台をつとめ上げるものなのだ。

大きく開いた口の中はもちろん、顔面もグシャグシャである。両手とも手首から先がなく、もちろんマイクもない。

武田は、拝むような格好で、まだしばらく上体を揺らしていた。その上体の揺れから、関川は確かに、まぎれもない武田の歌を聞いていた。カメラはまだ、それをとらえ続けている。

関川は、ステージに向かって走っていた。村松プロデューサーが向こうの方から、放送中止の指示を出している。

武田がついに堪え切れなくなって、ゆっくりステージの上に倒れ込んだ。

走り寄る関川の目に、涙が浮かんでいた。

九〇一スタに、悲鳴と怒号が走った。その場に居合わせた者は誰もが、パニックに陥っていた。

聖のマネージャーを降りる決意を固めるや、神田は逃げるように九〇一スタを眺び出した。

決意は固めたものの、動揺は隠せない。

あの聖のことだ、事態を知ったら、どれだけ騒ぎ立てるか。

神田が降りるとは要するに、もう聖の面倒を見る者はいないということだ。つまり、彼女はもう、芸能界に居場所がなくなるのである。

「あなたたち、わたしを干そうっていうのね」

聖の罵りの言葉が、聞こえる。

そう、全くその通り。芸能界もTVも、お前のためにあるんじゃない。お前の声なんかもう誰も聞きたくないし、誰も顔なんか見たくないのだ。

彼女はこれからしばらく、芸能界やTV局のあちこちに出没しては、神田とプロダクションの悪口を言い触らすだろう。妄想と悪意と出任せの産物の悪口を。

それを思うと、神田はとても冷静でなどいられないのである。

サクラTV内の迷路を、七〇五スタまで、どうやって歩いて来たのか覚えていない。

ひょっとすると今日にも、三十分後にも、聖に殺されるのではないか。あの女が癇癪玉を破裂させたら、それくらいのことはやりかねない。彼女に顔を合わせて〝クビ〟を言い渡す瞬間のことを考えると、冗談でなく、神田は身の危険を感じた。

いつの間にか、七〇五スタの前に立っていた。

ここに入るべきか否か、迷った。今にも出番を終えた聖が、「お前はまた、この百合子と……」そう怒鳴りながら、跳び込んで来そうに思えて。

逡巡（しゅんじゅん）する神田の目の前で、いきなりドアが開いた。

場合が場合なだけに、神田は、口から心臓が飛び出すかと思うくらいびっくりした。

中から、顔をクシャクシャに歪めた若い女のアシスタント・ディレクターが転げ出て来た。

神田を見るや、泣き声を上げてすがりついた。

「神田さん、ああ、神田さん。どうしてもっと早く……大変です、百合ちゃんが……百合ちゃんが……救急車……あたし、救急車を呼ばないと……」

これ以上、面と向かって話は出来ないとばかりに、神田から身体を離した。

外に、跳び出していった。

百合子に、何かあったらしい。

いったい、何が？

混乱し切っている神田には、事態が全く見えなかった。

自分でも怖いくらい、起きている事態に対して、何の感情も湧かなかった。

あまり広くないスタジオの真ん中に、人だかりが出来ていた。

スタジオのあちこちで、女の子たちが踞(うずくま)り、泣きじゃくっている。

天井から、梁が一本、斜めに落ちていた。

何が起きたのか、神田にも一目で判った。

照明機材が、天井から落下したのである。それも、大きなのが幾つも。

誰かが、機材の下敷きになったのだ。

今のADの話から推察するに、下敷きになったのは倉田百合子に違いなかった。

神田はゆっくり、放心状態で、人だかりに歩み寄っていった。

神田に気づいた者たちは、泣きじゃくったり囁き交わしたりするのを止め、無言で神田に道を譲った。

見る前から、神田には判っていた。

あの大きくて重くて、熱せられた照明機材の下敷きになったのだ。しかも、あちこちに鋭い張り出しがあり、かつガラス面を下に向けている。これに潰されれば、全身が挽き肉になっているだろう。仮に生命を保ったにしても、アイドルとしては完全に再起不能だ。

神田にとって、倉田百合子はもはや、死んだに等しかった。

床に落ちて砕けた照明機材の下には、かろうじて人間の物と判る手脚が、関節の存在を無視してよじれ、拡げられていた。そして気持ちの悪いことに、こんなになってもまだ生きているらしく、助けを求めてひくついている。

血の海だった。

下にある物の正体を見るのが恐ろしくて、みな取り巻いて見つめるばかりで、誰も照明機材を片付けようとしなかった。

神田も、何もせずにじっと眺めているだけの一人だった。

神田の頭の中で、不気味な声が谺(こだま)していた。

「これでまた俺は、担当が星野聖だけになったわけだな……取りあえず」

3

関川の青ざめた顔を思い出し、そいつは暗闇の中で笑い声を上げていた。

そいつが笑うなんて久し振りのことだった。

あの関川の奴と来たら、武田というしょうもない演歌歌手の死がよほどショックだったらしく、トイレで吐いてやがった。

そいつはその背後からそっと忍び寄ったのだが、そいつの存在に気づいた時の、関川の驚きの表情と来たら。ほとんどもう、化け物か何かを見るような目をした。

化け物か何か？　ひょっとしたら俺は、本当に化け物なのかもしれない。そいつは自分でもしばしば、そう思う。自分が何者なのか、そいつは自分でも良く判らないからだ。

顔、おお、見るもおぞましいこの顔。人間の顔は普通、左右対称なものだ。そいつもそれは、毎日たくさんの人を見て知っている。そいつみたいに、左右の目の位置がずれ、口の形も鼻の大きさもちぐはぐな奴、見たことがない。おまけに皮膚の様子も、爛れているというか崩れているというか、じっくり見ると自分でも吐きそうになってしまう。

いきなりこんな顔を見せられたのだから、関川がびっくりしたのも無理はない。

そいつは関川に、醜い顔を接吻せんばかりの距離に近寄せつつ言ってやった。

「星野聖を使え。彼女を、レギュラーにするんだ。さもないと、殺す。もっともっと、出演者を殺す。お前の番組を、駄目にしてやるからな」

関川は目を真ん丸に見開き、青ざめた顔にびっしりと冷や汗の玉を浮かべ、うんうん、うんうんと何度も頷いた。

そいつは、関川が本当にそうするだろうと確信して、解放してやった。関川は、その場で失禁して、ズボンの前を濡らしていた。

馬鹿め。せっかくトイレにいるのだから、ちゃんと便器で出せば良いものを。

ふふん、ざまあ見ろ。聖ちゃんをいじめる奴は、只ではおかんぞ。

関川に続けて、神田をもこらしめてやった。奴の泣きっ面を思い出すと、そいつは大笑いしたくなってしまう。

七〇五スタの奥の小道具置き場だった。

警察と救急車が駆けつけ、事故現場の検証と片付けを行なった。

死体がなくなったら、神田はようやく放心状態が解けたらしく、よろよろと小道具の倉庫に入って来た。人目につかないそこで、女みたいにシクシク泣きはじめた。

そいつは、そんな神田の肩を背後から、優しくトントン、叩いてやった。

神田はびっくりして、振り返った。

そいつは、お世辞にも可愛いとは言えない顔の満面に、精一杯の愛想笑いを浮かべた。そして、言ってやった。

「ねえ君、神田君、そう気落ちするなよ。倉田君は気の毒をしたけれども、君にはまだ、星野聖君がいるじゃないか。彼女は可愛いし個性的だし、素晴らしい才能の持ち主だ、そうだろう」

　神田は、目を丸くした。その目から、正気の光が失せかけていた。

「そういう人を放ったらかして、いけないなあ、別の人に目を移しては。君はこれからも、星野聖君のマネージャーとして、頑張ってくれないと。それが、君の一生の仕事なんだ」

　そいつは、誰もが必ず震え上がった得意の凄味ある微笑を浮かべ、きっぱり言い切った。

「倉田百合子君ばかりではない。これから相手が可愛い子ちゃんであれ、美少年であれ、年のいった性格俳優であれ、聖君以外の誰かをマネージメントしようとしたら、そいつは必ず死ぬ。そして私が君の前に姿を見せ、君を責め苦しめるだろう。判ったね」

　神田も、うんうん、うんうん、何度も頷いた。頷きながら、目に涙を浮かべたかと思うと、その涙は大粒の雫となってボトボトと滴（したた）り落ち、それが啜り上げる声を伴い、やがて号泣に変わっていった。

　さらに時間が経つと、その号泣は、ヒステリックな狂気の高笑いとなった。

　泣き声を聞きつけ、スタジオにいた連中がドヤドヤと駆けつけて来た。

　これだけお仕置きをすれば、もう充分だろう。そいつはついと、放り散らかされた小道具の間を潜り抜け、通気ダクトから壁の裏へと姿を消した。

　そいつは、大好きな星野聖がこのまま芸能界から消えてしまうことに、我慢ができなかったのである。

　本当は自分で、彼女をマネージメントしてやりたい。何しろ、ここで生まれ育ったそいつは、ＴＶ局のことは裏の裏まで知り尽くしている。彼女を超売れっ子タレントにするなど、わけはない。

　しかし、この御面相だ。

　こんな顔を、聖ちゃんに見せるわけにゆかない。たちまち嫌われてしまう。また世間も、彼のことを気味悪がるだろう。

だから、番組スタッフやプロダクションに圧力を掛け、星野聖の株を再びじりじりと吊り上げてゆくことにしたのだ。

聖ちゃんの性格がどうだとか、実生活がどうだとか、そんなことはそいつの知ったこっちゃない。このTV局の壁の中で、誰とも接することなく生きて来たそいつにとって、人格などというものは三文の値打ちもない。

大切なのは、そのタレントの顔であり、容姿だ。まがい物であれぶりっ子であれただの芝居であれ、醸し出す雰囲気だ。それさえ素晴らしければ、そのタレントは超一流なのではないか。

人はタレントから、そこに投映された自分自身を見る。タレント本人が本当はどんな人かなんて、どうでも良い。何しろ彼ないし彼女は、全くの赤の他人なのだから。

そいつの頭の中、主観下で、星野聖というのは、理想の少女だった。だから、これがTV局から消えてしまうなんて、絶対に我慢ならない。

TV局と芸能界——これが、そいつにとってはすべてなのである。

そいつは、自分がいつどこで生まれたのか、知らない。気がついたらここにいて、ここで人格形成をしていた。

名前もない。なぜなら、誰も彼の存在に気づかず、従って誰にも名を呼ばれることなく生きて来たからだ。

このサクラTVの中でのみ、そいつは生きて来た。

建物が、サクラTVに接収された最初から、ずっと見て来ている。

ただの雑居ビルだったのが、増改築を繰り返されて、今の大きさになった。建物の壁の内側、天井裏、換気ダクト、エレベータ・シャフトが、そいつの生きて来た世界である。また、人間の気配がない時には、部屋にも出没する。

時には人がいても、こっそりその背後に立ったり、物陰からその人の様子を窺ったこともある。

様々な歌手や俳優が、この建物にやって来ては消えていった。来て、長く居坐る者もいれば、すぐに来なくなる者もいる。いつも泣いてばかりいるお笑いタレントとか、原稿がなければ自分では何も喋れないニュース・キャスターとか、どんな恥知らずで厚かましい真似も平気なレポーターとか、ハリウッドに憧れるアイドル・タレントとか、それこそ膨大な数の老若男女が、この建物の中で悲喜劇を展開して来た。

彼らを眺めることにより、そいつは言葉を覚えた。そして彼らの言動から、そいつは知識を得た。

建物が大きくなってゆく過程はそのまま、そいつの世界が拡がってゆく過程でもあった。出入りする人間の増加はそのまま、そいつが成長することを意味した。

そいつはいわば、サクラＴＶとともに育って来た。サクラＴＶそのものだと言って良い。

だからもちろん、他の誰よりも、ＴＶ局の何たるかを知り尽くしている。

そんなそいつが、星野聖のために動き始めたのである。聖の、売れないはずがなかった。

事件は二つとも、もちろん事故として処理された。何しろ人気歌手が二人もほぼ同時に死んだので、週刊誌でもＴＶワイド・ショーでも、〝呪われたスタジオ〟とか何とか、一時は騒がれた。しかし要するに、事故として片付けられた。

関川の演出するバラエティ歌謡ショーは、木曜の夜八時台に放映される、サクラＴＶの看板番組だった。これにレギュラー出演するとはすなわち、人気タレントとしての地位を保障されたも同然だった。

関川は、彼女を使わざるをえなかった。

あの怪物は、いったい何だったのだろうか。あの酷い事故の直後のことなので、ただの幻覚と思いたい。実際もし一度しか見なかったら、関川はあの怪物を、幻覚として片付けただろう。そして、星野聖など、ただちに番組から閉め出していた。

しかしあれ以来、しょっちゅう姿を見かけるのである。

ほら、ワイド・ショーのモニターとして集めた一般視聴者の群れにまぎれて、奴の薄気味の悪い顔が見える。あるいは、通廊で何かの拍子で一人になった時。照明の届かない背景の暗い一角。

人気のない小道具倉庫の片隅で、ひょいと奴の顔が覗く。背筋にゾクゾクと、寒気の走る瞬間だった。こうした恐怖を味わうたびに、関川は、聖をもう少しだけ、番組で使っておこうと決心してしまう。

考えてみれば奴は、昔からこのＴＶ局にいたのではないか。そしてチラチラと、あの奇怪な姿を垣間見せていたのでは。

ただ、あの事件が起きるまで、気にも止めなかっただけだ。

関川は、このことを誰にも話せずにいる。

みんな、忙しいのだ。TV局の仕事は秒単位で進行しており、怪人などという呑ん気な存在に関わってなどおれない。

神田も実は、同じ思いにとらわれているなんて、知る由もなかった。

神田の目にも、しきりに怪物の姿がちらついている。

困ったことに、最初はサクラTVだけで見えていたのが、日を追うごとに、他のTV局でも見えるようになって来た。どうやら、TV局はどこでも、一匹というか一人というか、必ずこうした主、魔物（いや守り神か？）を飼っているものらしい。

怪物の無言の圧力に負けて、神田もせっせと、星野聖を様様なプロデューサーに売り込んでいる。敏腕と言われて久しい神田が、全身全霊を賭して売り込むのだから、聖の売れないはずがない。

星野聖は今や、各TV局に、そして映画でまで、お姫様として君臨していた。

性格は、相変わらずだ。

実に、嫌な女である。

地位が上がり、人気が出るほど、その嫌らしさは増している。聖の人当たりの悪さ、傲慢さは、今や週刊誌にもしょっちゅう書かれるほど有名になっている。それが彼女の人気を落とすどころか、むしろ〝お姫様の証拠〟とみなされているのが、神田には可笑しくてならない。

神田は最近、ふと思うことがある。

ひょっとすると聖も、あの怪物の姿をちらちらと目にしているのではないか。

あの怪物め、下手をすると、聖に言い寄るくらいのことはしているぞ。「お前に近付く男は、みんな殺してやる」とか何とか、脅しつつ。

あれに惚れられたら、聖はもう生涯、普通に男と付き合うことはできまい。

聖の性格があんなに歪んでしまったのは、ひょっとすると、聖もあの怪物に会ったせいなのでは？

そう考えると神田は、あれほど憎んで来た聖が、何だか可哀相になってしまうのである。


（了）

二人の男

1

どうしてこの男、こんなにぐっすり眠れるのかしら。

五月は霞んだ目で、小川のだらしなく投げ出された裸体を眺めていた。

寝そべっているのに、それでもなお腹はでっぷり出ている。寸詰まりの太い手足が、丸太のように放り出されていた。

唇の厚くてごつい顔も、節くれ立った醜い身体も、毛むくじゃらだ。猿かゴリラのように、全身が剛毛に覆われている。

この醜悪な身体が、今まで自分の上に乗っていたのかと思うと——五月は、小川の体重と肌の感触を生々しく思い出して、改めて身震いした。

わたし、この男に玩具（おもちゃ）にされてるんだ。

両目にたちまち、涙が溢れていた。

大声で泣きたい。

が、そうするわけにはゆかなかった。

泣いたりしたら、たとえそれが忍び泣きでも、この小川はすぐに目を覚ます。この根っからサディストには、女の啜り泣きは甘美な誘いだ。敏感に聞き止めて目を開き、再び責めを開始するだろう。

五月は、泣き声を押し殺した。

ベッドの隅に上半身を起こし、小川を眺めている。

この男をこうして眺められるのは、こいつが眠っている時だけだ。起きている間は、目を合わせるなんて、とてもできない。

赤ちんで濁った目は、まるで悪魔の瞳だ。情欲をたっぷりたたえ、どうやって虐（いじ）めてやろうかと値踏みしている……恐ろしくて恐ろしくて、とても顔なんか向けられない。

それにしても、良く眠っていること。何とも無防備で、警戒心のまるでない寝姿だった。

無邪気とすら言っていい。眠っている間にし返しをされるとか、殺されるかもしれないとか、こいつは心配しないのだろうか？

全く、心配していないらしい。

自分がどんな酷いことをしたのか、こいつは判ってない。子供が、鎖につながれた犬や、目の開かない小猫をどんなに虐めても、次の瞬間にはケロリと忘れてしまうみたいに。蛙のお腹に空気を吹き込み、パチンと弾けさせても、ケラケラ笑って喜ぶだけ、すぐにそんなことどうでも良くなってしまうみたいに。

わたしは、無邪気なゆえに残酷な子供に捕まった、小動物も同じなのだ。

小川に対する、何とも言いようのない怒りと復讐心が芽生えて来る。

わたしがあなたに、何をしたっていうの、いったい。あなたの嫌がる、どんなことをした？　あなたに、どんな迷惑をかけた？

してない。全く何も、してない。そもそもわたしは、あなたとは何の関係もなかったのよ。あなたの方から、わたしに近づいて来たんじゃないの。

見て、わたしのこの顔。瞼が開かず、物が霞んで見えるくらい、殴られてるわ。顎も頬骨も、感覚がありゃしない。薄れて、むくんでるのだけが判る。鼻の折れてないのが、不思議なくらいよね。

ほら見て、手も脚も、痣だらけだわ。

五月は、自分で自分の痣と打ち身だらけの身体が恐ろしくて、今日は鏡を見る度胸もない。

眠ろうったって、打ち身が疼いて、横になることもできないでいる。

それなのに、わたしをこんな風な目に合わせた張本人のこの男と来たら、何もなかったように無邪気に、高鼾だ。

五月の鼻息が、怒りのあまり荒くなった。暗闇の中で、歯を食いしばっていた。

思わず下半身に力を込め、身動きしていた。

「……う」

かすかな呻きを上げた。

下腹に、激痛を覚えたのだ。

肉を抉られるような痛みだ。

こいつに、アクロバットに近い体位で、ひどい犯され方をした。こいつのやり方と来たら、セックスを楽しむというより、まるで女の下腹を引き裂くに近い。結合している間、五月は、臓物を引きずり出されるような苦痛を覚えたものだ。

気のせいでなく、本当に裂けたらしい。

五月は、自分の股間に目をやった。

暗くて、見ただけでは判らない。

掌を持っていった。

指で、陰部に触れてみた。

生温かい、ヌラリとしたものが指先に触れた。それは決して、精液が溢れて来たのではない。確かに、血の感触だった。

裂けた。

こいつ、五月の、女として最も大切な部分にまで、傷を負わせた。

五月の目の前が、真っ赤に染まった。

口の中がきな臭くなり、獣のような生臭い匂いが満ちて来た。

——殺してやる。

五月の目は発作的に凶器を探して、ベッドルームを見廻していた。

わたしが悪いんだ。

工藤五月は、どれだけ後悔の臍(ほぞ)を噛んだか知れない。

佐伯正吾の名を出したのですっかり信用して、ひょこひょこ見知らぬ男の後について行った、わたし自身の責任なんだ。

しかしそう思ったからと言って、苦しみから逃れられるわけではない。それどころか一ヶ月前のことを生々しく思い出し、ますます腹が立って来るばかりだ。

一ヶ月前、四月半ばのある日。

人事異動も一段落し、新人社員も会社の雰囲気に馴れて来て、社内には活気が満ちていた。

この春は天気の好い日が続いて、毎日のようにどこかの課や同好会で花見があり、新人歓迎のコンパが開かれた。いかにも春らしい陽気さが、社内に満ちていた。

工藤五月にとってこの春は、ひときわ心の浮き立つ季節だった。

憧れの佐伯正吾が、課長として彼女のいる経理課に配属されたからだ。

佐伯は、まだ三十代半ばだ。

三光商事は、日本でも指折りの大手商社だ。若い人材にチャンスを与えることで定評のある会社だが、それにしても三十代半ばで課長というのは、異例の早さだった。

それだけ佐伯は、有能なのだった。

仕事が出来るばかりでなく、人望もある。上に対しても言うべき意見はきちんと述べ、下には優しかった。人格高潔で、しかも二枚目と来ている。

非の打ちどころがない。あえて非を挙げるとすると、真面目一方で冗談気がなく、いささか面白味に欠けることだろうか。

「素敵ね、佐伯さんて」

五月は仲の良い同僚たちに、夢見る瞳で打ち明けたものだった。

「ええ、本当ね」

同僚たちの何人かも、うっとりとした表情で呟いた。

しかし何人かは、しかめっ面で言った。

「え、本気、五月？　五月って、ああいう固物（カタブツ）が趣味だったんだ。嫌いよ、あたし、あんな朴念仁（ぼくねんじん）。いい子ぶっちゃってさ、イケ好かない奴」

五月にとっては、思いがけない反応だった。

なるほど、お洒落で遊び好きのナウイ女の子たちには、佐伯正吾のような古典的な二枚目、てんで魅力がないのかもしれない。五月は彼女たちの言い方に、何だか自分がケナされたような不快感を覚えた。

しかし、結構じゃないの。ライバルが減ったわ。

「あんたが佐伯さんに惚れたのは判ったけど、止めなさいよ、五月、ちょっかいをかけるのは。妻子持ちに手を出しても、苦しむばっかりよ」

真剣にそう忠告してくれる者もいる。

そう、その通り。佐伯正吾には、妻も子もいる。会った人の話によると、四歳年下の、可愛らしい奥さんなのだそうだ。

「判ってるわよ、そんなこと」

五月だって、そんなことは百も承知だ。

佐伯に対しては、遠くから憧れるだけにした。五月の方からは、決してモーションをかけたりしなかった。

五月の心の内を知ってか知らずか、佐伯も五月に特に関心は示さなかった。幸か不幸か二人は、仕事の話しか交わしたことがなかった。

これでいいのだ。

五月は、そう思っていた。

男性に憧れるのって、胸がときめいて気持ちが浮きうきする。それだけで、人生が楽しくなる。佐伯と同じ職場で、毎日顔を合わせるのかと思うと、それだけで嬉しくて、会社に来る張り合いがある。

朝、早目に会社に出て来て、佐伯のデスクを拭いたりお茶の仕度をしたりする。それだけで五月は、幸せなのだった。

これでいいのだ。

五月は、そう納得していた。

ところが、全く思いがけないことが起きた。

四月半ばのある夕刻、電話のベルが鳴り、五月が受話器を取った。

「はい、三光商事経理課です」

名告った。

受話器の向こうで、こちらの正体を探っているのか、一瞬の沈黙があった。

「三光商事ですが」

五月がもう一度、繰り返した。

粘っこい返事があった。

「ああ、五月さん？　佐伯だけど」

「え」

五月は思わず、問い返していた。五月の声はいつもは、もっと明るくて張りがある。こんなに粘っこくない。

何だか嘘のような気がして、佐伯のデスクに目をやった。

確かに、佐伯の姿はない。

受話器を通しているので、声の質が変わって聞こえるのかもしれない。良くあることだ。

「はい、工藤ですけど」

五月は疑うのを止めて、当たり前の声で返事をした。

「良かった、五月さんが電話に出てくれて。実は、内密の話があるんだ。個人的なことで、ちょっと相談に乗って欲しくてね」

「はあ」

相変わらず粘っこい声で、切羽詰まった言い方をした。

五月は、曖昧な返事をした。

「ごめん、急にこんなことを言って。悪いけど、今日の夜、空いてる？　だったら、会社が引けた後、五時半、いや六時に、渋谷の××という喫茶店で会えないかな」

佐伯の口調には、有無を言わせないものがあった。

仮に用か約束があったって、他ならぬ佐伯が会いたいというのだ、親の葬式だってキャンセルしてしまうだろう。

その喫茶店は、五月がよく行く映画館の地下にある。

声が変だなどという疑いは、きれいに消し飛んでいた。代わりに、内密な用で佐伯に会うことに対する異様な期待に、胸が高鳴った。

何の話があるのかしら？

指定された時間より十五分も早く、五月はその喫茶店に着いていた。

店の入口近くに、サングラスを掛けた髯面の男がいた。体格といい顔立ちといい、日本人だか外国人だか判らない無国籍な雰囲気があり、目立った。彼も五月を、ちらりと盗み見た。

サングラス越しだというのに、視線が突き刺さるように鋭く感じられ、ギクリとした。ヤクザか何かだろうか。嫌な感じがした。

六時ちょうどになった。

佐伯はまだ、姿を見せなかった。

サングラス姿の男が席を立っと、五月のいる店の奥まで歩いて来た。五月は何事だろうと顔を伏せ、膝を閉じ合わせ、身体を固くした。

男は、屈み込んで囁いた。


「あの、工藤五月さんですね。私、佐伯さんに頼まれて来ました。小川と言います。内密の話で、人のいるところでは出来ないというので、お迎えに上がりました」

人相は悪いが、言葉使いは丁寧だった。

ホテルに部屋を用意してあるという。

ホテルで、佐伯が待っている――警戒すべきだろうか？　ひょっとすると、危険な罠なのでは？

同行を断わろうかと思った。だいたい、小川と名告るこの男のことも、何も知らないのだ。

しかし――ホテルで佐伯が待っている――異様な胸のときめきを覚えた。危険な罠かもしれないという思いが、かえって五月を刺激した。

馬鹿な。あの真面目な佐伯さんよ、そんなはずないじゃない。そう思っても、下腹の奥がジーンと疼いてならなかった。

拒（さから）えなかった。

「そうですか」

五月はふらふらと覚つかない腰つきで、ソファから立ち上がっていた。

2

小川と名告る男の車は、五月を乗せ、渋谷の入り組んだ街並みをすり抜けていった。

六時台は、平日の渋谷が最も賑わう時間帯だ。狭い道路も広場も、人と車で溢れ返っている。緊張しているせいか、周囲に群れる人間も車も、五月の目にはまるで他人事に見える。映画か何か、見ているみたいだった。

ホテルの部屋で、佐伯が待っている。甘い期待があった。

この男、いったい何者？　佐伯と本当に、知り合いなのだろうか？　変だ。何か変だ。佐伯がわたしに、内密の話だなんて――不安もある。

だが、車を降りる決断がつかない。

車は裏道を分け入り、ラブ・ホテル街に潜り込んでいった。

「小川さん……ホテルって」

もっとちゃんとしたホテルかと思ったら――五月は訊かずにいられなかった。

「ええ、このすぐ先のホテルです。静かなとても渋谷の真ん中にあるとは思えないホテルですよ。もうすぐですから」

小川は、事もなげに答えた。

今さらもう逃げられないのだと、五月は悟った。いったん譲ったら、限りなく譲ってしまう。人間とは、そうしたものだ。たとえ、最悪の結末が見えていても。

そうこの時とっくに、五月には結末が見えていたのだ。かすかな、ほんのかすかな予感とはいえ、着実にそうなりつつあることに、五月は気づいていた。

案の定、一目で連れ込み宿と判るホテルの前で、車は停まった。

小川がドアを開けた。

「怪し気なホテルですが、御心配なく。佐伯さんがそういう人でないことは、五月さんも御存知ですよね」

そう言うと小川は、サングラスの奥でニヤリと笑った。その笑いに五月は、確かに悪意を、獲物を前にして北叟笑む狼の笑いを見た。

しかし、

「ええ。わたし別に、何も心配していません」

五月は、そう答えていた。

ホテルの部屋に入った。

シングルの狭い部屋だった。ピンクの照明が、何とも言えないいやらしい気配を放っていた。

ぎくりとした。同時に、やっぱりとも思った。

佐伯の姿が見えなかったのだ。

「佐伯さんは?」

五月が問うた。きつい、責めるような声を出したつもりだ。しかし本音が出て、怯(おび)えた声になっていた。

「佐伯だって」

小川が、含み笑いしていた。優しそうだった口調がガラリと変わり、五月の狼狽を面白がっていた。

「知らないな、そんな奴」

「何ですって」

五月が、慌てて部屋を出ようとした。

しかし一呼吸早く、小川はドアをロックしていた。チェーンまで掛けた。

「いや、やめて、何するの」

五月は、悲鳴を上げた。ホテル中に響けとばかりに、精一杯大きな声を出した。

小川は、全くひるまなかった。

「うるさいんだよ、このバカ女」

叫ぶ五月の頬に、力任せの平手打ちをくれた。

「……」

衝撃で、悲鳴が途切れた。五月の身体は、ベッドに投げ出されていた。

「お前、どういうつもりでここまで来たんだ。もともと、男とナニするつもりだったんだろう。期待して、腰をフラつかせてたくせに。今さら、うろたえるんじゃないよ」

「……そ、そんな、佐伯さんが話があるからって」

ホテルのベッドは、えらく柔らかかった。五月はすぐに起き上がれなくて、じたばた身悶えた。

その上に、小川が跨(また)がって来た。

五月の鼻面に、正面からパンチをくれた。五月の眼球の奥で、火花が飛び散った。五月は、気を失いかけていた。

顔が潰れる。間違いなく、痣になってるわ。鼻の骨、折れてないかしら……怖い、顔が壊されてく——痛みより何より、五月は、女の生命である顔を醜くされるのが恐ろしかった。

怖くて、抵抗できなくなった。

「騒げ、さあ、大声を出せよ」

小川は、下品な声でせせら笑った。

「ホテルの従業員に、裸を見せてやるがいい。俺にハメられて身悶えしてる姿を、そっくり見せびらかしてやるがいいさ。とにかくお前は、お前の意志で、俺とこの部屋に来たんだからな。恥を掻くのは、お前の方さ、このバカ女め」

五月のブラウスを、乱暴に引き裂いた。ボタンが千切れて、飛び散った。

その通りだ。小川を信用してついて来た自分が、一番悪いのだ。こうなるの、判ってたくせに。

ブラジャーを、毟り取った。

大ぶりの乳房が、ぶるんと弾け出た。みっともないことに、困ったことに、乳首が立っていた。

「……ああ」

五月は思わず、顔を隠していた。

こういう時には女は、乳房を隠すもの。あるいは股間を守るもの。五月は日頃、そんなふうに思っていた。それが胸でも下腹でもなく、顔を隠すなんて。

「泣け、泣け、ほら、泣けよ」

小川は、乳房を乱暴に揉み立てた。

ミニスカートをまくり上げると、パンティを露出した。

パンティに鼻面を押し当て、「匂うぞ、匂うぞ、雌の匂いだ」、小川は囃し立てた。

五月は顔を隠したまま、身をよじってむせび泣いた。

小川はヘラヘラ笑いながら、パンティを引き下げた。

五月は発作的に、膝を固く閉じ合わせた。

小川は、五月の顔面をもう一回、拳固で力任せに殴った。

「抵抗すると、痛い目に合わせるぞ」

言うなりになるしかなかった。

小川は五月の両脚を担ぐと、忙しなく挿入した。

みっともないことに、そこはほど良く濡れていた。佐伯に電話で呼び出されて以来、五月はずっと、この出会いのことを考えていたのだ。下腹が疼いてならなかった。知らぬ間に身体は、男を迎え入れる準備をしていたのだ。

入口に押し当てただけで、簡単に一物は滑り込んだ。

「ひょう」

小川は感嘆の声を上げると、激しく腰を使った。

五月の柔襞の感触や締めつけを、言葉に出してからかった。五月の身体の丸みや脹らみについて、いやらしいことをいろいろと言った。お尻の穴に指先を当てがい、そこが処女か否かをからかった。

五月は羞恥のあまり、どうしても顔から掌を離せなかった。小川の下品で卑猥な一言一言に、下腹がひくつく。内腿の筋が、痙攣する。小川のからかう通りに反応してしまうのが、たまらない屈辱だった。

小川はひとしきり腰を振った後、「うっ、おっ、あっ」とオットセイのような声を上げると、放出した。

ようやく終わった。

これで解放してもらえる。五月も、ほっと人心地ついた。身体が火照ってならなかった。

下腹の奥に、熱いものが残っている。精液だ、この男の。子供ができたらどうしよう、こんな男の子供が。それを考えると五月は、自殺したい衝動に駆られた。

ようやく終わったと安心したのは、どうやら早とちりだった。実はまだ、プロローグが終わったばかりだったのだ。

「さてと、出すものを出したら、すっきりしたな。これで落ち着いて、作業に取り掛かれる」

小川は、さばさばした声で言った。

えっ、作業って?

「お前も、中で出されたら、諦めがついただろう。尻の穴までいじられたんだ、もう恥ずかしいことなんか、なんにもないよな」

作業って、何なの?

「いや、止(や)めて、勘忍してぇ」

五月は何をされるか判らないままに、弱々しい悲鳴を上げた。

が、悲鳴を上げながら、小川の言う通り自分はもう抵抗しないだろうと、何となく判っていた。女は、身体を奪われた相手には、何をされても逆らえないものなのだ。

小川は、自分の荷物から、家庭用のビデオ・カメラを取り出した。嫌がって逃げる五月の裸体を、ズームを巧みに使いつつ、カメラで追い廻した。

抑えつけると、両脚を拡げさせた。

動き廻り、下腹に力を入れたせいで、陰部から精液が零れた。小川はキャッキャと無邪気にはしゃぎながら、それをカメラに収めた。

カメラのファインダー越しに覗く五月の裸体は、また新鮮な欲情をそそるらしい。小川は一物を、竿立てていた。

ひとしきり追い廻した後、挿入した。陰部から一物が出入りする様と、下腹の反応と、屈辱にまみれつつ突きに応えてしまう五月の顔の表情とを、小川のカメラは舐めるように撮っていった。

「こいつを、エロ・ビデオの会社に売るんだ」

小川は、嬉しそうに言った。

「お前も、暴力団に売り飛ばしてやる。毎晩、いろんな男とセックスできるんだ。どうだ、わくわくするだろう」

五月が悲鳴を上げ、もがいた。

「あうっ、うっ」

小川はまたオットセイのような声を出すと、二度目の射精をした。

ひとしきり腰を突き出し、股間に力を込め、あらかた放出した。

一物を引き抜きつつ言った。

「それが嫌だったら、お前、俺の奴隷になれ。毎晩、俺の指定する場所に行って、俺の言うことをきくんだ」

五月は陰部から小川の精液を溢れさせつつ、メソメソ泣いた。泣きながら、何度も頷くしかなかった。

夕刻、佐伯からの電話だと思って聞いた声は、実はこの小川だった。

どこでどうしてそんな話を聞きつけたのか知らないが、小川は五月が佐伯に恋してしまったのを聞きつけ、それを利用したのだ。

こういう目に合わされた女を、五月は三流週刊誌やポルノまがいの小説で聞いたことがある。が、まさか自分がそんな目に合わされるなんて、夢にも思わないことだった。

五月はビデオで恥ずかしい姿を撮影された後、抜け殻のように呆然自失していた。

「明日も会社が引けた後、このホテルに来い。誰かにこの話をしたければ、するがいい。が、お前が恥を掻くだけだ。ついでに、このビデオが、世間に出廻るぞ。お前の会社の男子社員たちも、きっと見て喜ぶことだろうよ」

さっさと自分だけ身づくろいを整えると、小川は言い捨てた。

「そうそう、ホテル代はお前が払えよ、五月。食事代もだ……今日の分、俺が立て替えたコーヒー代、払ってもらおうか。ついでに、車代もな」

勝手に五月のハンドバッグを引っ掻き廻すと、財布から一万円札を三枚ほど抜き取った。今回、五月が財布に入れた一万円札のすべてだ。

五月は、ベッドから起き上がる元気もなく、黙って小川の言葉を聞いていた。

翌日、五月は、何事もなかったような顔をして、会社に行った。

その日の夜も、小川に嬲り者にされ、金を毟り取られた。

五月はその翌日もやはり、何事もなかったような顔をして会社へ行き、当たり前に仕事をした。

佐伯に対する憧れの感情は変わらなかった。だから佐伯の前で、恥はかきたくなかった。会社で何事もなく装っていられたのは、ひとえに、佐伯にこんな事を気づかれまいという、切ない思いからだった。

こんな事になったのは、小川が佐伯の名をかたったからだ。佐伯を逆怨みしても良さそうなものだが、不思議なことに、五月の佐伯への思慕は募るばかりだった。

小川は、毎日は五月を呼び出さなかった。土日は抜きで、週に二度くらい平日の夜に、五月を弄んだ。夕刻六時頃から十二時頃まで、横暴の限りを尽くして五月の肉体と心を嬲り、最後に必ず財布の金を取って終わった。

普通に会社へ行き、当たり前に仕事をしている。

が、顔や腕の痣は、いかに厚化粧をしても隠し切れるものではない。それに五月の態度は自然に、一日ごとに暗くなってゆく。同僚の女子社員との付き合いが悪くなり、いつしか全然笑いを見せなくなっていた。

「どうしたの。最近、変よ、五月?」

同僚に、訊かれる。

「何でもないわ。ちょっと、体調を崩してるの、最近。それだけよ」

五月は、ぶっきら棒に答えて、同僚たちの気遣いを拒絶する。

二週間、三週間と経つうちに、ついに課長の佐伯までが、五月の態度の変化を心配しはじめた。

仕事の合い間に、佐伯が心配そうに、五月の様子を盗み見る。疑うことを知らない、真面目一途な視線だ。

自分の夜の誰にも言えない秘密を、見透かされるような気がした。五月には、佐伯の心配そうな視線が、最も耐えられなかった。

ついに一ヶ月が経った昨日、佐伯は昼休みの社員が少ない時間を見はからい、五月に近づいて耳元で囁きかけた。

「どうしたの、工藤君、最近。何だか元気ないね。体調、悪いのかな。何か困ったことがあるなら、ぼくが相談に乗ってもいいけど」

「………」

五月は、嬉しいやら恥ずかしいやらで、一言も声を出せなかった。

しばしの沈黙を挟んで、両掌で顔を覆った。

むせび泣いていた。

その日の夕方、五月は佐伯と二人で、会社の近くの喫茶店にいた。

五月は、性質（たち）の悪い男が佐伯の名をかたり彼女を欺（だま）したことを打ち明けた。どんなことをされたか詳しくは話さなかったし、佐伯も訊かなかった。ただ、話さなくともそういう事は、見当がつく。

佐伯は青ざめ、怒りにぶるぶる震えていた。

「ひどい男がいる。本当にひどい男がいるなあ……何とかしなくちゃ、そいつを。工藤君が困ることなく、何とかそいつを痛い自に合わせないと……二人で、打開策を考えよう」

その佐伯の言葉だけでも、五月は充分に有難かった。

ついに、憧れの佐伯と、こうして差し向かいで話ができた。しかも彼は、彼女のことを本気で心配し、小川のことをこんなに怒ってくれている。

「で、小川って奴とは、今度はいつ会うんだ」

五月は、本当のことを言えず、嘘の日取りを言った。

佐伯に、これ以上の迷惑をかけたくなかった。あまり深入りして、五月がどんな恥ずかしい目に合わされているかを、佐伯に知られたくないのだ。

本当は、〝明日（あす）〟会うはずだった。が、嘘をついて〝明後日（あさって）〟と言った。

佐伯は、きっぱりと言った。

「ぼくの名をかたったんだから、責任の一半はぼくにもある。明後日、ぼくも一緒に行くから。そいつに、絶対に手を引かせてやる。判ったね、決して一人で行っちゃ駄目だよ。ぼくがついてるから、もう安心して」

五月はこの言葉に、ほっと肩の荷の降りる思いがして、またさめざめと嬉し泣きしていた。

3

翌日の夜、つまり今日、五月は小川に会った。

これで最後にするつもりだった。

小川との約束は、夜の七時。

いつもは時間きっかりにホテルの部屋に顔を出すのだが、今夜はそれが待ち切れず、七時より十分も早く部屋に入った。

ドアを開けた。

小川も、もう姿を見せていた。

五月の顔をじろりと睨みつけると、語気鋭く言った。

「来たな、裏切者め。俺を欺せると思ったのか。話しただろう、俺たちのことを誰かに」

五月は愕然として、ドア口に立ち止まった。

話した、佐伯に。だが、佐伯だけにだ。どうしてそれを、小川は知っているのだろう。

まさか、佐伯が小川の知り合いだったとか？　そして五月に聞いたことを、責める意味で小川に話したとか？

まさか……まさか、そんな……。

五月が目を白黒させるのを見て、小川はペッと唾を床に吐いた。

椅子から立つと、自分の手でドアを閉めた。ロックした。逃げる唯一のチャンスを失ったことに、五月は不意に気づいた。

「佐伯ってのか、あの男。ほら、お前の惚れてる相手だよ。あいつによく恥ずかしげもなく、俺たちのことを話せたよな。どこまで話したんだ。俺がお前にしたことを、きちんと説明したのか、え、おい？」

小川は、ねちねちと五月を責めた。

五月は全身が硬直して、一言も一言葉を発せられなかった。人形のように立ち尽くし、小川にされるままになっていた。

今夜こそ縁を切ってやろうと意気込んでやって来たのに、逆手を取られた格好だった。

小川は五月の着衣を、乱暴に毟っていった。下着も剥ぐと、丸裸にした。

ベッドに、押し倒した。

「あんなことを話せるなんて、お前には差恥心てものがないんだな。話していて、どんな気がした。嬉しかったか？　ひょっとするとお前、感じてたんじゃないか？」

小川は、一人で喋り続けた。

「羞恥心がないなら、いいだろう。今日は素っ裸で、ホテルの中を歩かせてやるからな。俺とファックしながら廊下を歩き、エレベーターに乗り、一階のロビーを走り廻るんだ。恥ずかしい姿を、お客様の前で晒すんだぞ。

俺の物を咥えてヨガる姿を、皆様にお見せするんだ」

小川は喋るうちに、興奮して来た。どうやら、本気らしい。

「……い、いや」

五月は、弱々しく拒否した。どうせ、小川の言いなりなんだ。結局、この男には敵わない。内心ではそう思いつつも、いちおう抵抗してみる。

しかし小川は、五月の台詞など聞いてない。

「ファックする姿だけではない。犬のように、小便させてやる。脱糞もするんだぞ、脱糞も。ホテルのロビーから外に出て、渋谷の雑踏を真っ裸で歩く。両脚を拡げて御開帳し、道を歩く兄さんやおっさんに、『ハメてください』とお願いするんだ。そして、酔っ払いどもに嬲ってもらえ……よし、よし、面白いぞ。こいつは面白い」

小川はその場面を想像して、勝手に猛り立った。

五月も否応なしに、その場面を思い浮かべてしまう。渋谷の道玄坂を、ハチ公前を、素っ裸で男を漁り歩く己が姿を想像して、居ても立ってもいられなくなった。

何という屈辱。もうわたしは、人間ではない。こんなわたしに、佐伯さんと会う資格なんかなかったんだ。


五月は、絶叫した。

が、小川の耳にはそんな声、入っていない。もう聞き飽きている。

五月の上にのしかかると、挿入した。面白いくらい簡単に入った。五月本人は全く興奮していないというのに、条件反射で濡れてしまう。五月はここ一月の間に、小川に会って怒鳴られたり虐められたりすると、すぐに濡れるようにしつけられていたのだ。

そんな自分の身体が情なくて、五月はますます泣きじゃくった。

小川の一物は、今夜はひときわ硬化し、体積を増していた。太い梶棒で、内部を引っ掻き廻されるような気がした。五月が、二人のことを第三者に話したというのが、小川をも興奮させているらしい。

肉棒の硬さと太さを下半身全体で実感しつつ、五月は考えていた。

どうして小川は、わたしが佐伯に話したことを知っているのだろう。昨日の夜、話したのに、今日にもう知っているなんて。

そもそも、小川は佐伯の名を騙って電話をかけて来た。

小川はどうして、佐伯のことを知っているのか。

佐伯の名を騙ったということは、そう言えば五月がすぐに欺されると、知っていたわけだ。経理課の同僚の間では、五月が佐伯に気があると知れているけれども、あくまで経理課内部でのことなので、そのことが世間に流布しているとは思えない。それをどうして、小川は知っていたのだろう。

小川と佐伯は、知り合いなのだろうか。二人して、五月を欺したんだったりして。

そんなはずはない。日頃の佐伯の態度や、昨夜のあの怒りように、嘘があるとは思えない。少なくとも佐伯は、小川のことなど何も知らないのだ。

とすると、小川が……小川はきっと、五月や佐伯の近くにいる人間なのだ。そして二人のことを、いつもじっと監視している。

三光商事の社員か。出入りしている業者の誰かか。

五月は必死で、記憶の底を探ってみる。

そうだとするとわたしは絶対に、この男をどこかで見ているはず。口はきいたことないだろうが、姿は目にしているはずなのだ。

小川の無国籍めいた雰囲気は、特徴的だ。ごつい手足といい、毛むくじゃらの顔、鋭い目、陰険な口元といい、一度見たら忘れられない。

しかし、覚えがなかった。いくら記憶の底を引っ掻き廻しても、小川の姿は浮かんで来ない。

誰なの。どこの何者なのよ、こいつはいったい。

五月は、苛立ちに駆られた。

小川は五月の上で、一人であれこれ喋りながら、ひとしきり腰を振り続けた。強く腰をせり出し、「うっ、くっ、むむっ」と例の大袈裟なオルガスムスの声を出すと、出すものを出した。

今夜はいつもより激しく興奮したせいか、小川は五月の横で寝息を立てはじめた。

平和な寝顔であり、寝息だった。

悪意の失せた寝顔は、さすがに人間的だった。どこかで見たような顔だと思ったが、気のせいだ。やはりこいつは、全く五月の見知らぬ男だ。

悪意が失せているのは、今だけだ。

疲れが取れたら、目を覚ます。そして、嬲りを再開する。

きっと本当に、素裸でホテルの中を引っ張り廻すだろう。ホテルの従業員、が止めてくれれば良いが、さもなければ小川はそのまま、素裸の五月を渋谷の雑踏に連れ出す。そしてさっき言ったことを、実行するに違いない。

ホテルの従業員が止めても、言うことを聞く振りしていったん五月に衣服を着させる。が、外に出てから結局、ストリップを演じさせ、男の袖を引かせるに違いないのだ。今度は、警察官が止めるまで。

ちょっとした事件になる。新聞の三面記事に載り、TVのトピック・ニュースや女性週刊誌が……五月は二度と、素顔で外を歩けなくなる。もちろんもう、会社になど行けない。

佐伯の、軽蔑の顔が浮かんだ。

「あそこまで、君が言いなりになってたなんて……要するに君、好きで小川って奴に弄ばれてたんじゃないか?……絶対に、一人で会っては駄目だと言ったのに」

そんな言葉まで聞こえる。

激しい屈辱が、込み上げて来た。

怒りが、小川に対する殺意が、急激に湧き上がる。

そんなこと、させない。

我慢するのも、もうここまでだわ。

そんな真似をさせられるなら、殺人犯になる方がましだ。

殺してやる、こいつを、今。

幸い、寝息を立てているではないか。全くの無防備で。

今だ、殺すなら。今こそ、チャンスだ。

五月は、こっそりと上半身を起こすと、凶器になりそうな物を、目で探した。

自分のしようとしていることを、深く考える余裕もなかった。これでもう止めにしなければ、大変なことになる。止めるためには、この男を殺すしかないんだ。そんな思いで、身体が勝手に動いてしまうだけだった。

ベッドの脇に、小川の衣類が脱ぎ捨ててある。衣類の山から、ネクタイを見分けることができた。

これだ、手の届くところにあって、しかも確実に小川を殺せる道具は。

五月は腕を伸ばすと、ネクタイを拾い上げた。

もう、遠慮はいらない。思い切り小川を突き起こしながら、素速く首の周りをネクタイでぐるぐる巻きにした。

首根っ子を抱きかかえ、力一杯に締め上げた。

小川は、たちまち目を覚ました。が、何が起きたのか、すぐには理解できないらしい。その場で無意味に、手足をバタつかせた。

ザマアミロ、この間抜けめ。わたしを、舐め切ってたわね。

五月は初めて、小川に対して勝ち誇った。歯を剥き、ギリギリと食いしばっていた。

ネクタイが、首の肉に食い込んでゆく。

「ぐっ、ぐぐっ、ぐわっ」

小川が、潰れた蛙のような声を出した。

首の血管が、何倍にも脹れ上がっている。顔面が紅潮し、一廻りは確実に膨張していた。小川の苦悶の表情が、背後にいる五月からは見えないのが残念だった。

小川の全身が、痙攣している。波打っている。まるで、皮膚の下に何千匹、何万匹という虫や蛇がいて、それがゾワゾワ、ザワザワと一勢に蠢いているような、そんな凄まじい痙攣だった。

へえ、人間て断末魔には、こんな風になるものなんだ。五月は、自分は今、人を殺しているという恐怖のせいで、ますます力強くネクタイを引き廻しながら、そんなことに感心していた。

首をねじ切らんばかりに、ネクタイが食い込んでいる。

「うおおおっ」

ひときわ大きな声を上げ、両掌で空中を掻き毟ったきり、小川はぐったりと動かなくなった。

死んだ振りかもしれない。あるいは、失神しただけかも。今、手を緩めては、息を吹き返す可能性もある。

五月はまだしばらく、小川の首を抱きしめる格好で、締め続けていた。

そのまま、五分が経ち、十分が経った。だがまだ、力を緩める決心がつかなかった。

死んでしまったせいだろうか、小川の身体つきが、さっきまでと違って見えた。

心なしか、頭が一廻り、小さく見える。頭ばかりでなく、身体全体が何だか華奢（きゃしゃ）になった。

あんなに毛むくじゃらだったのに、体毛が人並みに薄くなっていた。

おかしなことに、あの髯が、もうない。

これは変だ。いくら死んだからって、人間てこんなに変わるものだろうか。

五月は首を傾（かし）げながら、さらに十分ほど、首を締め続けていた。

ようやく、力を緩めた。
小川の死体を、ベッドに寝かせた。
おっかなびっくり、小川の顔を覗いた。
五月は、目を疑った。何だか、夢を見ているような気がした。
言葉を出せなかった。
ベッドには、佐伯の死に顔があったからだ。
小川と佐伯は、同一人物だったのだ。

（了）

恐竜のいる風景

1

給食が終わった後の、午後の授業だった。

午前中に四時間の授業があって、午後から二時間。一日に何と、六時間も授業があるのだ。

しかも今は、六時間目。最後の授業である。

健一は、何度目かの生欠伸(なまあくび)を、噛みこらえていた。

「眠くならねえわけねえだろう、朝の八時半から、ずっとこんなことやってるんだぜえ。たまんねえよなあ、ったく」

小学校の五年生らしからぬませた悪態を、口の中で呟いていていた。

机を並べている理絵ちゃんが、健一の呟きを聞きつけて、キッと睨みつけて来た。

「ヘン、いい子ぶりやがって……これだから、女って嫌だよなあ」

理絵ちゃんは、クラスで一番可愛くて、かつ勝気な女の子だった。背が高くて、胸も脹らんでいて、中学生くらいに見える。

勉強も体育も音楽も、よくデキる女の子だった。

健一は、この理絵ちゃんが好きだった。だからしょっちゅう、理絵ちゃんに逆らって、文句を言われることばかりしている。要するに、構ってもらいたいのである。

そして、クラスで最も苦手な、頭の上がらない相手こそ、この理絵ちゃんだった。

小春日和の心地良い陽射しが、窓から教室に射しこんでいる。

健一は、一番窓側の机に坐っていた。

陽の光を、頭から浴びている。髪の毛が熱を帯びているのを、自分で意識した。

教師の石渡が、生徒たちの間をゆっくり歩いている。歩きながら、話をしている。

カビの話だった。今は、理科の時間なのだ。

「ちえっ、ったく、コケだかカビだか、ちんけな話しやがって、そんなもの、俺の知ったことかよ」

今度は、健一の前に坐っている男子生徒がこの言葉を聞きつけて、肩を震わせた。その通りだと、笑っているのだ。

健一は、調子に乗った。

ほら、俺には味方がいるんだぞ――そう言わんばかりに、横目でちらりと理絵の方を見た。そして言った。

「朝っぱらから授業ばっかで疲れてるところに、メシ食った後、今度は理科だもんなあ。しかも、チンケなカビの話だぜえ。眠くならねえわけねえだろうが」

声、が、少し大きくなっていた。

理絵は、フンと顎をそびやかし、これを無視した。

石渡先生は、ちょうどこちらに向かって歩いて来ているところだった。

当然、健一の台詞は聞こえたはずだ。

言葉を切った。

何か言いたそうにした。

さすがの健一も、何を言われるのかといささか緊張した。

しかし、何も言わなかった。

石渡先生は、この春に大学を卒業したばかりの、まだ若くて純情な先生である。世間ずれしていない。

溜め息をつきながら、悲しそうに目を伏せただけだった。

健一はちょっとばかり、自分の言ったことを後悔していた。

理絵が再び、キッと健一を睨んでいた。

石渡先生は、その場に立ち尽くしたまま、教室を見渡して言った。

「まあ、話はこれくらいにしよう。百聞は一見にしかずって言うからね。話ばっかりじゃ、退屈なだけだものね……じゃあ、みんな、観察に入ろう。机を動かして、班ごとに固まってくれ」

授業によっては、六、七人ずつでグループを作る場合がある。このグループを、班と呼んでいた。理科の実験とか、ホーム・ルームの意見発表とかは、班ごとに固まって行なうことが多かった。

これから行なうのは、顕微鏡でのカビの観察だ。一人一つずつ、顕微鏡とカビのサンプルがあれば理想的なのだろうが、学校にはそれほどの経済的な余裕はない。班ごとに分かれて、みんなで交替で顕微鏡を覗くことになっていた。

「ちえっ……観察かよ」

健一は、小さな声で独り言ちた。

観察とか実験とかが、ひときわ嫌いなのである。

協調性のまるでない性格なので、体育の団体競技とか音楽の合奏とか、授業のグループ実習とかが苦手だった。みんなで譲り合ったり助け合ったりしながらワイワイやるのかと思うと、それだけで面倒臭くなってしまうのだ。

今度は健一の方が溜め息をつきながら、席を立った。

机を六つ、くっつけて、六人がそれを囲む格好に坐った。健一と理絵とは、同じ班である。

石渡先生の指導の下、顕微鏡によるカビの観察が始まった。

各班に、プレパラートが六枚ずつ、配られている。それぞれ、黄色だの青だの緑だの赤だの、種類の異なったカビが載せてある。

石渡先生が、それぞれのカビの種類について、説明した。お勉強のできる理絵は、先生の話を素速く、ノートに書き取ってゆく。

「ふん、ヤな女」

健一は舌打ちした。

理絵のそんな優等生然とした態度が気に入らなくて、
理絵は、そんな健一にチラリ、軽蔑の視線を向けただけだった。

他の生徒たちは、ガキ大将で喧嘩の強い健一に睨まれるのが嫌なので、健一が何をしようが言おうが、無視している。

それは、石渡先生も同じだった。

健一がちっとも話を聞いていないのは、先生もとっくに気づいている。しかし、若い新任の石渡先生は、先ほどの健一の言葉に受けたショックから、まだ立ち上がれずにいた。一刻も早く立ち上がるためにも、健一の存在を無視することにしたのだ。

実に全く、健一は先生の話など、まるで聞いていなかった。鼻くそをほじり、指先で丸めて、ポンと弾き飛ばす。机の角に足先を乗せ、ブランコかシーソーに乗っているみたいに、椅子をギーコギーコ揺らす。

まるでわざとのように大欠伸をして、目に一杯の涙を浮かべる。

六時間目だぞ、おい。ようやく、六時間目だ。あと少しの辛抱で、この退屈でチンケな授業も終わる。あと少し、ほんの三十分かそこらの辛抱だ。

ぼんやりと、窓の外を見た。

——ああ、いい天気だなあ。こんな天気のいい日に、どうして顕微鏡を覗いて、カビと睨めっこしなきゃなんないんだよ。

仏頂面であさっての方向を見ていた頂点で、ポカリ、いきなり頭に衝撃があった。

どうやら、殴られたらしい。

「チキショー、何すんだよお」

TVで覚えたませた悪態を、口にしていた。

振り向くと、理絵がいた。

教科書を振りかざし、立ち上がっていた。まだ健一が何かブー垂れるようだったら、もう二、三発、お見舞いするつもりだと見て取れた。

理絵にとって物凄く大切なはずの教科書で、人を叩くなんて——理絵はよほど、怒っているのだ。

怒っているのは、理絵の顔つきからも判る。真っ白で卵型の可愛らしい顔の中で、目が吊り上がっている。

「なに……するんだよお」

健一は、理絵の剣幕に押されて、タジタジになっていた。

女は怖い。


理絵が、鼻の穴をヒクつかせながら言った。

「健一君、いい加減にしなさいよ。あなたのその不貞腐れた態度のおかげで、みんな迷惑してるのよ。やる気ないならないでいいから、ジッと椅子に坐ってなさいよ」

健一は、椅子の上で思わず、居住いをただしていた。

「……………」

不意を食ったので、咄嗟に言い返す台詞もなかった。

健一がどんな態度に出るか、成り行きを注目して、教室がシンと静まり返った。

理絵は、健一の様子を見て、勝ちを確信した。畳みかけるなら今だ、そう判断した。

一気呵成にまくし立てた。

「さあ、覗きなさいよ、顕微鏡。みんな、交替で見てるのよ。あなたが見ないから、この班の人は先に進めなくて、困ってるんだから。さあ、覗いて、健一君。じゃないと、授業、いつまで経っても終わらないんだからね」

言いながら、キッパリした態度で、顕微鏡を健一の方へ押しやった。

「……………」

健一は、ポカンと口を開け、虚を突かれた表情で、理絵と顕微鏡を交互に眺めた。

「……あ……うん……」

我知らず、顕微鏡の接眼レンズに、左目を押し当てていた。

教室は依然、静まり返っている。

その沈黙の意味を知ってか知らずか、健一はじっと顕微鏡を覗き続けている。

五秒が経ち、十秒が経ち……二十秒、三十秒……まだ、健一は顕微鏡から目を離さない。

クラスのみんなは、どうせ健一はすぐに顕微鏡を放り出し、また騒ぎ始めるだろうと思っていた。石渡先生など、健一が癇癪を起こして、顕微鏡を壊しはしないかと、ハラハラしていた。

ところが、大方の予想に反して、一分近くが経っても、健一はまだ、顕微鏡を覗き続けているではないか。

すぐに放り出すどころか、健一の丸めた背中からは、熱意すら滲みはじめている。

奇蹟だ、これは。

一分が経つ頃には、教室にどよめきが拡がっていた。

石渡先生の表情に、笑いが拡がっていた。さも嬉しそうに、功労者の理絵に向かって、バッチン、大袈裟なウインクをしていた。

一番驚いたのは、当の理絵だった。てっきり、健一と掴み合いの喧嘩になると覚悟していたのに。

健一とは、幼稚園の頃から同級である。いわゆる、幼馴染みという奴だった。

幼稚園から小学校の低学年にかけて、しょっちゅう掴み合いの喧嘩をしたものだが、必ず理絵の方が勝っていた。頭の良さも運動神経も、健一より理絵の方が優っていたからだ。

それに、理絵はよく判っていないが、健一の方には惚れた弱味があるのだ。

何年振りかで、久々の掴み合いをするつもりで、理絵はいたのだが。

それなのに健一は今、驚くべきことに、一心に顕微鏡を覗きこんでいる。

理絵は教科書を振りかざした姿勢のまま、先生が感謝のウインクを送ってくれたことにも気づかず、相変わらず怖い顔で、健一を睨み続けていた。

2

顕微鏡なる代物を覗くのは、健一にとってこれが実質、初めてのことだった。

同じく、カビなんて代物をじっくり観察するのも、生涯でこれが初めてのことだった。

これらについては何も考えたことがなかったし、何の期待も抱いていなかった。それだけに、驚きは大きかった。

何という驚異が、ミクロの世界には展開していることだろう。

理絵がたった今まで覗いていたおかげで、顕微鏡の焦点は、ぴたりと合っていた。

「……ジャングルだ、これは」

健一は絶句した。

アマゾンの原生林かアフリカの密林を、セスナか何かに乗って上空から眺めたら、こんな風に見えるのではないか。

健一は本当に、自分がセスナで空を飛んでいるような気がした。

濃い緑の絨毯が、眼下に敷きつめられている。一見、芝生のようだが、とんでもない。樹木だ。鬱蒼と葉の繁った巨木が、見渡す限り隙間なく、埋め尽くしている。まさに見渡す限り、地平線の彼方まで、このジャングルは続いているらしかった。

健一は大袈裟でなく、息を飲んでいた。

目を凝らすと、眼下の風景のディテールが、少しずつ明らかになって来る。

樹木一本一本の、高さの違い、枝の張り具合いの違い、葉の繁り方や元気の良さの違い。

風が吹く。すると葉が、まるで海面が波打つように、ザワめく。

緑の絨毯に二筋ばかり、細い亀裂が走っている。葉にほとんど覆い隠されており、また、S字型、M字型に忙しく蛇行している。

河だった。

大きな河なのだろうか。それとも、細い川か。

何て深いジャングルだ。ただただ、樹木が繁っているばかりなのだろうか。それとも、この濃い鬱蒼と繁った樹木の裏に、何か生き物が潜んでいる？

猿が、虎が、蛇が、得体の知れない虫どもが……そして、人間が……。

　人間が、こんなところに潜んでいるのか。半裸で、全身に刺青（いれずみ）をした原住民が、槍や盾や弓矢で武装して、隠れ住んでいたりして。

　まさか……な。

　健一の妄想の翼は、一瞬でとてつもなく拡がっていった。

「おいおい、待ってくれよ、カビだ。これは、カビの拡大図だ。俺、カビを顕微鏡で覗いているだけなんだよな」

　健一は、ほおっと大きく溜め息をつきながら、接眼レンズから目を離していた。

　対物レンズの下にある、プレパラートを見た。

　プレパラートには、緑のチンケな、ゴショゴショした塊りが、載っているだけだった。

　このチッポケな中に、あんな広大な世界が拡がっていたのか。

　健一は目を丸くして、プレパラートを眺めてしまった。

　手に取り、日光にかざして透かしてみたり、角度を変えてみたり、色んな風にして見てみた。そうすれば、顕微鏡で見た驚異の世界の片鱗でも、垣間見えるかもしれないと思ったからだ。

　しかし、それはどう見ても、チンケな小汚ないカビの塊りでしかなかった。

　健一の一挙手一投足を、理絵や石渡先生を始めとするクラスのみんなが、固唾を飲んで見つめていた。今にも健一が、本性を顕わすのではないか、そう緊張しながら。

　ひとしきりプレパラートを、矯（た）めつ眇（すが）めつした後、健一は不意に、動作を起こした。

「おい、他のも見せろ」

　いかにも健一らしく、たった今まで眺めていたプレパラートを、放っぽり投げた。

　同じ班の生徒が、「あっ」と悲鳴を上げながら、そのプレパラートを着地寸前に受け止めた。

　健一は、残る五枚をいっぺんに、鷲掴みにした。

「……あ、こら、健一君……指紋が……プレパラートに、指紋をつけないでくれ」

　石渡先生が、切羽詰まった声を上げた。

「健一君、駄目。順番よ。順番に見るんだから。あなたは、最後なの」

　理絵が、いかにも学級委員らしく、喧（やかま）しいことを言った。

　しかし健一の耳には、そんな言葉は全く聞こえていなかった。

慌ただしい手つきで、五枚のうち一枚、赤っぽい奴を、対物レンズの下に置いた。

「こら、健一君」

理絵が怒って、健一のシャツの襟首を掴んだ。

しかし健一は、そんな理絵の手を無意識にはねのけつつ、接眼レンズに左目を押し当てた。そして脇のツマミを廻して、焦点を合わせた。

「………」

さすがの理絵も、もう手が出せなくなった。健一がこれほど本気で、何かに熱中している姿を、初めて見た。絶句して、成り行きを見守るほかはなかった。

健一の眼下には、再び驚異の世界が拡がっていた。

今度の風景は、さっきのとはまた違っている。

プレパラートに載っているのを見た時には赤っぽかったが、こうして見ると黄緑色である。

黄緑色の草原が、スポーンと抜けたように拡がっている。草原のあちこちに、低木の繁みがバラバラと散らばっている。

ジープで走り廻ったら、さぞかし楽しいだろうな。そう思われるような草原だった。

「ここはきっと、熱帯地方だ。赤道直下のどこかだぞ」

健一は、世界地図を思い浮かべながら思った。

「アフリカか、どっかだ。ライオンとか象とか、いるんだぞ、きっと」

それらの動物の姿を求めて、健一は大草原に目を走らせた。ついでに、サファリをするジープかトラックの影も求めて。

ひとしきり、必死に目を走らせたが、すぐに気づいて、レンズから目を離した。

「馬鹿だなあ、俺って。見えるわけないじゃないか。これは、カビだぞ。カビを、顕微鏡で覗いているだけなんだ。そんなもん、あるわけない」

プレパラートを、別の奴に差し換えた。今度は、青っぽい色の物に。

「わあ、インドかなあ、ここは……ヤシの木がいっぱい、生えてるぞ」

前二者とは、まるで違う風景が眼下に拡がっていた。それを一目見て、健一はさっそくこう呟いていた。

インドのヤシの樹なんて、何ともおかしな表現である。

ヤシの樹のあるのは、東南アジアとか南洋の島々なのだが、小学校五年生でお勉強の嫌いな健一としては、咄嗟にこういう表現しか思いつかなかったのである。

今、健一が眺めているのは確かに、おかしな世界だった。ヤシというか、シュロの樹が、花火のような葉を天辺から拡げて、あたり一面を埋めつくしている。それらシュロの樹の下には、びっしりと低木の繁みがあり、ツタやカズラが樹や繁みにまとわりついている。

強烈な陽射しが、樹木や下生えに照りつけている。そう、不思議なことに、このプレパラートの中の世界を照らす太陽さえ、今の健一には見えるような気がする。

健一たちが坐っている机には、もろに陽が当たっている。その陽光が、カビの世界をかくも強烈に照らしているのだろうか。

シュロの樹の繁茂する様子といい、低木の繁みやツタやカズラの様子といい、こんな風景を健一は今まで、現実に見たことはない。

しかし、見たことはないにもかかわらず、奇妙に懐かしい風景だった。

昔。ずっと昔。自分が生まれて来るよりもはるか昔に、こんな世界を見たことがあるような気がする。

いや、こんな世界に生きていたような気がする。

健一は我知らず、呟いていた。

「見たぞ。確かに、見たことがあるぞ……夢だ。夢の中でだ……ほんとだ。夢の中にいるみたいだ」

クラスメートの誰も、この健一の言わんとする意味を、理解はできなかった。

健一も今は、周囲の誰の姿も、目に入っていなかった。

こんな風な景色を、健一は実は現実に、唯一度だけ、目にしたことがあった。

図鑑で見た、太古の世界だった。

巨大な植物が地表を覆い尽くし、大きな恐竜たちが地上を徘徊している。あの太古世界が、これにそっくりだった。

めったに本などめくることのない健一だが、三冊だけ、好きな本があった。

いずれも、図鑑だった。

一つは、宇宙の図鑑。一つは、海の図鑑。そしてもう一冊が、恐竜の図鑑だった。宇宙と、深海と、そして太古の世界は、幼い健一の想像力を刺激して、止まないものがあった。ガキ大将で、いつも近所の子供たちのみならず、大人まで悩ませていた健一だが、これらの図鑑を眺めている間だけは、不思議に大人しくしていたものだった。

小学校も三年を過ぎた頃には、これらの図鑑から遠去かっていたのだが。

今再び、久し振りに、太古世界に巡り合っていた。それも全く思いがけず、理科の授業中に。カビを顕微鏡で覗いてみたら、そこに太古の巨大植物の世界があった。

健一は一心不乱に、見ているだけで湿気で汗ばんで来るその暑苦しい世界を、見つめ続けていた。

「恐竜が……恐竜が……きっといるに違いない」

そう、思いつめて。

風で、シュロの葉や繁みが、ざわめいている。

そのざわめきの陰に、健一は確かに、動く物の影を認めた。

低木の繁みからヒョロリ、トカゲが姿を見せた。

「あ……トカゲ……」

健一は嬉しくなって、そう叫んでいた。

トカゲ？　確かに。ただし、ただのトカゲではない。

背中に、無数のヒレというか、トサカというか、生えていた。まるで、生きて動くサボテンみたいな奴だ。

もちろん、こいつの名前を、健一は知っている。恐竜図鑑で、さんざん眺めた名だ。

「……ス……ス……ステゴサウルス」

そう、ステゴサウルスである。

あれは、けっこう大きい恐竜のはずだ。そのステゴサウルスが隠れていたということは、あの低木の繁みは、繁みなんてものでなく相当に大きな樹木なのに違いない。

——とすると、それよりはるかに高くそびえている、あれらヤシの樹は、いったい高さ何十メートルあるんだろう？

想像していたよりもはるかに大きな、この太古世界のスケールに、

「……ゲッ」

健一は、感動の呻きを洩らしていた。

このミクロの太古世界に、健一の目は急速に馴れて来ていた。

樹木の陰のあちこちに、恐竜の影を見つけることができた。

あそこにいるのは、ほら、トリケラトプスだ。あの、

角が三本ある、サイにそっくりな奴。

向こうの草原では、ブロントサウルスが五匹、群れをなしている。ブロントサウルスは、史上最大の恐竜と呼ばれているが、その背丈の大半は、首の長さによる。

まるでキリンがするみたいに、長い首を高く差し伸ばして、巨木の葉をむさぼっていた。図体が大きい割りにはえらく大人しい恐竜で、草や木の葉しか食べない草食竜である。

あっちの方で、ニワトリのようにヒョコタン走っている小柄の奴は、ヴェロキラプトルという恐竜。数匹のチーム・プレイで獲物を追いつめるところから、別名ハンターとも呼ばれている。

三匹のヴェロキラプトルが、何かを包囲する格好で走っている。ということは、餌を見つけたのだろうか。

何を捕まえようとしているのだろう。健一は、それを見定めたかったが、そこまでは見極めきれなかった。

あそこの低木の陰には、ティラノサウルスがいた。陸の〝ジョーズ〟と言おうか、凶暴さにかけては比類ない、〝暴君〟と渾名(あだな)される恐竜である。

今まで、樹陰で昼寝でもしていたのだろうか。そして空腹感から、目が覚めたのだろうか。

ひょっこり、繁みから姿を見せた。

でかい図体だった。太くたくましい二本の脚に比して、胸元についた二本の腕は、何かの役に立つのだろうかと伺いたくなるくらい小さい。

そして、図体よりさらにでかい頭と顔面。口は、さらにさらにでかくて、顔中口だらけと言いたくなるほど、みごとである。

向こうにいる、ブロントサウルスの群れを見つけた。大人しいし、でかい分だけ逃げ足は遅いし、ついでに一頭倒せばたらふく肉は食えるし、ティラノサウルスにとっては格好の獲物だった。

海のホホジロザメと同じく、陸のティラノサウルスの特徴は、とにかく手当たり次第に何でもかんでも、噛みちらすことである。

動くものを見つけたら、発作的に顔面から飛びついて行って、噛む。噛みながら歯で、そいつの正体を確かめる。

今も、そうだった。

五匹のブロントサウルスを見つけた。

たちまち繁みから、口をバクバクさせ、歯を鳴らしながら飛び出していた。

どうやって獲物を追いつめようかとか、どいつを捕まえようとか、そうした考えはまるでない。とにかくしゃにむに、顔面から突撃してゆくのみである。

ティラノサウルスの咆哮と、歯を打ち鳴らす音を聞きつけて、五匹のブロントサウルスが一斉に走り出した。

後を追ってティラノサウルスが、地響きを立てつつ、怒号し、歯を打ち鳴らし、闇雲に追い廻す。

ブロントサウルスは、逃げ切れるのか。殺(や)られるとすると、五匹のうちいったいどいつが――健一は、生命のかかったこのレースを、息を詰めて見つめていた。

いつしか、授業終了のベルが鳴った。

しかし、健一はそれにも気づかず、接眼レンズに目を押し当てている。

健一が、お勉強にこんなに熱中している姿を見るなんて、クラスメートの誰にとっても、初めてのことだった。

みな、唖然として、一所懸命になっている健一の背中を、眺めていた。

あっ気に取られている一同の中で、石渡先生だけがニコニコしていた。

あの健一が授業に集中するなんて、何が起きたか知らないが、こんなに嬉しいことはない。

石渡先生は、それが自分の功績のように感じられて、嬉しくてならなかった。

新任の教師の、初の成果である。

これはさっそく、今日これからの職員会議で、先輩の先生方に報告しないと。

その時のことを考えると、石渡先生は早くも興奮して、顔が赤く上気していた。

3

健一は授業が終わってから、大好きな弱い者苛(いじ)めもせず、放心状態で家に帰って来た。

顕微鏡で、ミクロの太古世界を覗いた。

いや、太古世界ばかりでなく、アマゾンの密林を覗き、アフリカの大草原も覗いた。

他のクラスメートたちも、同じ世界を覗いたのだろうか。

そうは思えない。みな、当たり前の顔をしているからだ。もし健一が見たのと同じ物を見ていたら、とても黙ってはいられないはずである。

あれを見たのは、自分だけなのだ。

自分の見た風景を正直に話したら、きっとみんなに、狂人扱いされるだろう。小学校の五年生にもなれば、それくらいのことは判るのだ。

こんなこと、誰にも話さない方がいい。

そう心に決めて、健一は無言で、家まで帰って来たのである。

帰る途々、顕微鏡から見えた風景の数々を、何度も何度も、胸の内で反芻（はんすう）した。特に、最後に見た恐竜世界は、否応なしに脳裏に執（しつ）こく蘇って来る。

感動の風景だった。

何しろ自分は、上から観察する立場にいる。自分の身が危険に晒（さら）されることは、まずありえない。それだけに安心して、眼下の世界にひたれたのだった。

家に帰りつくまでに、何度、赤信号を無視して道路を横切ったか知れない。何度、車や自転車の前にフラリと飛び出したか知れない。が、そんなことは今の健一の眼中には、全く入っていなかった。

学校から家まで、歩いて十五分ほどである。

「ただいま」

力の抜けた声で言うと、玄関をトボトボと上がり、トボトボと二階に昇っていって、自分の部屋に引き籠った。

「お帰り」

一階の奥のキッチンにいたお母さんが、返事をした。

お母さんは、返事をしてから、何か変だなと思った。

健一が帰って来るには、三十分ばかり早すぎる。いつも、授業が終わってからひとしきり、悪童どもといちゃついて帰って来る。遅い時には、夕飯時の七時頃まで帰って来ないというのに。

それが今日は、授業が終わってからすぐに帰って来たみたいではないか。

それに、声に元気がなかった。

「カアちゃん、たらいまあ。オヤツはあ、腹減ったあ、何かちょうらい……モタモタすんなよ、バッキャロー」

とか何とか、玄関を潜ってから靴を脱ぎちらし、二階に駆け上がるまで、わめき続けている。

それが今日は、

「ただいま」

の一言のみ。

本当に、帰って来たのは健一なのだろうか。

——具合いが悪いの。それとも、学校で何かあったのかしら？

お母さんは一瞬の間を置いて、気になったので、キッチンから廊下の方へ顔を出した。

二階まで行って、様子を見てみようかと思った。が、止めた。

せっかく今日は、大人しく良い子で帰って来たのだから、このまま放っておこう。何かあったら、健一の方から言ってくるだろう。

「そうよ、これが普通なのよ。今までが、変だっただけなのよね……それなのに、あたしったら」

お母さんは、自分にそう言い聞かせた。

今日の健一は、確かにいつもと違っていた。

二階の自分の部屋に閉じ籠った切り、一時間ほど姿を見せなかった。

押し入れの玩具箱（おもちゃばこ）の奥の奥に仕舞いこんであった図鑑を、何年振りかで引っ張り出していた。

三冊のうち一冊、恐竜図鑑をめくった。

十歳前後の男の子にとって、二、三年というのは永遠にも等しいほどの距（へだた）りがある。

あんなに熱中し、写真のようにリアルだと思っていた太古世界や恐竜の絵だが、今になって見ると、何と稚拙でマンガっぽいのだろうか。いや、今のマンガの恐竜の方が、こんなチャチな図鑑の絵より、はるかにリアルなのではないか。

それでも懐かしいのと、新たな好奇心に駆られたせいで、時の経つのも忘れて、恐竜図鑑をめくっていた。

六時間目の授業中に、カビを顕微鏡で覗いて見つけた恐竜たちは、確かにステゴサウルスでありトリケラトプスであり、ブロントサウルスでありヴェロキラプトルだったのだと、健一は確信した。

他にも、まだいたかもしれない。

いや、いたに違いない。

もっともっと時間があって、じっくり目を凝らすことができたら、まだたくさんの恐竜を見つけられたはずだ。

時間が足りなかった。

健一は、理不尽に腹が立って来ていた。

「くそ。石渡の奴。何でカビの観察を、もっと早くしなかったんだ。くだらん話なんかゴチョゴチョしてないで、五時間目の最初からたっぷり二時間を取って、カビの観察だけやってりゃ良かったんだ」

　さらに、クラスメートにも腹が立って来た。

「だいたい、六人に顕微鏡が一つってのが、どうかしてるんだよ。しかも俺は、六人の中で最後だぜ、最後。もうほとんど、お前なんか見なくていいって言わんばかりによ」

　頬が脹らみ、唇がとんがっていた。

「これじゃ、じっくり観察なんか、できるわけゃないじゃないかよ。これで、俺に勉強できるようになれって方が、無理な注文なんだよ……理絵なんかいつだって、一等最初だぜ、何するにしてもよ」

　こんな風にすべてを、自分が悪いでなく、他人のせいにするのが、健一の性格の不幸なところだった。

　こうして図鑑をめくってみると、空飛ぶ翼竜プテラノドンとか、海竜ブロシオサウルスとか、膨大な種類の恐竜のいることが判る。あの顕微鏡をもっと長く覗くことができたら、まだまだたくさんの恐竜を見れたに違いないのだ。

　それを考えると、悔しくてならない。もう一度覗いてみたくて、たまらなくなった。

　また学校に取って返して、校舎に忍びこみ、こっそり盗み見てやろうか。

　しかし、相手はカビだぞ、カビ。どこにでもある、チンケなカビ。あのカビさえ手に入れば、そして顕微鏡があれば、どこででも恐竜を見つけられるではないか。

　健一はふと、それに気づいた。

「そうだ、うちの庭!」

　健一の家には、裏庭がある。

　隣りにアパートが建って以来、陽当たりが悪くて、年中ジメジメしている。そして、コケとかカビとかが、一面に生えている。

　ションベン臭くて辛気臭い庭だなんて思っていたが、今となってはあそここそ、宝の山ではないか。

「……庭に、あるぞ、あのカビ、きっと……」

　健一はにわかに元気を取り戻し、部屋を飛び出した。けたたましい勢いで、階段を一段おきに跳び降りていった。

「チキショー、あのカビ、何て言ったっけな……石渡の奴、何とか言ってたよな、あのカビの名……長ったらしい外国語で、覚えられやしねえよ、チキショー……」

走りながら、得意の悪態をついていた。

お母さんは、まだキッチンにいた。夕飯は何にしようかと、あれこれ考えているところだった。

今度こそ間違いなく、健一以外の何者でもない、品はないが超元気な声が響いて来た。

――ああ、やっぱり、健一だったのね。

階段を踏み抜かんばかりのけたたましい騒ぎに、お母さんは溜め息をついた。

が、その口元には、かすかに安堵の色が浮かんでいた。

健一は、サンダルをつっかけると、裏庭に飛び出していた。

カビの種類名なんか判らなくったって、さしつかえはない。見りゃ判る。プレパラートに載っていた、あの青っぽい奴。あれと同じようなカビを、見つければいいんだ。

裏庭は、思っていたより広かった。湿っぽくて薄暗いので、もっと狭いような気がしていたのだが。

庭には、お母さんの趣味で、簡単な家庭菜園が作られている。さらに、コスモスとか菊とかナンテンとかの花が植えられ、ついでに雑草まで生えていた。

予想通り、そこいら中に、カビだのコケだのが生えていた。

赤っぽいのもあれば緑のもあり、青も紫も白もある。それらが、微妙に色取りを違えつつ、あっちにもこっちにも繁茂していた。

混然一体となっているので、種類を判別するのは、それこそ顕微鏡でもないと、むずかしそうだった。

「なに、顕微鏡?」

そうだ、肝腎なことを忘れてた。顕微鏡だ。顕微鏡がいる。

よし、母ちゃんにねだって、買ってもらうぞ。

これに関しては、絶対の自信があった。

何しろ、勉強の道具なのだ。健一が顕微鏡を欲しがったりすれば、ついにこの子も向学心に目覚めたのかと、父ちゃんも母ちゃんも喜んで、二つ返事で買ってくれるに決まっていた。

それより問題は、この莫大なカビの山から、目当ての奴を見つけ出すことだ。せめて、顕微鏡が手に入ったらすぐにでも見れるように、問題のカビの見当だけでもつけておかないと。

健一は、腰を屈(かが)めた。

草花や雑草や、家庭菜園の間を、これぞというカビを求めて、這うように歩き廻った。

歩いている間中ずっと、恐竜と太古世界のことが頭から離れなかった。再び、あの世界の生き物たちに出会う日を夢見て、胸を高鳴らせていた。

そう思いつめているせいだろうか、不意にありふれた草花の茎や枝や葉が、太古世界のそれに見えて来た。

あの太古世界のミニチュアの中に、自分がまぎれこんだような気がした。

この草花が、あのシュロやソテツだとすると、恐竜もそれくらいの大きさのはず……とすると、それよりもはるかに大きい俺は、とてつもない巨人だぞ。

そう想像すると、つい嬉しくなって、草花の間を這い廻りながら、ウフフと肩を竦めて笑ってしまった。

自分もすっかり、その世界の住人になったように思える。

怪獣になった気分で、ひとしきり裏庭を這い歩く。そして、家庭菜園や草花の陰を覗きこむ。

「……わっ」

実に全く、思いがけないものを見つけて、尻餅をついてしまった。

トカゲがいた。

いや、トカゲではない。トカゲの背中には、こんなヒレだかトサカだかは、ついていないはずだ。

「……ス……ス……ステゴサウルス」

そう、ステゴサウルスだった。

今度は、顕微鏡など必要ない。この裏庭という箱庭世界にジャスト・フィットする、ミニチュアな恐竜が出現したのだ。

「し……し……信じられない。なんてこった」

健一は尻餅をついたまま、トサカを波打たせつつ、得意気に闊歩するステゴサウルスをしばし眺めていた。

これ……本物だろうか？

おっかなびっくり、指を伸ばしてみた。

軽く触れた。

トサカを振り立てて威嚇して来るが、しかし、逃げはしない。

摘み上げてみた。

首を打ち振り、身悶えして逃げようとする。

可愛い。

ちょいと、掌に乗せてみた。

逃げるに逃げられず、掌の上をグルグル廻っている。何やら、こそばゆかった。

掌サイズの恐竜だ。

何て可愛いんだろう。理絵ちゃんに見せたら、きっと喜ぶだろうなあ。

健一はふと、そんなことを考えた。

ステゴサウルスがいたということは……先ほどの顕微鏡での経験から考えて、ブロントサウルスもヴェロキラプトルも……そしてあの凶暴な、ティラノサウルスも……。

いささか、ゾクリと来る想像だった。あのティラノサウルスだったら、たとえ掌サイズであっても、こちらに食らいついて来るに違いない。下手をすると、アキレス腱くらいは簡単に、食い千切られちまうぞ。

健一は不意に恐怖を覚えて、その場でジタバタと、発作的に地団駄を踏んでしまった。

地団駄を踏みながら、不意にもう一つ、恐ろしい可能性が脳裏を過った。

顕微鏡で覗いたカビの中のミクロの世界に、恐竜の世界があった。

この裏庭の箱庭のようなところにも、ミニチュアの恐竜がいた。

そして地球にもかつて、恐竜たちが地上を征覇した時代があった。

とすると……とすると……様々な大きさの世界に、それぞれの恐竜世界があるとすると……これより大きな領域にも。

たとえば、自分の生きているこの世界が、カビの中でしかないような、あるいはミニチュアの箱庭でしかないような、もっと大きな世界があるのではないか。

そこの世界でもやっぱり、自分のような者がいて、一廻りも二廻りも狭いこの世界を、面白がって観察しているのではないか。

健一は言いようのない恐怖を覚えて、思わず天上を振りあおいでいた。

西に傾きかけた太陽が、空にかかっている。

健一の目にはその太陽が、マクロ・サイズの巨大な人間か恐竜の、好奇心に満ち満ちた瞳に思われてならなかった。

（了）

妖精の王者

1

もう七時近いというのに、空はまだ青さを残していた。

その空を眺めながら、本当にもう夏になったんだなと、望月明男は妙にしみじみと実感した。

空はまだ明るさを残しているのに、周りの雰囲気はまぎれもなく夜だった。

ふと現実から遊離してしまったような、変な感じがした。何だか夢を見ているような気がした。

明男の頼りない様子を、女の勘で察したのだろうか。礼子が腕に縋(すが)りついて来た。

「どうしたの、アキオ君」

明男は我に返った。

「どうしたって、何が。いや、夏だなあと思って……ほら、空がまだ明るい」

礼子も釣られて、空を見た。

「ほんと、ほんとよね、陽がこんなに長くなって。夏のお祭りみたいなもんよね、今日は」

改めて、明男の腕にしがみついて来た。

腕に、礼子の胸の柔らかさを感じた。明男の胸が、かすかに疼いた。

「祭りか……そうだね。今日は、お祭りだよね」

原宿駅から明治神宮の中、国立代々木競技場まで、人の波が続いている。

五分に一本の割りで到着するＪＲ山手線と地下鉄千代田線から、数百人の客が吐き出され、駅の外へと溢れ、代々木競技場へとザワザワガヤガヤ行進してゆく。人と人とが触れ合って歩いている状態なので、他の人より早く歩くことも、遅く動くことも出来ない。

代々木競技場へは、渋谷から歩くこともできる。きっと渋谷方面からも、同じような人の渦が押し寄せているに違いないのだ。

代々木競技場の定員って、何人だったっけ？　五万人、六万人？　何だか、百万からの人間が押し掛けて来ているように思える。

今夜は八時から、ロック・バンド〝サイコ〟のコンサートがある。礼子がこの〝サイコ〟の大ファンなので、明男がエスコートしてやって来た。

〝サイコ〟は、ここ一年ほどで急激に人気の出て来た、ヘビメタ・バンドだった。バンドのメンバーは六人で、六人とも素顔も経歴も全く謎のまま。正体不明の怪人集団として、人気を集めている。

昔、グラム・ロックというのが流行した。今やブリティッシュ・ロックの大御所となったデビット・ボウイがまだ若かりし二十年前、このグラム・ロックのプリンスとして一世を風靡した。Ｔレックスの亡きマーク・ボランも、このグラム・ロックの王者と言われた。要するに、素顔が判らないくらいギラギラドギドギのメイクをして、ケバい衣装を身につける。そして、とにかくけたたましくも騒々しい音響のロックを演奏する。それが、グラム・ロックだった。

時代は繰り返すというのだろうか。今また、そのグラム・ロックの波が押し寄せている。〝サイコ〟は国籍不明のバンドとされており、世界中にツアーを敢行しているが、先に記した理由で、明男も礼子もあれは日本人のバンドとみなしていた。

礼子は、したり顔でこう言う。

「日本には、歌舞伎の伝統があるのよね。あれの派手さって、半端（はんぱ）じゃないじゃない。サイコみたいなバンド、日本人がやってこそ決まるのよ」

明男もそう思う。

メンバーの誰が誰なのか、付き合いで来ているだけの明男には良く判らない。知っているのは、バンド・リーダーでリード・ボーカルの〝グラハム〟という男と、舞台の上で狂ったようなパフォーマンスを見せるベースの〝眠り男〟だけだ。この二人は週刊誌やＴＶのワイド・ショーでも良く取り上げられるので、明男の目にも触れる。後は、リード・ギターが一人、キー・ボードが一人、パーカッションが二人いるのだが、誰が誰だか良く判らない。

この種のコンサートというと、高校生も見に来れるようにと、夕方の六時とか七時に始まることが多い。が、〝サイコ〟はこの日本の慣習を無視して、完全に陽が沈んでから、夜八時以降に演奏を開始する。

ロックは、子供の遊びじゃない――〝サイコ〟はこんな具合いに、万事がヨーロッパ式なのである。これには明男も、賛成だった。

眠り男のパフォーマンスは、まるで怪談芝居のように派手で狂っているという。大してファンではないが、明男は内心、このコンサートが楽しみになっていた。

原宿から代々木競技場まで、まるでデモのような行列がゾロゾロと続いていた。

昔あったような縁日とかお祭りとか、今の東京にはなくなってしまった。いや、あるにはある。懐古ブームというか、近頃は神社の祭りにも若い人たちが集まるようになったというが、しかし、昔のそれとは明らかに雰囲気が違う。

代わって、ロック・コンサートや各種のイベントが、今や祭りの機能を果たしているのかもしれない。

ゆったりと流れる人の渦の中に、ダフ屋の怪し気な姿がちらつく。

「アリーナあるよ、アリーナの前から三番目。チケットない人、アリーナ残ってるよ」

「チケット余ってる人、買うよ。チケット余ってない、ねえ、余ってたら買うよ」

チケットの束と、ついでに札束までちらつかせていたりする。

道路に沿って並ぶ、ホット・ドッグやハンバーガー、タコ焼きの屋台。プログラムやTシャツやアクセサリーを売る屋台。ただでさえ狭い道を、ずらりと並んだこれらの屋台が、ますます狭くしている。

会場整理の若い兄さんたちが、スタッフ・トレーナーに腕章姿で、メガホンを使って判り切ったことを叫んでいる。二人組の警察官も、いかめしい様子で道を練り歩く。

カリスマ的人気を誇るロック・アーチストのコンサート会場周辺は、確かに、非日常の空気を醸(かも)しだしてゆく。

会場に向かう者たちの、はしゃいだり笑ったりしている声。メガホンの叫び。ダフ屋の押し殺した声。屋台の兄さん姉さんの呼び掛け……それらが、わあんと唸りを発して、明男たちを包み込んでゆく。

「新興宗教の集会みたいだな、まるで」

明男は目眩(めまい)を覚えながら呟いていた。

「そうよ、グラハムって、そこらの教祖よりも、ずっと力を持ってるのよ。彼が一言、そう言えば、コンサートの参加者たち、暴動でも何でも起こすわよ」

礼子は、事もなげに答えた。

確かに。

コンサートの係員や警備員が何より警戒しているのは、ダフ屋でも群衆にまぎれたスリやカッパライでもなく、まさにこの集まって来る〝狂信者〟たちなのかもしれない。

空はまだ、青味を残している。それなのに地上は、完全に夜の雰囲気になっていた。

明男は、気圧（けお）される思いで、ベンチに腰を下ろしていた。シートというよりは、ベンチと呼んだ方がふさわしいような、粗末な椅子である。

隣りの者とは肩を突き合わなければならないし、膝のあたりには前の人の頭がある。明男は身体が大きい方のせいか、ひときわ窮屈に感じた。

わん曲した屋根に包まれた密閉空間なので、埋め尽くす数万の人の声が、ワアンと唸りを上げている。礼子と言葉を交わすのだが、はっきり聞き取れやしない。

空気が、湿っていた。会場内の空気がかすかにかすんで見えるが、これは人々の吐く息と、身体から発する水蒸気のせいだ。

スピーカーからは、〝サイコ〟の曲が次々に流れてゆく。それが、人々の期待と興奮を、否応なしに盛り上げてゆく。

明男の身体が、いつの間にかじっとりと汗ばんでいた。心臓のドキドキしているのが、自分でも判る。

〝サイコ〟のファンでもないのに、何を興奮しているのだろうか。

雰囲気に飲まれているのだ、きっと。

礼子の頬も、上気して赤くなっている。会場に入ったばかりの時にはよく喋った礼子だが、開演時間が近づくに連れて、だんだん無口になっていった。

開演時間になっても、コンサートは始まらなかった。こういうのは遅れて始まるものと、相場が決まっている。

初めは大人しくザワついていた観客だが、十分、十五分と経つうちに、騒ぎはじめた。口笛を吹いたり足踏みをしたりする。無人のステージに向かって、怒鳴り立てる者もいる。

二十分が経つ頃には、怒号に似た唸りが会場を走った。湿度はさらに高くなり、何万人もの汗が一緒くたになった。異様な匂いに包まれた。明男は、変な具合いに首筋が緊張して、言いようのない圧迫感を覚えていた。このまま、気を失ってしまいそうだ。

ついに、三十分が経った。待ちかねた観客は、もはや爆発寸前だ。

さすがにこれ以上遅れると——ファンではない明男でさえ、怒りを覚えていた。

不意に、天井の照明が消えた。

観客の怒声とも歓声ともつかぬ声が、わあんと反響した。

始まったのだ。

一瞬だが、闇に包まれた会場。

その会場に、爆弾の破裂したような炸裂音が響いた。

明男は鼓膜が破れたかと思い、息を飲んだ。

紫、緑、赤、ピンク……原色のスポット・ライトが、めまぐるしく宙を踊った。レーザーの鋭い光束が、天井から観客席まで、突き刺すように走り廻る。

ライトが落ち着いた時には、舞台に六人の影があった。いや、六人ではない。六匹のエイリアンだ。熱帯魚とトカゲと、歌舞伎役者を足したような凄まじい姿が、ステージを跳んでいる。

観客が、喚声を上げた。さっさの炸裂音より、はるかに凄まじい音だった。明男はその喚声から、殺気すら感じた。

今のこいつらなら、何でもする。ちょいと刺激してやれば、暴動でも起きるだろう。

それが明男には、痛いくらいよく判った。なぜなら明男自身、心臓が停まりそうなほど興奮していたから。

コンサートが始まったのっけのこの騒ぎ、轟音と人熱(ひといき)れで、明男の理性は一気に砕かれていた。自分自身の意志に関わりなく、手足は勝手に、ここの観客たちと一緒に動いてしまうだろう。

六人のバンド・メンバーのうち、グラハムはすぐに見分けられた。メイクが派手なばかりでなく、動きも生き生きしている。六人の中で否応(いやおう)なしに、一番目立ってしまうのだ。

そのグラハムが、甲高(かんだか)い裏声で何か言った。英語か日本語かドイツ語かスペイン語か、何語なのかさっぱり判らない。唾液の飛ぶ気配だけが、伝わって来る。

が、一種のテレパシーで、観客はグラハムの言葉を理解できるらしい。一勢に、うおおと反応した。明男も、礼子も一緒になって、うおおと叫んでいた。

演奏が始まった。

音なんて物でない。鼓膜を刺激するなんて、そんな甘いものではない。音波が全身を、揺すり立てる。肌が、ビリビリ震える。その震動で、単なる比喩でなく物理的に、全身が痺れてゆく。

身体が、麻痺してゆく。腹の奥が、煮えたぎってゆく。怖くなって、明男は礼子の掌を握りしめていた。その礼子の掌の、熱くて汗ばんでいること。

演奏が始まった。

明男は礼子とともに、狂ったように身体を揺すり、踊った。

ステージの上は、まさに異次元の色彩に包まれていた。人間離れした衣装とメイクで、レーザー光線ばかりでなく火花まで散らして、ステージに抽象模様を描き出してゆく。

演奏が進んでゆくにつれて、眠り男のパフォーマンスが始まった。

最初は目立たなかった眠り男だが、曲目が進むにつれて自分のペースとリズムを獲得してゆく、腹を揺すり下腹を圧迫する震動感はどうやら、眠り男のベースによるものらしいと、明男も気づいた。

ステージ上には、様々なセットが組まれている。ドラキュラの洞窟あり、蜘蛛の巣のかかった絞首台あり、痛々しい電気椅子あり、生首が転がっており、血まみれの人形が立ててあり……そのセットの間を、ベースをひきながら、夢遊病患者のように這い歩く。その無感情に、機械的に身体を動かす様子は、まさに眠り男という名前がぴったりだった。

〝サイコ〟とは、狂人の特に殺人鬼を指す呼び名だが、この名は眠り男のこの雰囲気から来ているのではないか。明男はふと、それを感じた。

地味な、白々（しらじら）しいまでに淡々とした動き。人形のように無表情な、真っ白な顔。熱い陶酔感に満ちた演奏と、まるで不協和音だ。一人で、雰囲気をぶち壊している。

だからこそ、目立つのだ。

眠り男が、絞首台の階段を昇ってゆく。

何をするのかと思って見ていたら、首吊りのロープに首を掛けた。そして本当に首を吊ってしまった。

「嘘だろう、おい」

明男は、目を丸くした。

だが、嘘ではない。眠り男は本当に、絞首台から首だけでぶら下がっていた。そして、目を白黒させつつ、ベースの演奏を続けた。

観客が喜んで、悲鳴に近い歓声を上げた。

眠り男はやがて、何事もない顔で、自分の手でロープを切って、絞首台から降りた。

今度はロープを切ったそのナイフで、自分の腕を切り、血を流してみせた。腕ばかりでなく、腹を、胸を、スダレ状に切り裂いて、うっとりした、実にだらしのない快楽の表情を見せた。

観客はまたも、どっと湧いた。湧いたなんてものでなく、ヒステリーの発作に近い状態になり、ステージに駆け上がる者が続出した。

眠り男は、相変わらず、エヘラエヘラとした薄ら笑いを浮かべている。

ステージに上がった客を、力任せに蹴り落とした。ベースで殴りかかり、観客をはり倒した。いくら何でも、これはやらせでも演出でもあるまい。その証拠に、殴られたり蹴られたりした客は、血を流してのた打ち廻っている。

ステージ上は、眠り男と客たちの、流血の乱闘の場と化した。ただ、普通の乱闘と違う点は、みなが恍惚となっているところだ。痛みすら、今は快楽なのである。

自分自身も含めて、あらゆる物を破壊してやりたい。そうできたら、さぞかし気持ちいいだろうなあ――今は誰もが、そんな破壊衝動に身をゆだねている。

祭りだ。これこそ祭りだ。日常生活での欝屈を、この非日常的な興奮の中で一気に晴らす。

明男は、痺れるような陶酔感のうちに、我を忘れていった。

3

コンサートが終わったのは、夜十時近かった。

アンコールの熱狂が、明男の頭を完全に混乱させていた。ステージが暗くなった後もしばらく、グラハムの怪鳥の叫びに似た甲高い声と、眠り男の狂気が、明男の脳裏に焼きついて離れなかった。

「……凄かったわねえ」

席を立って出口へ向かう途中、礼子が奇妙にしみじみと言った。明男は上気した顔で、黙って頷くばかりだった。

原宿から渋谷に出た。渋谷の居酒屋で、軽くアルコールを流し込んだ。ようやく、理性が戻って来た。

「どう、アキオ君。アキオ君もすっかり、ファンになったみたいね」

礼子が、瞳をキラキラさせて言った。

またも明男は、黙って頷くばかりだった。

礼子の瞳が、潤んで見えた。ひどく妖艶に感じられた。

〝サイコ〟のステージが、彼女を女にしている。

礼子も、身体を熱くしているのだろうか――そう思ったら明男は、居ても立ってもいられない気持ちになった。礼子を、人目もかまわず、この場で押し倒してやりたい衝動に駆られた。

自分で、自分が怖くなった。

「そろそろ帰ろうか。もう、十一時になっちゃった。送るよ」

明男は、席を立った。

送るよ――この口に出した言葉に反して、これから起こることに、妖しい期待を抱いていたりする。

礼子は、素直に頷いた。

礼子のマンションは、下北沢にある。明男は久我山に住んでいた。二人とも、井の頭線沿いである。明男が礼子を送って帰るのは、そんなに不自然なことではない。

渋谷の雑踏は、この時間がピークだった。渋谷から引き揚げる者と、これから出て来て朝まで過ごす者とが、入り乱れる。昼と変わりないほどの人混みだ。

「東京の繁華街って、ほんとに昼も夜もないのね。いっそ電車も、二十四時間動かしてくれれば、帰りの心配なんかしなくてすむのに」

「夜中には電車がなくなるから、みんな朝まで騒いでるのさ。二十四時間動いてたら、却(かえ)ってすぐにみんな帰っちゃったりして」

夜には夜の理論がある。昼と夜が違っているからこそ、人々は夜にも騒ごうとする。電車だって夜には、止まってくれなくては。

アルコールで鎮めたとは言え、今夜の明男はいつもと違っていた。コンサートのエネルギーが、まだまだ尾を引いているのだ。

このまま自分のマンションに戻るのが、もったいない気がする。どこかで、バッと騒ぎたい。馬鹿なことをしてやりたい。

「飲みに行こうか、朝まで」

明男は言いかけた。礼子も、それを期待している風に見える。が、生真面目な性格が災いして、言い出せなかった。

渋谷の街並みを彩るネオンが、えらくまぶしかった。

〝サイコ〟のあのケバケバしいステージって、要するに、東京のこの夜の風景なのではないか。ステージでは、首吊りあり切り刻みあり、血みどろの出来事が展開した。あれって、このネオンの背後で起きている、現実の出来事ではないのか。ネオンのこの原色の輝きは、都会に生きる者の苦汁であり、血であり、反吐なのではないか。

明男は一瞬、渋谷のこの雑踏がそのまま、さっき見た〝サイコ〟のステージに転移したような気がした。

おっとっと、どうやら酔っ払ったらしい。

人混みにまぎれて歩くうちに、井の頭線の乗り場に着いた。職場が同じなので、二人とも定期を持っている。そのまま、井の頭線の車内に転がり込んだ。

有難いことに、急行だった。下北沢まで、二駅だ。

「遅いでしょう、もう。いいのよ、送ってくれなくても。わたし、一人で帰れるから」

礼子は言った。が、社交辞令だ。口ではそう言っても、送ってほしいに決まっている。いいと言ったのに送ってくれる、そういう状況が好きなのだ、女ってみんなそうだ。

終電近いせいで、井の頭線はひどい混雑だった。汗とアルコールの匂いがごっちゃになって、車内に満ちていた。周りに押されて、明男と礼子は否応なく、身体を押しつけ合っていた。

胸から腹にかけて、明男は礼子の温もりを感じた。肉の柔らかさ、呼吸に合わせて規則正しく肉が盛り上がったりへこんだりするのまで判った。

礼子とセックスしたら、どんな気持ちがするだろうか。こんな風に身体を重ねて、邪魔になる衣服がなくて、肌と肌をじかに重ね合い——明男は、息苦しくなって来た。酒臭い熱い息が礼子の顔にかかり、自分の妄想を嗅ぎつけられるのが恐ろしくて、明男は一所懸命に礼子から顔をそらせた。

そんな明男の頭の中を知ってか知らずか、礼子は明男の胸のあたりを、じっと見つめている。時折り、明男の胸に顔を持たせかけさえした。

二人はいつしか、電車の混雑にまぎれて、抱き合っていた。

しばしば夜の電車の中で、しっかり抱き合っているカップルを見かける。どうかすると二人で、熱い長い接吻まで交わしていたりして。

明男はずっと、あんなのは他人事だと思っていた。自分にはあんなこと起こるわけないと、白々しくかつ苦々しい思いで眺めていたものだった。

それがいつの間にか、思いがけず、こんな風に、満員の車内で礼子と抱き合っている。

急行なので、すぐに下北沢に到着した。

二人は抱き合ったまま、電車を降りた。

改札口を出た。

ここまでは人の渦だったが、改札口を出たところから人々は四方、八方へ散っていった。

いつしか周囲は、静けさに包まれていた。

礼子のマンションは、駅から歩いて十五分ほどのところにある。いつもはバスを使うのだそうだが、この時間にはもうバスはない。タクシー乗り場は、行列だ。

ほら見ろ。やっぱり、送って来て良かったじゃないか。

明男は、そう勝ち誇った。

二人は、互いに相手の腰に手を廻した姿勢で、のんびりと千鳥足気味に、歩き続けた。

礼子はすっかり、明男に身体を預けている。

駅前の繁華街と商店街を抜け、住宅街に入った。急に道が狭くなり、暗くなった。タクシーがまれに、ライトを照らしながら分け入って来るだけだ。

今夜はどうやら、熱い夜になりそうだ。渋谷で朝まで飲んでいるより、はるかに熱い夜に。

明男の、礼子を抱き寄せる腕に、自然に力が込もっていた。

今夜は全く、考えられないことが起こる晩だ。明男はそう、熱い溜息をつきながら思った。何だか、夢を見ているような気がする。

こういう晩には、本当に思いがけないことが続く。まさに、夢のような出来事が。

明男の背後から、陰湿な含み笑いが聞こえた。すぐ後ろだ。

酔っ払いが、見るからに仲の良さそうな、さあこれからベッド・インしますよと言わんばかりの二人を、からかっている。そんな笑い方だった。

明男は、ムッと来た。

が、無視した。下手に相手にすると、却って厄介なことになる。礼子の身に何かあったら、困る。

含み笑いが、本格的な笑いに変わった。下駄を打ち合わせたような、けたたましい笑い声だった。

声に、聞き覚えがある。どこかで聞いたぞ、この笑い声を確かに。

明男は、恐怖を覚えた。

礼子も明男から身体を離し、不思議そうに周りを見廻している。

その目が、後ろに向いた。両目が、大きく見開かれた。

「あ……」

その先が、言葉にならなかった。

明男も、そちらを見た。

「あ……」

明男もあんぐりと口を開き、同じ素っ頓狂な声を上げていた。

二人の背後には、眠り男が立っていた。あの〝サイコ〟の狂気のパフォーマー、眠り男が。

間近に見る眠り男は、舞台で見るよりはるかに不気味だった。

背は低くて、ひどい猫背だ。ガニ股で、腕も不自然によじれている。長髪をライオンのように振り立てているが、何しろ骨と皮だけのように痩せこけているので、ライオンというより蜘蛛みたいだった。

その蜘蛛が、両腕両脚を大きく拡げ、明男たちに掴みかかろうとしている。

顔のメイクは、ステージの時そのままだった。青白く塗りたくり、目と口の周りに黒い隅(くま)を作っている。ただでさえ痩せて病的なのが、いっそうやつれて見える。

小鬼だ。小悪魔だ。人間にしきりに悪さをしかける、あの性悪(しょうわる)な奴ら。

礼子が、押し殺した悲鳴を上げた。

明男は呻きつつ、礼子を自分の背後に被った。

——何だ、何だ、何だってんだよ。何で、〝サイコ〟の眠り男が、こんなところにやって来るんだよ。

明男は全く、わけが判らなくなっていた。

眠り男は、けたたましい笑いを上げ続けている。こんなに笑いっ放しで、疲れないのだろうか。いったいいつ、息継ぎをしているのか。明男は他人事ながら、つい余計な心配をした。

眠り男は、蛙のようにぴょんと、宙高く跳躍した。

明男は、あっ気に取られて、その動きを眺めた。

赤い満月を背に、眠り男の蜘蛛のような姿態が、くっきりと浮かび上がった。

「あ、来る……来るぞ」

しかし、判っていても身体が動かない。明男はそもそも、運動神経が鈍いのだ。

ほら来た。

眠り男の、跳び蹴りを食っていた。小さな針金のような身体のくせに、その蹴りの強烈なこと。体重はないが、強靭なバネと筋肉を持っているらしい。

明男の眼球の奥で、火花が散った。重力感が失せていた。身体が、宙を飛んでいるのだ。

何て非力なのだろうか。明男は自分でも、情けなくなった。

後頭部から、地面に着地していた。ゴツンという鈍い音とともに、また眼球の奥で火花が散った。頭蓋骨が割れたような気がする。

一時的に、失神した。

礼子の悲鳴が聞こえた。臓腑を絞るような、人間離れした絶叫だった。

明男は、我に返った。

眠り男が小さな身体で、自分より大きな礼子を楽々と担ぎ上げ、夜の下北沢の住宅街を走り去ってゆく。

こうなってはもう、頭が痛いとかびっくりしたとか、言っていられない。

明男もぴょん、起き上がり小法師のように立った。

眠り男の後を追って、走りはじめた。

全く今夜は、思いがけないことが立て続けに起こる。

明男は走りながらも、夢を見ているような気がしてならなかった。

「夢だ。夢だ。これは夢なんだ」

自分に、そう言い聞かせていた。

3

眠り男は隠れようともせず、ケタケタ大笑いしながら走った。これでは眠り男でなく、笑い男だ。まるで、追って来いと言わんばかりだった。

明男は、追うしかない。

夜の住宅街を、裏道へ裏道へといつまでも走り続けた。

十分……二十分……三十分は走った。

息が切れて苦しい。心臓が、口から飛び出さんばかりに打っている。全身、汗まみれだ。

眠り男は、相変わらず元気良く、笑っていた。明男の走るペースは刻一刻と落ちているのだから、そんな笑う元気があるのなら、一気に走れば良いのに。それをせずに、わざと明男のペースに合わせて、前を走ってゆく。焦らしているのだ。そして、後をついて来いと言っている。

頭がくらくらする。

さらに十分走ったところで、もう足が動かなくなった。走るというより、歩いているに近い早さだ。いや、歩く方が早いに違いない。

「ええい、くそ」

明男は、一声高く叫ぶと、ダウンした。

眠り男も立ち止まった。くるりと、明男に向き直った。肩の礼子は、とっくに気を失っている。

「くそ……馬鹿にしやがって」

明男は、総身の力を振り絞って、闇の中に立った。

ふと顔を上げると、眠り男の姿が消えていた。あのけたたましい笑い声だけが、まだ執こく尾を引いている。

その声も、やがて消えた。

明男は目を真ん丸に見開いて、キョトキョトと周囲を見廻した。眠り男の奴、いったいどこに消えたのだろう。本当に、夢でも見ていたのではないか。

いや、夢ではない。その証拠に、礼子の姿がないではないか。

明男はゼイゼイと荒い息をつきながらゆっくりと足を動かした。

おかしいな。あいつ、いったいどこへ姿を消したのだろう。礼子はどこへ行ったのか。

首を傾げつつ、眠り男の立っていたあたりに歩を進めた。そこいらを数歩、行ったり来たりした。

「……あ」

不意に足元から地面が失せ、びっくりして呻き声を上げていた。

一秒か二秒、落下し続けた。ほんの数メートルなのだろうが、ずいぶん長く落ち続けたような気がする。

このまま、死ぬのだろうか。気を失いかけた頃、いきなり地中の底に到着した。何しろ運動神経は鈍いしえらく疲れてもいるので、受け身が取れなかった。腰を強く、固い地面に打ちつけた。

衝撃で、今度は本当に気を失った。

どのくらいの間、意識不明でいたのだろうか。

頭の中にかかっていた濃い霧が、少しずつ晴れていった。空間の拡がりが戻り、時間の流れを取り戻した時には、正気に返っていた。

手足を動かせないよう、拘束されていた。そして、土の床に転がされていた。

全身が痛い。あの走り続けた疲労が、ようやく痛みとなって身体を襲って来たのだ。それに、思いがけないことばかりが立て続けに起きたショックも、影響している。

明男はぼんやりと目を開き、事態を眺めているしかなかった。

目の前では、大変なことが起きている。礼子が誘拐されたなんてことより、はるかに大変なことだ。

しかし今の明男には、ちっともそれが大変に思えない。理性は、「わあ、大変だあ」と呟いているのだが、感情がそれについてゆかない。

明男は無感動に、目の前の風景を眺めているだけだった。

〝サイコ〟のステージが、再現されていた。今度はパフォーマンスでなく、生の現実の出来事として。

ここは、地中だ。

下北沢から、ずいぶん走った。きっと、玉川上水のあたりじゃないかと思う。あの、まるで武蔵野の原生林をタイム・スリップして現代に持って来たかと思われるような、鬱蒼と樹が繁って水の流れている一角だ。太宰治が自殺したのが、あのあたりだという。

明男は久我山に住んでいるので、玉川上水あたりの地理に詳しかった。

きっとここは、あの時間を超越した一角の地中だ。それが、ぴったりだ。

周囲を剥き出しの泥に囲まれた、広々とした内部だった。洞窟というか、岩室(いわむろ)というか。ただ不思議なことに、出入口がどこにも見当たらない。

きっと、何かの仕掛けがあるのだと思う。忍者屋敷みたいな仕掛けが。

グラハムがおり、眠り男がいた。他の四人のメンバーは、今は見当たらなかった。今回は、二人だけのステージ、まさに独檀上という奴だ。

他のメンバーはいないが、観客はいた。恍惚とした女たちが、二人を取り囲んでいる。

数十人いる。いずれも、若い女ばかりだ。若いだけでなく、裸だった。すっぽんぽんの素っ裸で、グラハムと眠り男をうっとりと眺めている。

数十人の中に礼子の姿を認めて、さすがの明男も悲しくなった。

ぼくは結局、女を盗られたのだ。もう少しでベッド・インという寸前で、すっかりその気になっていた礼子を横盗りされた。

しかし相手が、グラハムと眠り男では、それも仕方ないような気がする。明男は困ったことに、あまり腹が立たなかった。

数十人の女たちを相手に、グラハムと眠り男は鬼になっていた。鬼として、地獄ゴッコを展開していた。

グラハムが、手前にいる女の髪の毛を、鷲掴みにした。女はグラハムに触れられ、顔をくしゃくしゃにして、キャッと嬉しい悲鳴を上げた。

グラハムは掴んだ頭を、ぐいとひねった。まるでワインの栓を抜くみたいに、左右にグリグリと回転させたかと思うと、スポンと引き抜いた。

首と胴とが、軽やかな音を立てて離れた。切断面から、まるでホースでぶちまけるみたいに、ピューッと血が吹き出した。

女の顔はそれでもまだ、恍惚とした笑顔を浮かべていた。その笑顔から急速に、血の気が失せてゆく。

グラハムは青白い笑いを浮かべる女の生首に、接吻した。舌を使ってのディープ・キスだった。血の味がして、さぞかし旨かったことだろう。

その間に眠り男は、別の女に取り掛かっていた。

「やっ」

景気の良い掛け声とともに、女の顔面を二本の指で突いた。

血が重吹(しぶ)いた。二本の指は狙い違わず、女の眼球を抉ったのだ。

指を引いた時、一緒に眼球も外れた。シュポンというシャンペンの栓を抜くような音とともに、神経の筋を引いて眼球が宙を舞った。

女は、血の涙を流している。目がないので表情が判らず、嬉しがっているのか痛がっているのか判らなかった。

グラハムは、群らがる女の中に跳び込んだ。むっちりした肉づきの、グラマーな美女を選んで立たせた。

グラハムの右掌人さし指の爪が、いつの間にか長く、ナイフのように鋭く伸びていた。

爪の先で、立ち尽くす女の顎をくすぐった。

女は、うっとりと目を閉じた。猫のように喉をゴロゴロ鳴らして、よがった。

くすぐる爪の先に、ほんの少し力が込もった。プツンと爪の先が沈み、プシュッと血が重吹いた。

グラハムの腕が、円孤を猫いた。円が縦に動いて、女の腹を一瞬で喉元から下腹まで、切り裂いた。

一瞬の出来事だったので、何が起きたのか、明男にはすぐには理解できなかった。女は相変わらず、喉をゴロゴロ鳴らしている。

爪の動いた跡に沿って、顎の下から喉、両の乳房の谷間、臍、そして下腹の正中線まで、赤い細い筋が一本、走った。

赤い筋は見るみるうちに太くなり、濃くなり……ついにパックリと口を開いた。

開いた口から、むっちりと重量感をたたえた臓物がぞろり、はみ出した。はみ出してもまだ、しきりに蠢動し、蠕動していた。

血が滝のように溢れ、同時にホカホカと湯気も立ち昇っている。

グラハムは、その臓物にむしゃぶりついていった。小腸のとぐろや肝臓や胃袋を、両掌でグッチュグッチュと握りしめた。内臓を圧迫されたせいで、女の口からは黄色っぽい反吐が溢れ、肛門から糞便がこぼれた。

グラハムは「きゃあ、きゃあ」子供のようにはしゃぎながら、小腸に顔を埋めて頬ずりしたり、胃袋を噛んで啜り立てたり、腎臓を毟り取ったりした。

憧れのグラハムにこんな形で〝犯され〟、女は恐怖と苦痛と快楽のないまぜになった、何とも言いようのない表情を浮かべた。そして断末魔の、オルガスムスの痙攣に、全身をゆだねた。

眠り男は、次の獲物に飛びかかった。

わあわあとはしゃぐ女を、殴りつけた。女はますます嬉しがって、失神しかけた。

四つん這いの姿勢で、尻を高く掲げさせた。眠り男の前に恥ずかしい部分を晒し、そこをじっくり見据えられて、女は肩をよじって恥ずかしがった。が、嬉しがってもいる。

眠り男は尻たぶに両掌を当て、左右に大きく割った。陰部が割れ目を開き、ピンクの内部が覗いた。アヌスまで口を開き、薄いピンクの内襞が仄見えた。

眠り男は、体内に通ずる二つの穴を見て、ひどく興奮した。目を白黒させている。眠り男は、女の人のお腹の中が大好きなのだ。

「ぺっ」

唾液を、陰穴と尻の穴の両方に吐きつけた。

「ぺっ」

もう一回、念入りに唾液を吐く。

眠り男の生温い唾液が、女の敏感な二箇所を刺激した。

「あ……ふん」

女は顔を土の床にこすりつけ、身悶えした。

眠り男は、まず右手で拳固を握ると、大きくかぶりを振った。

尻の穴めがけて叩きつけた。

興奮して柔らかくなっている上に、唾液を塗られ、さらに「おいでませ」と言わんばかりに股を拡げている。右の拳固は一撃で手首まで、女の尻の中に潜り込んだ。

女は、キューピー人形のような呻きを上げた。己が下腹の内に潜り込んだ眠り男の拳固を、下腹を揺すってしゃぶり立てた。

眠り男は、今度は左手を拳固にした。

また大きくかぶりを振ると、陰部に叩きつけた。

こちらは尻の穴よりたっぷりと濡れているし、そもそも挿入する場所である。子供が出て来ることもある。何と左手は、肘のあたりまで潜った。

勢いあまって、膣の奥まで破いたらしい。ぶつんという痛々しい音とともに、女の下腹がさも苦しそうに痙攣した。

「あ、ああん、ああん」

女が、困ったような表情を浮かべ、腰をもじつかせる。

眠り男は、再びけたけた笑いはじめた。

両腕を、スクリューみたいに左右に回転させると、奥へ奥へと腕を挿入していった。

女の腹の中で、両掌を拡げた。女の困ったような表情の変化と、下腹の蠢動する様から、眠り男の掌の動きをありありと見て取れる。

眠り男は女の腹の奥で、掌を握ったり開いたりして、内臓を揉みちらした。

「うぐ、ふぐ、んぐ……んげげ」

女は、人間離れした獰猛な呻り声を上げ、口と鼻から反吐を溢れさせた。

「んが……ふがふが……がぐぐ」

内臓ファックだ。内臓をじかに愛撫されるって、苦しいけど、何て気持ちがいいのかしら。

「や」

眠り男が、気合いをかけた。

女の奥で、内臓をしかと掴んだ。

両腕を一気に、二つの穴から引き抜いた。

両拳に、臓物が裏返って握りしめられていた。それに続いて、臓物が反転しつつゾロゾロと溢れて来る。

眠り男は臓物の一端を握りしめて岩室を走り廻りつつ、ケタケタと笑った。

眠り男のけたたましい笑い声が、洞窟の岩壁に反響している。

その笑いに混じって、女たちの苦悶の声、グラハムの気合いや合いの手、そして血と肉汁の滴る粘っこい音。

この岩室での出来事に比べれば、代々木競技場でのステージなど、とんだ子供欺しだ。

明男もいつしか、血まみれの出来事を、陶然と眺めていた。

グラハムも眠り男も、さらに次の獲物に取り掛かった。

二人とも、同じ獲物に目をつけた。

礼子だった。

二人に同時に見つめられ、礼子の顔が陶酔感のあまり赤くなった。股間が濡れてならないらしく、うっとりと目を閉じて、身体を震わせた。じっと立っていられず、その場にへたり込んだ。

明男はもう、じっとしていられなくなった。

「ぼくも、仲間に入れてくれ」

その場で、身悶えした。しかし手足を拘束されているので、動きが取れない。声を出すこともできなかった。

「ぼくも、仲間に入れてくれ。それは、ぼくの女なんだぞ」

拘束を解こうと、必死に身体を揺すり立てる。しかし、どうにもならない。

グラハムがようやく、明男に気づいた。

例の何語だか判らない言葉で、眠り男に何か言った。

きっと、こいつは、何者だとか、どうしてここにいるのかと訊いているのだろう。

眠り男が、何度も頷いた。

グラハムが、顔をしかめた。

大股でつかつかと、明男の下に歩み寄って来た。

派手な遊びのせいで、全身が血まみれである。せっかくの孔雀のようなメイクも、返り血と肉汁のせいで、ドロドロになってしまった。

明男の下に歩み寄りつつ、身体に付着した血糊を拭った。

血糊とともに、メイクも落ちていった。

血糊とメイクの下から、グラハムの素顔が覗いた。

「あっ」

明男は、絶句していた。

これこそ、今夜最大の思いがけない出来事だった。

メイクの下から顕われたのは、明男の父の顔だった。

(了)

ハイヒール

1

目覚まし時計を見た。本棚の真ん中に、読みさしの本やティッシュ、使いかけの文房具に埋もれるように、放り出されている。

十一時十五分。

真夜中まで、四十五分ある。

この部屋に来て、半日は経つような気がする。だが、まだ二時間と少ししか経っていないのだ。

本当かよ、おい。丹野はそれこそ、化かされているような気がした。

信じられなくて、自分の腕時計も見た。

十一時二十分。丹野は、腕時計を五分ほど進めておく習慣がある。

つまり、目覚まし時計の時間は合っているわけだ。

「まあ、そう焦るなよ」

野間アキラが、他人事（ひとごと）のように言った。氷をカラカラ鳴らしながら、ウイスキーのオン・ザ・ロックを舐めた。

丹野もつられて、水割りを舐めた。みっともないくらい、喉が鳴った。

「ユミが来るのは、十二時だ。まだ早い。今からそんなに緊張してると、本当に彼女が来た時には、卒倒しちまうぞ」

「は、はあ」

丹野は、頼りない返事をした。

腹が立って来た。よくそんな、他人事みたいな口がきけるな。ユミ、だなんて、誰があんな物を招き寄せたんだ。誰のおかげで、こんな気味の悪い思いをしてるんだ。判ってるのかな、野間先生は。

「本当に、十二時きっかりに来るんですか」

丹野は非難がましい目で、野間を見た。

表情は普通だ。が、顔色は青白くて、生気がない。目も死んでいる。やつれているとか、病気だというのとは違う。

これを、死相というのだろうか。

丹野は死相なんて、言葉でしか知らなかった。「死相が出てる」とよく映画や小説で使うが、そんなもの見て判るのだろうかと、半信半疑でいた。

判るのだ。こんなにはっきり。表情や顔色のどこがどうだというのではない。だが一目見て、「死相が出ている」、そう判る。

丹野に問いつめられて、野間は口ごもった。

「そう言われると……その度に、時計を見てるわけじゃないからな。だいたい十二時頃というだけで……そうだな、早い時には、十一時半には靴音が聞こえたかな」

野間の何気ない呟きに、丹野は慌てた。

「えっ、十一時半って言ったら、もうすぐじゃないですか」

丹野は切実な恐怖を感じて、座蒲団の上でもじもじと身体を動かした。

逃げだしたくなった。

悲鳴に近い声を出した。

「開けちゃ駄目ですよ、先生。絶対に。絶対に、ドアを開けちゃ駄目ですからね。開けたら、連れて行かれますよ」

「判ってるよ」

野間もさすがに、声が上ずっている。

「開けるもんか、絶対に。まだまだ、書きたいことが一杯あるんだ。やりたいことも、たくさんある。死ぬわけにはゆかん。絶対に開けん。これで、あいつとは手を切るんだ」

必死で、自分に言いきかせている。

こうして時計と睨めっこしていては、本当に身体が保(も)たない。

丹野は饒舌(じょうぜつ)になり、世間話をはじめた。

最近の出版業界の景気、売れている本の傾向。野間宛の、読者からのファン・レターの数々。野間のライバル作家の悪口。小説のネタになりそうな事件について。これから開かれる、パーティの予定。社員旅行でフィリピンに行った時の話。

水割りを舐めては話し、ガブリと飲み干してはまた話す。

何だか俺は、酔っ払って来たみたいだな。顔が上気しているのが、自分でも判った。

丹野の話を、うんうんと頷きながら聞いていた野間だが、ふと、顔を上げた。

耳を澄ませた。見すかすような目をした。

丹野は、ぎくりとした。話を途中で止めると、耳を澄ませた。

「聞こえる……ほら……来たぞ……なあ丹野君、聞こえるだろう」

野間が、奇妙に生気の乏しい声で言った。

聞こえる、確かに。

マンションの廊下を、誰かが歩いて来る。

野間の仕事部屋になっているこの部屋は、表参道の一角にある。巨大マンションで、場所柄、デザイナーズ・オフィスや編集プロダクション、小さな旅行代理店などが入っている。夜は、ほとんど人気がなくなる。

この部屋は、フロアの奥にある。エレベータを降りてから、少し歩かなければならない。

その廊下で、靴音が響いている。間違いなく、この部屋へと近づいて来る。

男の靴ではない。女のハイヒールだ。ハイヒール特有の、甲高く耳に突き刺さって来る音だ。

時計を見た。

十一時四十五分。

泣きそうな声で言った。

「あの、先生、まだ十二時前ですけど。十一時四十五分なんですけど、あの足音は本当に」

野間は、きっぱりと言い切った。

「うむ、間違いない。ユミだよ。このマンション、いかに古いからって、靴音はあんなに響かない。夜中でもね。ユミのハイヒールの音だけなんだ、こんなにはっきり聞こえるのは」

また他人事のように、自信のある口振りだった。

「やだなあ、先生、そんなに嬉しそうに言わないで下さいよ」

冗談で、恐怖をまぎらわそうとした。

しかし、冗談にもならなかった。

ハイヒールの甲高い音が、カツン……カツン……カツン……間を置いて、まるで気を持たせるようにゆっくり、この部屋を目指して近づいて来る。

野間アキラが大手の文芸雑誌で新人賞を取ったのは、二十六歳の時だった。

選者の一人に選評で、「アキラなどと名前をカタカナ表記にするのは、劇画の影響だろうか」などと皮肉られたことを、今でもはっきり覚えている。「俺はこの先ずっと、アキラで通すんだ」と、意気がったりしたものだった。今が三十六だから、あれからちょうど十年が経つ。

十年、節目の時期だった。

毎年、雑誌の新人賞の類いを受賞する者は、何十人もいる。そのうち作家として生き延びるのは、いったい何人だろうか。

ましてや、流行作家とか有名作家になる人間なんて、それこそ十年に一人、いるかいないかだ。

野間アキラは、その好運な一人だった。新人賞でデビューして二年後には、雑誌連載を数本と、書き下ろしのシリーズ物を四つばかり抱えていた。

それから数年の間に、プロの作家を対象にした賞を次々に取って、いつしか一流作家の仲間入りをしていた。

野間アキラの密かな願いである〝文豪〟になるのは、まだまだ先のことだろう。いや、はっきり言って大衆作家として知られるようになった今、〝文豪〟になる望みは半ば諦めている。

しかし、もはや名前は充分に知られ、作品も次々に映画化、TV化されて、作家としての地位は充分に安定している。この世界の成功者であることは、誰もが認めている。

デビューしてから三、四年は、体力に任せて来る仕事を片端から引き受け、がむしゃらに書きまくった。が、売れ行きが安定して知名度が上がってからは、量を減らして質を上げた。付き合う会社も大手出版社に絞り、仕事をしやすい気心の知れた編集者とのみ付き合っている。

丹野は、そんな編集者の一人だった。

まだ若いが、気がきく。野間の小説の大ファンでもあり、書くために何が必要かを充分に心得ていて、的確な資料を揃えたり取材をセッティングしたりしてくれる。彼のアドバイスのおかげで、冗長になってしまうところを、どれだけ助けられたか判らなかった。

作家になれたのは自分に才能があるからだと、もちろん野間は思っている。が、単に作家になるだけでなく、作家として大成できたのは、丹野をはじめとする編集者の助力があってこそだと、野間は謙虚に感謝していた。

デビューしてから十年、都内の一等地にマンションを買い、こうして事務所を構え、今では何不自由のない生活をしている。

が、その今になって、しばしば言いようのない寂寥感に駆られるのは、どうしたわけだろうか。

仕事が忙しくなるにつれて、人に会わなくなった。原稿用紙に向かってたった一人でする仕事なだけに、仕事の脂肪（あぶら）が乗れば乗るほど、人と接触しなくなる。

かつては、大学時代の同級生や、籍を置いていた会社の同僚たちと、よく一緒に騒いだものだ。しかし仕事の内容も生活時間帯もまるで違うので、すぐに疎遠になってしまった。

友人たちはみな、とっくに結婚して子供もいる。結婚式の案内状などが来ても、締切に終われて欠席したのが、そもそも疎遠になったきっかけだった。

考えてみれば、野間にも昔は恋人とかガールフレンドなどというものが、いたような気がする。が、彼女らもとっくに結婚してしまった。

結局、今、知り合いと呼べるのは、取り巻きの編集者だけではないか。

世間では、野間アキラを成功者と見ている。しかし仕事が一段落した今、ふと自分の周囲を振り返ってみると、野間は、自分だけが世界にたった一人、ぽつんと取り残されたような気がする。

毎日、黙々と原稿用紙のマス目を埋めている。書いては消し、書いては消し。資料をめくっては書き、また書いては資料を見る。掛かって来る電話はすべて、原稿にまつわること。口をきく相手は、編集者ばかりだ。

俺が原稿を書いたからって、世の中がどう変わる。俺の周りで生活している生きた人間たちに、いったい何の関係があるってんだ。俺は一人で勝手に、自分の世界を作っているだけだ。これって、マスターベーションと同じじゃないか。

外で雨が降ろうと風が吹こうと、仕事部屋に閉じ籠って原稿を書いてる。地震があったたって爆弾が落ちたって、俺は気づかないに違いない。

今取り掛かっているこの四百枚を仕上げた時には、何かの理由で世界がなくなってたりして――それでもそんなこと知らずに、俺は原稿を仕上げ、誰もいない廃墟の街を歩いて、もうなくなってしまった出版社へと、原稿を届けにゆくに違いない。変だなあ、人影がないなあ、なんて首を傾（かし）げつつ。

野間は決して冗談でも大袈裟でもなく、しょっちゅうそんな妄想にとらわれていた。

要するに、寂しかったのだ。

三十六歳という、普通なら女房や子供に囲まれ、人生で最も賑やかに生きているべき年齢に、独りでいる。同世代の男たちが人生を謳歌している時に、孤独に生きている。それに、耐え切れなくなったのだ。

ここ数年、野間アキラは酒をよく飲むようになっていた。取材だ、人間勉強だと称して、盛り場を巡り歩いた。酒瓶を抱えて、日本国内はもちろん、海外まで旅した。

そして、女だ。

孤独感をまぎらすために、盛り場の女を漁り、また買った。

独身男で、向こうも遊びを承知の付き合いだ。文句を言う者など、どこにもいない。文句どころか編集者の中には、当り触りのない女をせっせと紹介して、野間の気に入られようとする者もいた。

要するに——俺も中年男になったんだな。年齢相当の、自堕落な中年男に。

若い頃に軽蔑し、社会の恥だと思っていた助平な中年男に、いつの間にか自分もなっていることに、この頃では気づいていた。

それも、ただの助平ではない。極めつけの嫌な男だぞ、俺は。

ただし、去年の十月までだ。孤独と疎外感に苛まれて、そんな自堕落な毎日を過ごしていたのは。

去年の十月、ユミに出会って以来、すべてが変わった。月並みな表現だが、灰色だった世界が、薔薇色に染まっていった。

2

ユミというのが、由美と漢字書きするのか平仮名表記なのか、野間は知らない。ユミという名を、彼女自身の口から聞いただけだからだ。

その日野間は例によって、酒を大量に飲んで、この仕事部屋に戻って来た。

銀座で深夜まで酒を食らい、続けて六本木に出て朝まで浴びた。

編集者数人と、若手作家が二人ほど一緒だった。途中で帰る者がいれば合流する者もおり、結局誰と飲んで誰が最後までいたのか、今となっては判りゃしない。

とにかく誰かが、野間を部屋まで送ってくれた。担当編集者の誰かだが、それが丹野でないことだけは間違いない。もし丹野だったら、そのまま野間の仕事部屋に泊まり込んだはずだからだ。

朝、目が覚めた。

いや、もう朝ではなかった。カーテンの隙間から、心地良さそうな秋の陽の光が射し込んでいる。野間は、二日酔い特有の、根拠のない自責の念を覚えた。

根拠のない？

送ってくれた誰かは、もう部屋にいなかった。だが、誰か来たというのが気のせいでない証拠に、明らかに人の泊まっていった形跡がある。

蒲団は、二人が眠った形跡も露わに、乱れていた。相当に汗を掻いたらしく、シーツも毛布も湿っぽい。

そして、野間は素裸だった。

腰のあたりが、妙に軽い。まるで、セックスをした翌朝みたいに。

不意に、むらむらと欲望が目覚めた。

匂いだ。匂いがする。女の。

シーツだ。シーツに、女の体臭が染み込んでいるらしい。

野間は、ベッドで四つん這いになった。犬が地面の匂いを嗅ぐみたいに鼻面をシーツに押しつけ、忙しく匂いを嗅いだ。

何て匂いだ。芳香というのとは違う。もちろん香りはいいのだが、同時に下品さや淫らさまで混じっている。その堕落を感じさせる匂いが、たまらないのだ。

野間の一物が、たちまち猛り立っていた。

同時に、昨夜から今朝にかけての出来事が、鮮明に蘇って来た。

泥酔から覚めてみると、隣りに女が眠っていた。

六本木で拾った女だろうか。

どうやらそうらしい。

下着姿で、全身から酒の匂いを発散する野間に、寄り添うようにして眠っている。

ちょっと困った。女を拾った覚えなど、野間にはないからだ。それに、まだひどく酔っていて、気分が悪い。鬱陶しくなった。

勝手に他人のベッドの中に潜り込んで来て、あつかましい女だ。追い出してやろうか、こいつ。

野間が目覚めた気配を察して、女が毛布の下から顔を出した。目を薄っすらと開き、悪戯っぽい表情を作ると、唇を求めて来た。

野間の背筋に、ぞくりと冷気が走った。

その小悪魔めいた表情の、愛らしいこと。唇を求める仕種の、コケティッシュなこと。毛布の下から立ち昇る女の匂いの、官能的なこと。

野間の内から、不快感が消えた。代わって、欲求が高まっていった。

女の肌着を一枚ずつ、毟り取った。女も野間の着ている物を、魔法のように器用に剥いでいった。

二人は抱き合った。

女の肌の蕩けるような柔らかさと、汗ばんだ冷やっこい感触とが、たまらなかった。

抱かれている間、女は野間の耳元で囁いていた。

「あたしを、ここにいさせて」

野間は女の肉体の虜になり、頷いた。この女と別れるくらいなら、死んだ方がましだと思った。こうして結合したままでいられたら、どれだけ幸せだろうと夢見た。

「あなたは、あたしの物よ。ねえ、いいでしょう」

もちろんだ。もちろんだとも。誰が放すもんか。


行為の間に、野間が口に出した言葉は、一つだけだった。

「何て呼んだらいいんだ、君のこと」

少しの間を置いて、女は答えた。

「ユミ」

シーツの上で四つん這いになり、匂いを嗅ぎ廻る間に、これだけのことを思い出した。

「あたしを、ここにいさせて」。確かにそう言ったのに、いやしないじゃないか。

「あなたは、あたしの物よ」。そうも言ったのに、俺はここに一人でいるぞ。いつもと同じように、一人ぼっちでベッドにいるぞ。

無性に哀しくなった。言いようのない切なさを覚えた。ユミの匂いの染みついたベッドで身体を丸め、女のようにメソメソと忍び泣きした。

ユミ――名前しか判らない。どこに住んで何をしていて、年齢はいくつなのか。何も知らない。

何か、手懸かりを残していないかと、丸一日、部屋を引っくり返した。が、シーツの残り香以外、彼女がここにいたという証拠はどこにも残っていなかった。

ユミ、どこへ行ったんだ。

オン・ザ・ロックをちびりちびり、舐めながら、野間はその日の夜、ずっと迷っていた。

六本木に、また出てみようか。ユミに、出会えるかもしれない。

身仕度を整え、目一杯にめかし込んで、何度外に出かけたかしれない。

しかし、靴を履く段になって、思い止まった。

ユミが、夜中にひょっこり戻って来るかもしれない。

「あたしを、ここにいさせて」、そう言ったのだから。

戻って来た時に野間がいなかったら、もうそれ切りだろう。ユミは永遠に、野間の手から離れてしまう。

そう思うと野間は、部屋から動けない。

またベッドの縁に腰を落とし、オン・ザ・ロックを舐めはじめる。

立ったり坐ったり、じっとしていられずに部屋を歩き廻ったりを、もう何時間も繰り返している。

電話が鳴るたびに、ユミかと思ってぴょんと跳び上がる。そして、受話器に縋りつく。

息を殺して受話器の向こうの声に耳を澄ませると——

原稿の催促だったり、依頼だったり、ただの御機嫌伺いだったりした。

野間は上の空でぶっきら棒な返事をして、受話器を置いた。

今日は、誰にも会いたくない。

「馬鹿か、俺は」

独りで呟いた。

「三十六だぞ、三十六。十代のガキじゃないんだ」

まるで初恋の時のように胸がときめいている。何も手につかない。いずこからともなく姿を見せ、消えてしまったユミのことばかり、考えている。

「夢かな。酒の飲みすぎで、幻覚か何か見たんじゃないだろうな」

思い出すほど、起きた出来事に現実味がなかった。

あんまり寂しくて、頭がおかしくなっているのだろうか。

真夜中近くになって野間はようやく、自分を取り戻して来た。

夢だったんだ、あれは。その証拠に、ユミの顔も身体つきも、正確に思い出せないではないか。

意を決して、今度こそ本当に、外に出ようとした。

その瞬間だった。

廊下の向こうから、ハイヒールの音が響いて来た。

……カツン……カツン……カツン……

ユミだ。

興奮のあまり、口から心臓が飛び出しそうな気がした。

思い出した。思い出したぞ。あれは、ユミのハイヒールの音だ。

昨夜も確かに、あの音を聞いたぞ。二度。一度は、ユミが部屋に送ってくれた時。一度は、帰る時だ。そうだ、泥酔して寝呆け眼（まなこ）だったから忘れていたけれど、妙に甲高（かん）く金属的に響くあのハイヒールの音で、俺は目を開けたんだ。

野間は昨夜、マンションの廊下で酔い潰れていた。また一人になったのが寂しくて、廊下で泣いてた。それをユミが見つけて、部屋まで連れて来てくれたんだ。そして、彼女が帰ってゆくのを、泣きながら聞いていた。

彼女も、寂しそうに言ったじゃないか。

「夜明け前に、あたしは帰らなきゃいけないの。でも、また来る。夜に、必ず戻って来るから、そしたらドアを開けてね」

甘い粘り着くような声が、脳裏に谺（こだま）した。

そのユミが、戻って来たんだ。

青白い表情でげっそりと疲れていた野間だが、ハイヒールの音を聞くや生気を取り戻した。


それ以来、毎晩、ユミは来ている。

野間は文字通り、時を忘れてユミとの逢瀬（おうせ）にのめり込んでいった。ユミと初めて会ってからもう一ヶ月が経つなんて、信じられない。

ユミの肉体をむさぼる。

ユミを相手に、過去の追憶に耽（ふけ）る。

ユミと、未来について語り合う。

野間は初めて、孤独感を忘れた。ついに、喜びや苦しみを分かち合う歓びを得たのだ。書いた本が賞を取ったり、ベスト・セラーのリストに載るより何より、この歓びの方が大きかった。何とつまらない栄誉を、自分は今まで追い求めていたのだろうか。

ユミは深夜に来て、夜明け前に帰る。したがってこの間が、野間の最も生きている時間帯となった。

昼間は、ぼおっとしている。ベッドにぐったり横たわり、半睡状態で朦朧として、深夜の訪れを待つ。

仕事を、しなくなった。

昼間、頻繁に編集者が訪れ、野間を叱咤激励してゆく。怒ったり泣きついたりおだてたりして、少しでも書かせようとする。

しかし当の野間は、夢現だ。ベッドにしゃがみ込んだり寝そべったりして、虚ろな目を見開き、ぼんやりしているのだ。

ろくに食事をする気配もない。

出入りの編集者たちも、さすがに心配しはじめていた。

3

「先生、どうかしてますよ、最近」

丹野が、野間と顔を合わせるたびに訊いた。

「全然、仕事に身が入らないじゃないですか。先生、最近は、書き下ろしか読み切りの短編しか仕事しないから、雑誌に穴が空かないですんでるけど、連載を抱えてたりしたら、大変な騒ぎになってますよ」

心配したり、怒って責めたりする。が、原因がさっぱり判らないので、手の打ちようがない。

「仕事ばかりじゃない。付き合いまで悪くなって。最近、ぼくらと全然、飲んでくれないじゃないですか。毎晩、部屋に閉じ籠って、いったい何をしてるんです。原稿は、ちっともはかどらないっていうのに」

皮肉を言われでも、野間はベッドに身体を横たえたまま、ぼんやりしている。

いや、ぼんやりというより、うっとりと言った方が近い。まるで、恍惚状態にいるみたいだった。

先生、クスリでもやってるのかな。

丹野は、その可能性も考えてみた。

実際の中毒患者を丹野自身は見たことがないが、土気色の顔で痩せこけており、何も食わず、飲まず、何をするでもなく終日ぼんやりしている――これって世に聞く、モルヒネやヘロインの中毒症状にそっくりではないか。

ある時、冗談でなく、腕に注射の跡でもないかと、探ってみたりした。

クスリをやっている形跡は、全くなかった。

そうした方面の知り合いができたら、保護者も同然の丹野が、気づかぬはずない。野間が丹野に、「お前もどうだ、一服」と、勧めるに決まっているではないか。

「先生、病気なのかな」

丹野は、やはり原稿が入らなくて困っている他の編集者にも、相談した。

編集者の一人が、わけ知り顔で言った。

「女だよ、女。先生、女ができたんだよ。オクテの先生にも、ついに春が来たってわけさ」

まさか。

丹野は、その編集者の思い過ごしだと思った。だって、野間の部屋には、女の訪れた気配などない。

頻繁に部屋に女が訪れていれば、化粧小物を忘れたり等、必ず形跡が残るものだ。が、それが全く見当たらない。

しかし、待てよ。

酒好きの野間が、外に出なくなった。そればかりか、編集者の誰も、夜遅くには仕事部屋に来させない。丹野でさえ、夜の十時には追い立てられる。

電話をかけても、夜には留守番電話を掛けっ放しだ。間違いなく部屋にいるのに。

夜になると、女がこっそり、忍んで来るのだろうか。

丹野も、その可能性を否定できなくなっていた。

考えてみれば野間先生、三十六歳にもなって独身で、ガール・フレンドの一人さえいないなんて、その方がよほど異常ではないか。

寂しかったのだ。

自分たちが常に身辺に付きまとい、仕事仕事と追い立てて、そうした脇見を許さなかった。

野間アキラも、人間だった。そんな生活に、耐え切れなくなったに違いない。

そんな野間の気持ちに、傍(そば)についていながら気づかなかったなんて、何だかずいぶん薄情な人間だったような気がして来た。

野間もついに、女を見つけた。丹野たち編集者には内緒にして、夜ごとこっそり逢瀬を重ねている。

野間の、心ここにあらず、仕事にも遊びにも身の入らない様子は、言われてみればなるほど、恋する男に特有のものではないか。女のことで頭も胸も一杯で、食事も喉を通らないに違いない。

ある日、丹野は思い切って、野間を問い詰めてみた。

「先生、ひょっとすると恋人ができたんじゃないでしょうね」

「ば……馬鹿を言うな」

野間は変に逆上して、怒ったように吐き捨てた。

これで、はっきりした。

野間のこのスランプの原因が女にあるのだとしたら、解決の途は一つ。

野間をその女とゴールインさせることである。

家庭を持てば否応なく、野間の目は再び仕事に向く。

デビューしてから十年、ここらで一区切りして、野間世界に新生面を切り拓いたって良い時期ではある。

ただし相手の女が、野間の名声と金だけが目当ての、性悪女でなければだ。

丹野は何とか、相手の女の素性を、野間から訊き出そうとした。

しかし、口籠るばかりで、何も言わない。

恋人を作ることに反対するどころか、賛成なのだ。ぜひ、先生の思いを遂げられるよう、協力したい。そう切々と訴えても、野間は口を開いてくれない。

本当に、何も知らないのかもしれない。

女が、野間アキラを手玉に取っている。

悪女かも。

その疑いが、確信に変わっていった。

作家という人種ほど、悪女に引っ掛かりやすいものだ。野間が、駄目にされる。

そう心配しはじめたら、丹野は何だか居ても立ってもいられなくなって来た。

今まで野間に最も近く、ほとんど女房同然でいた。その地位を、どこの馬の骨ともしれぬ女に奪われそうだ。丹野の焦燥には、彼自身は気づいていないが、そんな嫉妬も混じっていたに違いない。

野間が口を割ってくれないのなら、仕方がない。丹野自らの手で、影の女の正体を探るだけだ。

思ったほど、難しいことではなかった。

夜遅くまで、野間の仕事部屋に、粘れるだけ粘った。野間に、「邪魔だ。お前がいると仕事にならない」と罵られて、ようやく部屋を出た。

帰る振りをして、しかし帰らなかった。

マンションの一階ロビーと、仕事部屋のあるフロアの間を行ったり来たりしながら、問題の女が姿を見せるのを待った。

マンションには、管理人がいる。理由もなく内部をうろうろしていれば、捕まる。が、丹野は野間の部屋に出入りしている半ば住人と認められており、見咎められずにすんだ。

部屋を追い出されてから、小一時間経った頃。深夜の十二時前後だったろうか。

一階ロビーにいて、出入りする人間を見張っていた。デザイナーやカメラマンらしい人間が数人出入りした以外、人の動きはなかった。

一階にいるのも飽きたので、エレベータで部屋のあるフロアに戻った。階段の陰に隠れて、またしばらく様子を窺うつもりだった。

エレベータを降りると、すぐに女の後ろ姿が目に入った。はっとしてボックス内に戻り、こっそり顔を出して、向こうの様子を窺った。

あの女だ。

直観が、丹野に告げた。

心臓の鼓動が、急激に高鳴っていった。息苦しくて、咳込みそうになるのを、必死で堪えた。

頭の中で、言葉が忙しく走り廻った。

変だぞ、変だぞ。俺はずっと、一階のロビーにいた。マンションへの入口は、あそこだけだ。片時も目を離さなかったっていうのに、あの女はどうして、ここに入って来れたんだ。

もっと早い時間からずっと、建物の階段かどこかに隠れていたのか——そんな馬鹿な。

ある考えが、ひらめいた。

そうか。あの女も、このマンションの住民なんだ。同じ住民同士だから、俺たちの目を盗んで知り合うことができた。

そう考えて、丹野は勝手に納得した。

女は廊下の奥まで進むと、野間の仕事部屋に消えた。

丹野は、まだエレベータ・ボックスの内に止まったまま、呆然と女の立っていたあたりに視線を走らせていた。

小柄な、色っぽい女だった。タイトなミニ・スカートから、可愛らしい脚がすらりと伸びていた。黒いストレートの髪が、背中まで垂れていて、女というより少女を感じさせた。

しかし見たのは、後ろ姿だけだ。後ろから見ただけでは、どんな女か判りゃしない。

それに、野間の部屋に消えてしまった今となっては、女が本当にいたのか否か、自信がなくなった。

女がいる――そう思い込むあまり、幻覚でも見たような気がする。

奇妙なことにあの女には、それほど現実感がなかった。

丹野は、怯(おび)えを感じた。

同時に、女の正体をどうしても確かめずにいられなくなった。

その後の出来事は、まさに夢のようだった。あれがただの悪夢だったら、どんなにいいかと思う。

丹野はボックスの外に歩み出すと、野間の部屋へと戻っていった。

あの時は自分では興奮しているつもりでいたが、今にして思えば夢現(ゆめうつつ)だったかもしれない。何かに憑(つ)かれたように、足が勝手に野間の部屋を目指していたのだ。

見つけたぞ、ついに女を。女が部屋に、消えていったじゃないか。動かぬ証拠だ。

今行って、ドアを開けて、二人一緒のところを取っ捕まえてやる。

「ほら、やっぱり。もう、嘘はつけませんよ、先生……いえいえ、ぼくは敵じゃありません。二人に、幸せになってもらいたいだけです」

言う台詞(せりふ)まで、考えていた。

もたもたしていると、不味(まず)い。ドアを開けたらラブ・シーンだったなんて、気不味(きまず)いではないか。行くなら、一刻も早い方がいい。

丹野のうちに、躊躇(ためら)いは全くなかった。

ノブに、手を掛けた。

思った通り、ドアに鍵は掛けてなかった。編集者が出入りするのに、いちいち鍵を開け閉めするのは面倒臭いというので、昼はここの鍵はいつも開いているのだ。

夜で、しかも女が来たからもしやと思ったが、やはり習慣の力は恐ろしい。野間先生、鍵を掛けなかった。

丹野は勝ち誇って、部屋に踏み込んだ。

部屋の奥まで進み、さらに奥の、ベッドのある部屋に目を向けた。

丹野の全身が、凍りついた。

薄暗い中で、野間先生と女が抱き合っていた。

あれが、さっきここに入って来た女なのだろうか?

女どころか、人間とすら呼びがたい。

全身が、腐っていた。変色して硬化した皮膚があちこち破れ、下から紫色の腐肉が覗いている。身体の動きに合わせて、肉が粘っこい糸を引いた。肉のはがれた跡から、黄ばんだ骨が露出している。

墓場から、半腐れの状態で這い出して来た物と、先生は抱き合っている。丹野の目には、そうとしか見えなかった。

声も出せなかった。

部屋がまるで冷蔵庫の中みたいに冷たくなっていることに、丹野は初めて気づいた。

それに、この匂いと来たら——間違いない。あいつは、墓場から蘇って来たのだ。

丹野は息を殺すと、忍び足で後退りしていった。

女の目の届かないところまで来れた——その瞬間、女の瞼のない眼球が、ギロリと動いた。灰色に濁った爬虫類めいた眼球が、確かに丹野の姿を捕えていた。

丹野は反射的に玄関に向き直ると、走った。

声も出せずに走った。

自分にも、あの化物が取り憑いてやしまいか。今にも身辺に、全身の爛れたあいつが姿を見せるのでは。

そう思うと恐ろしくて恐ろしくて、丹野は三日間、毛布を被って震えていた。幽霊の妄想が次から次へと脳裏を経巡り、一睡もできなかった。

四日目にようやく、三時間ほど眠れた。

ほんの少し、恐怖が薄らいだ。

五、六年前に、霊についての本を作ったことがある。

その時に、何人かの霊能者と知り合いになった。

そのうちの一人、特に幽霊や怨霊に通じている者に、連絡を取った。

二人で、野間の仕事部屋を訪れた。

野間はこの三日ほどの間に、またひときわやつれていた。

丹野が、自分の目で見たことを、詳しく話した。

野間は、笑って相手にしなかった。

その間に、霊能者が部屋の匂いを嗅いだ。部屋をうろうろ歩き廻って、お祓いをするような動作をした。

丹野の話が一段落するのを待って、ぽつりと言った。

「この部屋に前に住んでいた女性、自殺をしてますね。それも、このマンションの屋上から跳び下りて。きっと、その霊がここに残っているのでしょう」

こともなげな言い方だった。

「作家先生には、霊感の強い方が多いです。特に、成功された方には……これは、役者さんでもタレントでも、実業家でもそうなんですけどね……野間先生の霊感に魅かれて、彼女が姿を見せたのでしょう」

丹野が、すかさず訊いた。

「で、どうしたらそれを、祓えるんですか。このままじゃあ先生、取り殺されてしまう」

霊能者は、軽く頷いた。

「私が今、祓ってあげます。が、肝腎なのは野間さん、あなたです。あなたに、憑いてるんですからね」

野間にもようやく、事態が飲み込めて来たらしい。表情が、真剣になっていた。さすがに怖くなったのか、指先が小刻みに震えている。

「彼女は、今夜も来ます。が、絶対に、部屋に入れてはいけません。私が、魔除けの札を貼って帰りますが、あなたがドアを開け、彼女を迎え入れる気になったら、お札は何の効力もなくなってしまう。肝腎なのは、あなたの気持ちですよ」

霊能者は最後に目を閉じると、寂しそうに呟いた。

「可哀相な女(ひと)なんです。よほどのことがなければ、自分で自分の生命を絶つなんて、できることじゃない。死に切れなくて、死んだ場所からこの部屋へ、毎晩帰って来ているのですよ……祈ってあげてください、彼女のために。成仏するように。彼女が救われれば、もう姿を見せることもないでしょう」

両掌を合わせると、深くお辞儀をした。

丹野もつられて、同じ動作をしていた。

昼間、丹野はいったん、この部屋を出た。

そのまま逃げてしまおうかと思ったが、そういうわけにもゆかない。

三日間、毛布を被っている間に溜まっていた仕事を、一気に片づけた。さすがは仕事の鬼の丹野で、その間だけ、恐怖を忘れた。

そして夜、ここに戻って来た。


……カツン……カツン……カツン……


間を置いて、ゆっくり近付いて来るハイヒールの音に、丹野はほとんど気が遠くなりかけていた。

来るなら、早く来い。まるで、嬲(なぶ)り者にされているみたいだ。

ハイヒールの音は、部屋の前で止まった。

呼び鈴を鳴らした。

野間が、まるで操り人形のように、立ち上がりかけた。

それを丹野が、慌てて抑えた。

いつの間にか催眠術にかかったみたいになっていた野間が、不意に我に返った。初めて深刻な恐怖の表情を浮かべ、丹野に向かって何度も頷いた。

少しの間を置いて、また呼び鈴が鳴った。

それでもドアが開かないのを知ると、今度はドアをノックした。

スチール・ドア一枚をはさんだすぐ向こうに、全身爛れたあの女がいる。それを想像しただけで生きた心地がせず、丹野はいっそ気絶してしまいたかった。

ノックが、ドアを叩く音に変わった。

だんだん、激しくなってゆく。

ついには、ドアを破らんばかりに。まるで、プロレスラーが全身で体当たりしているような騒がしさだった。

丹野も野間も、腰が抜けていた。その場にへたり込み、顔を見合わせて震えていた。

ドアの向こうで、罵（ののし）る声が聞こえた。

女の物とも男の物ともつかぬ、しわがれた太い声だった。あの女はいったい、ドアの向こうで、どんな表情を浮かべているのだろうか。

ユミは、野間の裏切りに腹を立てていた。

あなたを傷つける気など、全くないのに、どうしてこんな仕打ちをするのかと泣いた。

罵る恐ろしい声が、次第にか細い泣き声に変わっていった。

野間の顔に、再び憑かれたような表情が浮かんで来た。

「先生、先生、しっかりして」

丹野が慌てて、野間を揺すった。しかし野間の目には、なかなか正気の光が戻らない。

ユミが、最後に言った。

「寂しかったのよ、あたし。生きている間も、死んでからも……あなたも、そうだったんでしょう……一人、やっと寂しさを忘れたのに、また元に戻りたいって言うの。あたしに、またあの死の世界で一人で暮らせって言うの」

野間の目が、ひどく優しくなっていた。立ち上がって、ドアのところへ行こうとした。

「待って、やめて下さい、先生」

丹野がタックルして、野間を止めた。

二人は、床の上で揉み合った。

ユミが最後に言った。

「判りました。あたし、帰ります……いい夢を、見せてもらいました」

声が、遠去かってゆく。

「さようなら」

声が、霧に飲まれるように消えた。

ハイヒールの音が、再び聞こえて来た。

……カツン……カツン……カツン……

今度は、遠去かってゆく。

良かった。ようやく立ち去ってくれた。

丹野はほっとして、気を緩めた。

その瞬間、野間の全身に力が込もった。

丹野は顔面を拳固で殴られ、弾き飛ばされた。目眩（めまい）がして、気を失いかけた。

野間は、ドアに向かってダッシュしていた。

丹野がよろけながら立ち上がり、再び野間に組みつこうとした。

間に合わなかった。野間がロックを外し、ドアを開ける方が早かった。

「ユミ」

開けたドアのすぐ向こうに、丹野は、この間見たのと同じ、腐肉の塊りを認めた。女は、そんな振りをしただけで、ドアの前から全然動いてなかったのだ。そして目をクワッと剥き、薄ら笑いを浮かべて勝ち誇っていた。

「寂しかったの。あたし、寂しかったのよ」

野間の目には、この腐肉の塊りが、何か美しい物にでも見えるのだろうか。

恍惚とした表情で、ドアを大きく開け放った。

「ユミ」

二人は、固く抱き合った。

丹野はその場で、失神していた。

（了）

缶詰めの悪夢

1

ガイドが、浮上のサインを出している。

浮上のサインは普通、親指を真上に立てる。海底から真上に、上がってゆくからだ。

しかし、ここでは違った。いったん立てた親指を、真横に近いくらい寝かせる。

潮の流れが、きついからだ。浮上しながら、思いがけない早さで、流れに身体を取られる。流れに逆らったところで、徒らに疲労するだけだ。だからここでは、流されながら、浮上するのが、普通だった。

ガイドは自然に、親指を真上でなく、潮の流れている方向に向けてしまう。吾郎たちもすぐに、それを当たり前に受け入れていた。

潮が流れている証拠に、ほら、一緒に潜っている他の五人の口元から、気泡が斜めに立ち昇っている。

普通は真上に向かう気泡が、ほとんど真横に流れている。それほど、潮がきついのである。

吾郎は、身体を固定するために掴んでいた岩から、両掌を離した。そして、いつもより少しだけ深く、息を吸い込んだ。

身体が、サンゴやウミシダ、ケヤリに包まれた海底から、ゆっくりと浮き上がった。同時に潮に身体を取られ、海底を舐めるように横移動していった。

五人の仲間たちも、一勢に浮上を開始している。

離陸。

そんな単語が、頭に浮かんだ。

潮が運んでくれるので、身体を全く動かす必要がない。両脚を高く持ち上げた、パラシュート降下の時と似た姿勢のまま、しかし落下するのでなく、斜め横に上がってゆく。

人間でなく、飛行ロボットが浮いているみたいだ。カラフルなスーツを着てタンクを背負い、マスクを被り、レギュレーターを口に咥え……これらの装備のおかげで、ますます人間離れして見えた。

眼下に、賑やかな海底風景が拡がっている。

——ああ、もう上がってしまうのか。

吾郎は、まだまだ未練たっぷりだった。明日も明後日も、まだ何度でもここに来れるというのに、それでもひどく名残り惜しかった。

ゲージを見ると、空気の残圧は五十。海面まで一気に浮き上がるのでなく、圧力変化に身体を馴らしながら、少しずつ、少しずつ浮上してゆくから、これくらいは空気を残しておかなければいけない。つまり、浮上の潮時なのだ。

だが、もう一分でも二分でも、余計にこの海中世界に止まりたいと思った。ここを離れるのが、ひどく悲しかった。

こうして、少し浮いた位置から眺める海中のパノラマは、またひときわ素晴らしかった。

今ではすっかり顔馴染みになったナポレオン・フィッシュが、そこにもここにもいる。恰幅のいい胴体を軽くくねらせ、欠伸するように大口を開けた剽軽な顔で、海中を旋回している。

アゲハチョウのように美しい、色とりどりのチョウチョウウオが、全身をまさに羽根のようにひらひらさせながら、そこいら中で泳ぎ廻っている。

細長いバラクーダの大群が、棚の切れ目のところで渦を巻いていた。別の箇所では、ギンガメアジが渦を巻き、その傍を大きなマグロが悠々と横切ってゆく。

棚から外れた絶壁の下には、メジロザメが四匹ほど、身体をくねらせながら通り過ぎてゆく。

青い。絶壁の向こうは、とにかく青い。水深は、何百メートルあるのだろうか。とにかく青くて、目が眩むほどだ。

今日は、透明度は五十メートルほど。つまり、海面の上から見て、五十メートルの深みまで見えるということ。つまり、べら棒に海がきれいなのだ。

だが、ここパラオでは、これくらい海が透明なのが、普通である。本当に透明度が良い冬場などは、七十メートル底まで見えるとか。

透明度が五十ということは、水の中から周りを見た時に、七十とか八十くらい見えるということ。

それなのに、ひたすら青しか見えない。

自分がとんでもなく高いところにいて、今にも落下するような気がして、恐怖を覚える。いささか高所恐怖症気味の吾郎など、絶壁の下を見て、決して良い気持ちはしなかった。

その真っ青な下を、サメが四匹、ゆったりと廻っている。

何と優雅な。

吾郎は、自分がまさに、楽園にいるのだと実感した。

子供の頃に、浦島太郎が訪れたという竜宮城のことを、あれこれと想像したものだが、自分のいるここそ、まさにその竜宮城なのだと思った。

海の中は、陸上ほど重力の法則に支配されない。

エダサンゴやテーブルサンゴ、ウミウチダ、ウミシダ……奇怪な動植物が、重力の法則を無視して枝振りを拡げている。そして、色鮮やかで不思議な姿をした魚類が、目をキョトキョトさせながら、海中を回避している。

まるで、異次元空間だ。あの単調で退屈な海面の下に、こんな賑やかな世界が拡がっているなんて、吾郎はダイビングを始めるまで、考えたこともなかった。

その魚たちと一緒になって、自分は今、海の中を漂っている。

ここはパラオの、ブルー・コーナーと呼ばれるダイビング・ポイント。魚の天国と呼ばれる、世界でも有数のみごとな海だ。


パラオは、日本の真南にある。子午線の通っている明石（あかし）の真下三千キロ、フイリピンの真南にある。

海底の透けて見える真っ青な海の上に、マッシュルームのような形の小さな島が、無数に浮かんでいる。その風景だけで、充分に天国だ。石とコンクリートで固められた東京から来た目には、パラオはまさに夢の国だ。

これだけで充分に感激したのに、その下にはこんな世界があったなんて。

とりあえず、好きなだけここにいていい、ダイビング三昧（ざんまい）の日を過ごせると、吾郎は聞いている。

今日で、ここに来て十日が経つ。飽きなんか来ない。それどころか、潜るたびに新たな発見があり、この海から離れられなくなっている。

海底風景は、ずいぶん下になった。陸上の人間よりはるかに多い、莫大な数の魚たちが、吾郎たちがいようがいまいがおかまいなく、今も高密度で群れている。

はるか高みから、その光景を見下ろしている。吾郎は何だか、新しい三つ目の眼球を得て、その目で神秘を眺めているような気がした。

幸せを、しみじみと噛みしめていた。

ほんとに、こんなところにいられるなんて、自分はなんと幸福なのだろう。

　人生で、これほど幸福だったことはない。吾郎は、瞬きもせずに眼下のパノラマを見つめていた。

2

　八月十三日、今日から世間は、お盆休みだった。

　ここ伊豆半島も、人出で賑わっている。

　品川から、普通電車でここ、伊豆の宇佐美まで来た。

　新幹線や踊り子号が走っている今時、まさか普通鈍行電車で伊豆まで来る暇人はいるまい。吾郎はそう高をくくっていたのだが、この時期だけは例外らしい。普通電車下田行きは始発の東京駅ですでに満員になっており、品川を出た時には超満員となっていた。

「ちえっ、ここまで来て、ラッシュかよ」

　吾郎は人混みにもまれながら、愚痴らずにいられなかった。

　今日くらい、一人でゆっくり考えたかった。ガラガラの鈍行電車に揺られ、人気のない海に行って、じっくりと来し方行く末を噛みしめる。そんな一日を、吾郎は過ごしたかったのだ。

　それなのに、忙しい東京都民は、ちっとも吾郎を独りにしてくれない。

　吾郎は、それどころではなかったのできれいに忘れていたが、何と今日から世間は、お盆休みなのである。

　盆暮れ正月、ゴールデン・ウィーク。日本国民の、三大休暇である。吾郎がまだ若かった二十年前には、お盆休みはそのまま夏休みであり、一年で最も大きな休暇だった。お盆三日間を挟んだ前後の人の動きは、まさに民族大移動という言葉がふさわしかったものだが。

　今では暮れ正月やゴールデン・ウィークに比べると、お盆は今一つ盛り上がらない。みな、適当にずらして夏の休暇を取るようになったからだ。吾郎の頭からお盆休みという考えが抜けていたのは、世間のこんな風潮にもよるのかもしれない。

　伊豆下田まで行くつもりだった。

　が、下田といえば、熱海と並ぶ一大リゾート地だ。この満員の乗客の大半が、下田に向かうものらしい。

　電車を降りてまで、この人混みにつきまとわれるのでは、たまったものではない。

吾郎は、下田の手前で、逃げるように電車を降りた。

宇佐美という駅だった。

ひなびた、何もない感じの駅だった。

平日ならば、きっと今の吾郎の心境にぴったりだっただろう。平日ならば。

しかし、今は平日ではない。名にし負う、お盆休みだ。

宇佐美もまた、人で溢れ返っていた。

こんな人混みの中で、いったいどうやって、決行すれば良いのか。海に飛び込めば、すぐに誰かが助けてくれるだろう。首を吊っても、すぐに見つかってしまう。

とんだピエロだ。自殺未遂で発見されるなんて、道化でしかない。

せっかく決意を固めて来たのだが、静かに物思いに耽(ふけ)るどころか、二時間にわたってさんざん人混みにもまれた。まるで、通勤電車に乗っていたみたいに。

すっかりめげてしまった。お盆休みが明けるのを待って、また出直して来るしかなかろう。

「ああ、死ぬのもままならない。東京ってのは全く、せちがらいところだな」

予定を変更したからといって、すぐに帰らなければいけないわけではない。何しろ今はお盆休みなのだ。

お盆休みが明けたからといって、川波吾郎自身は、することなどない。休み明けとほぼ同時に、手形は不渡りになり、会社が倒産する。仕事など、もうないのだ。

ただ、借金取りが、物凄い勢いで殺到するだろうなあ。

お盆休みで、たっぷり鋭気を養って。

それが嫌で、この三日間の間に人生にケリをつけてしまおうと思ったのだが。

宇佐美の駅を出て、トボトボと海に向かって歩いた。

十分ほどで、港に出た。

漁船が無数に、停泊している。港の向こうに、岩場の海岸線が続いている。

お盆だというのに、漁師たちは休んでいなかった。港からしきりに、ボートが沖に向かって出港してゆく。

「何だ、これは」

吾郎は、港の一角に立ってぼんやりと、次々と出港してゆく漁船を見つめた。

ダイビングのためだった。カラフルなウェット・スーツを着た若い男女と、見るからに重くて邪魔そうな器材を満載して、ボートは沖に出てゆく。

戻って来る船もあるが、三十分と経たないうちに次の客を満載して、また出港してゆく。

「呑気なもんだな、こっちは生きるか死ぬかだってのに」

自殺の気勢を完全に削がれて、吾郎は腹を立てた。

同時に、こうも思った。

「海が人出でゴッタ返すのは、海水浴場だけかと思ったら……海辺どころか、海の中まで人だらけと来た。うっかりこんなところに飛び込んでも、誰かと鉢合わせするだけだ。それこそ、物笑いの種だったな」

東京近郊は地上ばかりでなく、海の中まで殺人ラッシュというわけだ。

こりゃ、死に場所も、改めてじっくりと選ばなきゃならん。

吾郎は、大きく溜息をついた。港の外れ、人通りのない一角に、ペタンと尻をついて坐った。それこそ絶望的な思いで、次から次にカラフルな若人を積んで出港してゆく漁船を、眺めた。

一方に、脹れ上がってゆくばかりの借金をどうにも処理し切れなくなり、自殺をはかっている人間がいる。

その一方で、死などと全く関係なく、レジャーを満喫し、生きる歓びを噛みしめている人間がいる。

百八十度、違う方向に足を向けている人間同士が、こうして同じ場所で顔を合わせている。

何とも、不思議な気がした。何だか、夢を見ているみたいだ。

自分の経営していた旅行代理店は、本当に倒産したのだろうか。実は今も、新宿の裏通りでいつも通りに営業していて、ディスカウント・チケットを求める客が行列を作っていたりして。

海に潜っている若者たちの賑わいを見るうちに、吾郎は自分が悪い夢を見ていたようにも思えて来た。

しかし、夢ではない。

吾郎の店は、潰れたのだ。金を払ったのにチケットを受け取れずにいる客たちが、今もひっきりなしに、無人の店に電話をかけているに違いない。

その客たちは、ここでダイビングを楽しんでいる若者と同じような……。

吾郎は発作的に、漁船から目をそらしていた。そこにいる全員が、自分の顧客に見えてしまったのだ。

「……ああ……」

再び、絶望の吐息をついていた。

やはり、生きては帰れない。

出直して来るも何も、あの地獄の東京へ戻ることが、今の吾郎には耐えがたいのだ。

膝と膝の間に、頭を埋めた。

吾郎の目から、涙がこぼれていた。

ふと、膝の下に転がっている物に、目がいった。

缶コーラだった。

空き缶ではない。まだ栓を抜いていない、真新しい缶だ。冷えている証拠に、缶の周りに、うっすらと水滴すら付いている。

いつの間に、こんな物を買ったのだろうか。

吾郎は涙を拭いながら、不思議に思った。

買った覚えはない。これはやはり、誰か別の人の物だ。

傍に、人がいるのか。そして、俺が啜り泣くみじめな姿を、じっと見ていたりして。

吾郎は慌てて、居ずまいをただした。

涙を掌でゴシゴシ拭うと、顔を上げた。

誰もいなかった。

誰かの、傍にいた気配すらなかった。


吾郎は悲嘆を忘れて、キョトンとなってしまった。

とすると、この缶コーラは……ずっとあったにしては、いやに真新しくて冷えているが。

まさか、よく判らないうちに、そこらの自動販売機で買ったのかもしれない。

手に取ってみた。

重い。中身は詰まっている。ついでに、栓も確かに、開けられた形跡はない。

それに、冷えていた。

上から下から斜めから、しげしげと缶を眺めた。

きっと、これは俺が買ったんだ——吾郎にはそうとしか、考えられなかった。

頭がどうかなってるらしい。

吾郎は首を傾(かし)げながら、栓のリングに指を掛けた。

少し力を加えると、シュッという音がした。栓が抜けていた。

同時に、コーラの甘い匂いが……。

うん、変だぞ、甘くない。何やらカビ臭いむせ返るような匂いが立ち昇って来た。

ヤバイ。

瞬間的に、そう思った。中身は、コーラではない。嗅覚が、そう告げている。

吾郎は、コーラの缶を放り投げていた。

しかし、もう遅かった。

栓を抜いたところから、モクモクと白い煙が立ち昇っている。こんな小さな缶の中に、よくもこんなに入っていたな、そう思うほどの量と密度の煙が、吾郎の目の前に拡がってゆく。

何がどうなったのか、さっぱり訳が判らない。吾郎は腰が抜けた格好で、目をしばたたいて煙を見つめていた。

煙の奥から、何かの形が覗いた。

どうやら、人間らしかった。

が、人間のはずがない。身の丈（たけ）、四メートルはありそうだったから。吾郎は呆然として、その煙の奥のものに目を凝らした。

大きさはともかく、形は人間だった。

煙に包まれているので、姿をしかとは見分けられない。とにかく、黒い影だった。二つの目だけが、黄色く光っていた。

煙に映った、影を見ているみたいだった。

だが、影ではない。そいつは確かに、実体がある。目はしかと、吾郎の姿を見すえているのだ。

しばらく、睨み合いが続いた。吾郎は、蛇に睨まれた蛙も同然で、ぴくりとも身体を動かせなければ、口も開けなかった。驚いたせいばかりでなく、そいつの目には、人を金縛りにする不思議な力があるらしかった。

一通りの観察がすむと、そいつは口を開いた。いや、口を開いたというより、脳に向かってじかに語りかけて来た。そいつの声は、頭蓋骨の裏にじかに響いて来たのだ。

「お前だな、俺をこの狭苦しい中から出してくれたのは。やれやれ、助かった。慣習（しきたり）に従い、俺はお前の願いを叶えてやらなければならぬ」

野太いが、機械的で感情のこもらぬ口調だった。まるで、切符を売るみたいな言い方だ。

「願い事は、三つだ。三つまでなら、何でも叶えてやる。さあ、言え」

吾郎は、ぽかんと口を開けてしまった。

まるで、アラビアン・ナイトだ。

ああいうことが現実にありうるなんて、考えてみたこともない。

参った。

真に受けて返事をしたら、とことん馬鹿にされたりして。

それに、本当だったにしても、これは大切な問題だ。何しろ願い事は、三つまでしか許されない。無駄遣いは、したくないではないか。そう簡単に、返事などできるものか。

ああ、参った。

魔神は、吾郎の悩む様子を見て、さらに一言、付け加えた。

「後で苦情のないように、今のうちに言っておく。願い事は、三つとも叶えてやる。お前の、それこそ、素晴らしい願い事を三つな。しかし、その三つともが叶ってお前が満足した後、俺はお前の魂をもらうからな……構わんだろう？　どうせお前は、死ぬつもりなんだ。最大の願いが叶って、それをたっぷり楽しんだら、もう死んでもいいじゃないか。実際、生きていてももう楽しいことはないだろうからな」

そう言うと、魔神は大笑いした。

確かに、その通りだ。

どうせ俺は、死にたかったんだ。

三つ願い事を聞いてくれた上、魂まで持っていってくれるって、死も願い事の一つである吾郎にとっては、四つの願いを聞いてもらうに等しい。

ひょっとすると、誰かにからかわれているのかもしれない。あるいは、頭がおかしくなったのかも。

どうせ、近々死ぬつもりなんだ。いいさ、冗談に付き合ったって。

吾郎は目を白黒させながら、煙に包まれて立つ魔神に向かって、大きく頷いた。

本気で、三つの願いを考えていた。

3

川波吾郎は、一代で成り上がった財界屈指の不動産王として、知る人ぞ知る存在だった。

銀座、新橋、虎ノ門、赤坂に、合わせて二十三個のビルを持っている。ここ五年ほどの間に、さらに渋谷、新宿方面にも手を拡げており、やがては首都圏全域に、川波吾郎の権勢が及ぶだろうと言われていた。

資産総額は、推定一千億円。貸ビル業や不動産転売によって上がる純益は、年間三百億円。つまり、年収は三百億円ということになる。

不動産業界の長老――しかし年齢は、まだ四十三歳でしかない。この年齢で、これほどの財産と権力と名声を得るとは。

川波は、人前に姿を見せることを、好まなかった。年齢を知られたくないからだ。いらぬ妬みややっかみを買ったり、馬鹿にされたりする。日本の社会は、特に金持ち連中は、年齢不相応ということを、極端に嫌うのだ。

彼がこの商売を始めるきっかけとなる、最初のビルを買ったのは、二十二歳の時だった。

それ以前にどこで何をしていたのか、知る者は全くいない。生まれも育ちも不鮮明で、年齢も本当に四十三歳なのか否か、考えてみれば決して確かなことではなかった。

以来、不動産業一筋だ。不動産屋というと、ヤクザ的な生き方をする者とか、因業に稼いで来た者とか、海千山千の集まりというイメージが世間一般にはある。二十二歳で最初のビルを持ち、経歴が不詳の川波吾郎など、その海千山千の最たるものだが、不思議に彼には、ダーティなイメージがなかった。

朝六時にはオフィスに姿を見せ、夜十一時まで精力的に仕事を続ける。酒も煙草もやらず、接待ゴルフや銀座のクラブ廻りなどは部下に任せて決して自分からは姿を見せない。とにかく、ストイックなのだ。

川波吾郎とて、男だ。もちろん、女性との付き合いはある。が、商売女と一夜限りの関係を結んだり、あるいはガールフレンドができても決して手の内は見せなかったりする。つまり、仕事に差し障りのあるような女付き合いは、したことがなかった。

世田谷に、豪邸を建てて住んでいる。召使いと女性を三人置き、庭師と運転手と料理人も住み込みで置いている。まさに、ブルジョワの生活だ。

深くは付き合わない代わり、何人もの女を取っ換え引っ換えできる。つまり、女にも不自由しない。

一般庶民から見れば、夢のような生活だ。まさに、映画か小説にしか出て来ない生活が、川波吾郎の身辺にはあった。

川波は、奢るでも威張るでもなく、無感情に、機械のようにストイックに、不動産一筋の生活を続けている。

立場上、決して感情や本心を表に出すことはできない。が、吾郎は実は、この生活を地獄だと思っていた。

もはや、死ぬまでこの生活から脱け出すことはできない。泣いても叫んでも、どうにもならない。人生をとっくに諦めているからこそ、こんな生活に甘んじている。が、吾郎本人にとっては、地獄の生活なのだ。

吾郎の周囲には、金に吸い寄せられた人間ばかりが、集まっている。いや、彼らが守銭奴だとか、金のために生きているというのではない。ただ吾郎には、金にまつわる側面しか見せないのである。

なぜなら吾郎が、誰に対しても仕事の顔しか見せない。人間的な心の動きを、決して見せたことがないからだ。

仕方ないではないか。そうしなければ、不動産王としての地位と生活を維持できない。

女性に対して恋愛感情を抱いたことも、一度や二度ならずある。いや一度、二度どころか、川波吾郎は情熱家なので、半年に一度は誰かに激しく恋をしていた。

しかし、恋愛感情は、仕事の妨げになるばかり。世間を見る目が曇るし、勘も鈍る。そして何より、女にのめり込むあまり仕事がおざなりになって、隙ができてしまう。女は、身を滅ぼすもとなのだ。

惚れた女とは、二度と接触しないようにした。口もきかなかった。そして、欲求を、悲しみを、全く別の女を金で抱くことによって、まぎらわせた。

仕事以外にも、色んな趣味を持ちたいと思う。まだ十代の頃には、もし将来、大金持ちになったら、美味(おい)しい物を山のように食べてやろうとか、海外旅行三昧の生活をしようとか、スキーだヨットだと、レジャーを満喫しようとか、夢を描いていた。

しかし、いざ本当にその大金持ちになってみたら、とにかく財産を維持するのに忙しくて、生活を楽しむ余裕などない。

毎日毎晩、収益の計算をしている。

毎日毎晩、支出の計算をしている。

毎日毎晩、得られた利益をどう投資するか、頭を痛めている。

仕事に、もうこれでいい、という点はない。もし、これでいいなんて思ったら、たちまちライバルから丸裸に毟(むし)り取られる。攻撃、攻撃、前進、前進……それがあるのみなのだ。

毎日毎晩、カミソリの刃の上を歩いているような気持ちでいる。四十三歳だが、長年にわたる心労のせいで、精神的には六十歳か七十歳だ。

豪邸に住み、召使いを抱え、ハーレムを作る。全く金に不自由のない生活とは、裏返すと、豪邸を維持するため、部下たちに給料を得させるために必死に働き、特定の女とは決して親密になれない生活。まさに、金の奴隷の生活なのだと、今では川波吾郎ははっきり悟っている。

そう、私は奴隷なのだ。人間ではない。死ぬまで、金儲けだけを目的に、生きなければならない。全身全霊を、金に捧げなければならない。

川波吾郎は、もはや人生を諦めていた。もう私は、自分自身の楽しみのために生きることは、二度とないだろうと。そして、決して感情や本心を表に出さず、機械のように冷たく仕事一途の生活を続けていた。

人々は、不動産王＝川波吾郎を、人生の類いまれな成功者と呼ぶ。何をしても、それが金儲けにつながる幸運児。失敗ということを知らない男。

吾郎も、つとめてそう見えるように振るまった。イメージというのは、仕事を続ける上で、非常に大切なものだからだ。

しかし、川波吾郎の本心を理解する者は、どこにもいなかった。

孤独感にさいなまれ、愛に飢えた寂しい吾郎の本心を見抜く者は、一人もいなかった。

こんなはずではなかった――吾郎の心の奥の奥で、誰かがそう呟いている。

俺が願った何不自由ない生活とは、こんなはずではなかった。

願った――誰に？　誰かに、願ったような気がする
――だが、誰にだ？

だいたい俺は、誰なんだ？　こうして不動産業に手を出す前には、俺はいったい、何をしていたんだろう？

それを考えようとすると、ひどい頭痛がして来る。経歴不詳なのは、何も周囲に真実を隠しているのでなく、彼自身も、自分で自分が何者なのか、良く判らないからなのだ。

それがいっそう川波吾郎に、神秘的なカリスマ性を付与していた。

頭が痛くなるので、この問題についてはこれ以上、深く考えないようにしている。

だが、こんなはずではなかったと、しきりに思う。大

金持ちの生活がこんなだなんて、知らなかった。

この道を選んだことを、吾郎は今では、深く後悔していた。


吾郎は、忙しい主婦……いや、主夫の日課を、日曜も祭日もなく繰り返していた。

女房は女優、それも有名女優である。世間にはいちおう、独身ということになっている。吾郎という夫の存在は、完璧に世間の目から隠されていた。

女優の朝は早い。前の晩がどんなに遅くとも、八時には家を出る。早い時は、四時、五時という、まだ暗い時間に出掛ける。

吾郎は彼女より早起きして、朝食の仕度をする。そして、寝不足で機嫌の悪い女房殿をなだめたりすかしたりして、車に押し込むのだ。

そして、食器洗いに掃除、洗濯。

女優の女房は、衣装持ちだ。洋服から和服から下着類まで山のようにあり、次から次に着替えてゆく。これを片端から洗濯したり、クリーニングに出したりする。

吾郎は、女のようにマメマメしく、家の手入れをして、片付けた。

夜、戻って来る時間に合わせて、夕食を仕度する。そして、食事の後は、全身マッサージをして疲れをほぐし、風呂にも入れてやる。まるで、男師である。

仕方がない。世間と逆で、女房殿が外で仕事をして、男の吾郎が家内の用をすませているのだから。

吾郎は、俗に言う〝髪結いの亭主〟に憧れていた。気っ風（きっぷ）のいい男まさりの女房の稼ぎで、毎日遊んで暮らす。女房は、稼ぎのない吾郎にプリプリ腹を立てながら、結局は吾郎を食べさせるのを生き甲斐に、せっせと働く。

いささかマゾヒスティックだが、女房の尻に敷かれつつ、髪結いの亭主でゴロゴロ遊び暮らせたら、気楽でいいではないか。

それが、夢の生活だった。

その夢が今、叶っている。

夢というのは実現すると、悪夢に変わるものらしい。マゾヒスティック、なんてものではない。これでは、マゾヒズムそのものだ。

髪結いの亭主とは要するに、ヒモでしかない。

女は、男よりはるかに自己中心的で、残酷である。男なら、奴隷に対するいたわり、優しさを持ち合わせているが、女にそんなものはない。

絶対に逆らえないと判っている相手には、徹底的に残酷になれる。それが、女なのだ。

ヒモで、世間からも抹殺された存在である川波吾郎は、妻なくして生きてゆけない。手も足もない吾郎に、餌を運んでくれるのは一人、この妻だけなのだから。

まして女優とは、我ままな生き物だ。まさに、典型的な女なのだ。

生活上のあらゆる雑事が、吾郎の上に振りかかって来た。妻の気紛れ、思いつきに、毎日振り廻されている。妻の一挙手一投足に、怯えて暮らさなければならない。

男として、人間としてのプライドなど、吾郎はとっくに失っている。朝起きてから夜眠るまで、女房の顔色を窺わないことは、片時としてなかった。

これが、髪結いの亭主の生活か。

世間のヒモも、婿養子も、みなこういう生活をしているのだろうか。

何人もの女を抱え、その女たちを踏んだり蹴ったりして働かせ、遊び暮らすヒモもいると聞く。が、今の吾郎にはそんな生活、考えられない。

髪結いの亭主は、究極の男の夢だと思った。それになれたらいいなあと、長く思っていた。

その夢が叶ったというのに。

吾郎は毎日毎晩、女房より早く起きて、朝食の仕度をする。少しでも不味いと怒鳴られ、メニューが単調だと罵られる。

機嫌が悪かったり仕事がうまくいっていないと、その腹癒せにいびられる。が、そんな飛ばっチリを被るのも、髪結いの亭主の仕事だ。

女房がしたいこと、気にしていることを、口に出すより早く、先に片付けなければならない。そして、常に御機嫌で女優の仕事をできるよう、気を廻さなければならない。

吾郎という存在は、女房の手足としてある。吾郎自身はどこにもいない。

吾郎にも確か、したいことはたくさんあった。彼なりの生活習慣や気晴らしも、あった。しかし今や、彼が自分のために使う時間など、どこにもない。

髪結いの亭主とは、女房の稼ぎで遊んで暮らす、気ままな夫のことだと思っていたが、とんでもない。遊ぶどころか、ひたすらな奉仕があるのみ。

吾郎は、女房の食べ残しを捨て、食器を洗い、下着を洗濯しながら、男としてのプライドも人間らしい生活も何もない毎日を、悲しく噛みしめていた。

こんなはずではなかった。こんな夢、叶ったって嬉しくも何ともない。

こんなはずではなかった。

誰だ、夢を叶えたのは。俺か？　しかし俺は、いつこの女と知り合ったのだろう。

この女と知り合う前には、俺はどんな生活をしていたのだろう。

何か、違っている。何かが変だ。

この辺のことを考えようとすると、ひどい頭痛がして来る。だから、あまり考えないようにしているのだが。

こんな願い、実現したって、俺はちっとも嬉しくないぞ。こんな不幸な生活、俺はもう終わりにしたいよ。

しかし、どうやって？

吾郎は時に溜息をつき、時に歯軋りしながら、絶望の底であえいでいた。

4

川波吾郎は、人間というものにほとんど興味を持っていなかった。

人付き合いは、わずらわしいだけだ。誰かと付き合うことにより、不愉快な思いをしたり、厄介事に巻き込まれたり。まれに、気持ちの良い付き合いもあるが、ほんの一時のことで、すぐに不快に変わる。

人間関係から解放されて生きることができたら、どんなに楽しいだろうか。

それが、吾郎がダイビングにのめり込んだ理由だった。そしてパラオで、ひたすら魚たちに囲まれて暮らしている理由だった。

陸上の人間どもの生活と、海中の魚の生活とは、何という違いだろう。

いや、生活だけではない。空間のありようそのものが、まるで違っている。

海の中は重力が少なく、浮力を調整すれば簡単に無重力状態になれる。つまりここでは、高さや重さを無視して、生き物が生きてゆけるのだ。

吾郎にとって、ここは全くの異次元世界だった。人間の世界でのことごとくを、忘れられる世界だった。

吾郎は毎日、ここの海に潜っている。

そして実際に、人間世界にいた頃の生活を、わずらわしい人付き合いを、忘れつつある。

自分がかつて、どんな生活をしていたのか、今ではうろ覚えだ。

かつてどんな連中と付き合い、どんな仕事をしていたのか、それもしかとは覚えていない。

まれに、過去のことが気になる。だから、思い出そうとする。

しかしそうすると、たちまち頭痛が押し寄せて来て、思考が麻痺してしまう。

だんだん、そういう面倒なことは、考えなくなって来ている。

毎日、海の中で、魚を眺めている。サンゴを観察し、ウミウシやエビ、カニの這い動く様(さま)を見つめている。

過去のことだけではない。何もかもが、どうでも良くなって来た。

自分はいったいここで、何をしているのだろうか。ふと、そんな疑念が、湧いて来たりする。

要するに、飽きて来たのだ。退屈しはじめているのだ。

初めて海に潜った時の、あの驚きがもはやない。魚の天国と言われるパラオの海にいてさえ、何の感動も覚えなくなっている。

人間というのは、贅沢(ぜいたく)な生き物なのだ。すぐに刺激に麻痺してしまう。

海に潜る前、自分は不幸だと感じていた。そして潜った時、自分は幸福だと思った。地獄の絶望感が一転、極楽の歓びに変わった。

それが今では、幸福でも不幸でもなくなっている。ただ漫然と、時を過ごすばかり。

地獄の絶望感——あれはいったい、何だったのだろうか。海に潜る前、自分はいったい、どんな生活をしていたのだろうか。

不幸を忘れた今、幸福も判らなくなってしまった。

こんなはずではなかった——どこからか、そんな思いが込み上げて来る。

俺が望んだのは、こんな曖昧(あいまい)な状態じゃない。漫然と、日を過ごすことではない。

生きる歓びだ。幸福だ。天にも昇るほどの快楽だ。それこそ、もう死んでも良いと思うほどの、よろこびだ。

それなのに、何だ、この退屈な思いは。

吾郎の周りを、ガイドも含めて七人の男女が、潜っている。

地上で見るとカラフルなウェットスーツだが、水深三十メートルでは赤や黄色が消えている。青ないし黒の、人間離れしたモノクロームに変わっている。

水圧のせいだろうか。動きが、ゆったりして見える。呼吸のリズムに合わせて、泡だけが口元から昇ってゆく。

ここには、人間的な感情表現がない。まさに、モノクロームの単調な世界なのだ。

最近ではこの単調さに、苛立ち(いらだ)を覚えている。

吾郎は、七人の緩慢な動きを、うんざりと眺めていた。

この生活を、俺はもう二ヶ月も続けている。そしてこの先、いつまで続くのだろうか？　新たな生活を始めるとして、俺はいったい、何をしたらいいのだろうか？

過去ばかりでなく、未来のことを考えようとしても、頭痛が襲って来た。

口に咥えた、空気の供給源であるレギュレーターを、ぽんと外してしまいたい衝動に駆られた。

不意に、頭蓋骨の中に、声が響き渡った。野太い声だった。

「駄目だ。願いは、三つまでだぞ」

吾郎は、ギョッとした。驚いたあまり、一瞬、気を失った。

その一瞬の間に、すべてが変わっていた。

意識を取り戻した時には、吾郎は、伊豆宇佐美の漁港の片隅にいた。

ダイバーを満載して、次から次に出港してゆく漁船を、ぼんやりと眺めていた。

例の煙もなければ、アラビアン・ナイトの魔神の黒い影もなかった。

しかし、あれが夢ではない証拠に、声だけが響いている。

「困るな、四つ目の願い事をされては。叶えてやるのは、三つだ。そういう約束だろう。そしてその三つの願いを、お前は心ゆくまで味わった。それこそ飽きて嫌になるまで、夢のような生活をしたんだ」

本当に、例の魔神が喋っているのか。それとも、ただの幻聴か？　幻聴だとすると、俺は気が狂っていることになる。

吾郎の全身から、どっと冷や汗が吹いた。

「もっとも、四つ目の願いが、死ぬことだというのなら、喜んで叶えてやるがね……さあ、支払ってもらおうか。三つの願いを実現した、代償だ」

吾郎には、有無を言う暇はなかった。ただ目を白黒させ、その場で身を固くするだけだった。

魂を奪われる瞬間、吾郎はふと思った。

人間には、満足などない。自分が幸福だと思うこともあるが、それはほんの一時だ。幸福の後には、延々とまた不幸が続く。

幸福を知ってしまうから、幸福でない状態の不幸を実感する。そして不幸を長く味わえば味わうほど、不意に訪れた幸福に、それこそ目の眩む思いがする。

人生には、二通りの生き方しかないのだ。一瞬の幸福のために長い不幸を耐え忍び、そして、一瞬の幸福を味わえたことを歓びとするか。あるいは、幸福が一瞬の花火でしかないことを、深く嘆いて暮らすか。

前者の生き方も後者の生き方も、味わう幸福は同じだ。同じ幸福ながら、前者の生き方をできる者は、何と明るく日々を生きられることだろう。それに対して後者は、何と暗い人生だろう。

吾郎は自分がずっと、後者を選んでいたことに気づいた。

普通の人の何生分もの幸福を与えられていながら、それをガツガツとむさぼった挙句（あげく）、不幸だと嘆き続けて来た。

幸福か不幸かなんて、客観的に決められるものではない。要は、自分の気の持ちよう一つなのだ。

生きる自信が湧いて来た。

自殺しようなんて、なんと馬鹿なことを考えていたのだろう。自分は不幸だなんて、なんと贅沢な悩みを抱いていたのだろう。

尻もちをついていた姿勢から、立ち上がろうとした。

しかし、頭蓋骨の中の幻聴は、消えてくれなかった。

「さあ、約束だ、もらっていくぞ。もう諦めろ、未練がましい。人間てのは、自分のしたことをいつも後悔して、後悔しながら死んでゆくものなのさ……その通り、お前はもう何人分もの人生を歩んだんだ。諦めろ」

川波吾郎は、立ち上がりかけた姿勢から、そのままバッタリ、前に倒れ込んでいた。

それ切り、ぴくりとも動かなくなった。

（了）

あとがき――過去の〝亡霊〟と向き合う

今から二十五年ほど前、九十年代の前半に書いた短編を集めたのが本書である。

当時、長編小説は書く端から本になったが、短編が一冊にまとまる機会はなかなか無かった。私が書いていたのは、〝ノベルズ〟と呼ばれる当時はエロとバイオレンスを売り物とする通俗小説の一部門で、あくまで長編が中心だった。そこそこ売れればすぐにシリーズ化、売れなくなるまで同じネタで書いた。バブルの最中だった当時、出版社はどんどん本を出さなければならず、私はほぼ月刊ペースで本を出していた。

短編集は、ノベルズと相性が悪かった。当時、二冊ほど短編集が出た（『獣界魔道』『憎悪の惑星』）が、いずれも文庫で、出版社がお付き合いで出してくれたもの。もちろん、売れてない。詰まらないからでなく、短編集は売れないもんだった。ノベルズ系の出版社に、短編集を売る気などなかった。

書いていた本人、長編だろうと短編だろうと、筆の赴くままに書きまくっただけで、どんな話を書いたか、まるで覚えていない。十年ほど前に出版芸術社から短編集『狂鬼降臨』を出してもらったことがあった。同題の連作短編を中心に先の短編集から数編を選りすぐった、いわば〝傑作集〟だったが、編集さんが選んだ作品のタイトルを伝えてくれたものの、さっぱり覚えがない。「こんな話を書かれてるんですよ」と内容を聞かされても、書いた覚えすらない。ゲラで読み直し、「なんて面白いんだ。俺はこんな凄い話を一日で書き飛ばしていたのか」

雑誌も本もどんどん出さなければならなかったバブル時期、とにかく忙しかった。書下しは半月から一ヶ月で一冊、短編小説は一日で書くのが普通だった。短編一本、四百字詰め原稿用紙で四十枚から六十枚だったが、書き出すと一時間に五枚から十枚を書く。切りの良いところで飯を食う以外、手を休めない。四十枚なら六時間前後、六十枚なら十時間前後で仕上がる勘定である。私は朝型人間で、早朝に起きる。日が昇る前に書き始め、日が沈むころには短編一本、書き上がっていた。編集者にファックスで原稿を送るや、頭はすぐに書き掛けの長編に切り替わる。何を書いたか、覚えているわけがないのだ。


この短編集をまとめる事になったきっかけだが——

九十年代から今世紀に入ってつい最近まで、長い間、福岡の両親の家に住んでいた。インドネシアに頻繁に来るようになり、ついにバリに住み着いても、持ち物は両親の元に置きっ放しだった。身一つで、インドネシアの電話どころか電気もないところを転々としていた。

数年前に、両親が立て続けに逝去した。両親が住んでいた広い部屋を、私の収入では維持できない。同じ福岡市内の、狭い部屋に引っ越しをした。引っ越しの際に、押入れの奥に追いやられていた段ボール箱が数箱、見つかった。その中から、雑誌のページを千切ってホチキスで閉じたモノや、原稿用紙に書き散らしたままの生原稿がたくさん出て来た。

「なんだ、こりゃ?」

暇なときに、じっくり見てみた。

昔、雑誌に掲載した切り放り出してあった、短編どもだった。雑誌に連載した切り本にならなかった長編や、バブルが弾けたおかげでお蔵入りになった未刊行長編、書き掛けのまま放置した未完成長編もあった。いずれも元気の良かった時期の作品で、ペラペラめくってみたら面白かった。ここでもまた、「おお、俺はなんて才能があったんだろう」溜め息を吐きつつ、感心することしきり。

「今、新たに詰まらん小説を書き下ろすより、これをそのまま本にした方がずっと面白いんじゃないか」そう思って、心当たりの幾つかの出版社に持ち込んでみた。その結果、取り敢えず一冊にまとまったのが、本書である。


本書に収録された作品の由来を記しておこう。

八十年代から九十年代前半に掛けて、桃園書房という会社が「小説Ｃｌｕｂ」という月刊小説誌を出していた。凄く売れていた小説誌で、本誌と別に「別冊小説Ｃｌｕｂ」ってのと「増刊小説Ｃｌｕｂ」ってのが、交互に隔月に出ていた。私は本誌に大長編を連載しつつ、「別冊」にも短編を定期的に書いていた。時折り「増刊」にも書いた。

ただ単発の短編を毎回書くだけでは面白くないというので、通しのテーマを決めることにした。〈幻夢城〉という通しタイトルを付け、同じ趣向の短編を書いた。本誌掲載の長編でバイオレンス・アクション、スプラッタをやっていたので、こちらではそれと違う、幻想ファンタジーっぽい設定で話を作った。「増刊」に時折書いた短編も、同じ会社で同じ担当編集者で同じ系列の雑誌だったから、自然に〈幻夢城〉の延長の作品になった（編集部註：本書所収の十五篇のうち「小説ＣＬＵＢ」本誌掲載の「後ろを見るな」を除く十四篇は増刊に掲載されました。詳しくは各部冒頭の解説、および巻末の初出一覧を確認ください）。

「別冊」と「増刊」に書いた〈幻夢城〉短編、二十本前後あった中から（覚えてないが、ページを千切って取ってない奴もあるだろう）十五編を編集部に選んでもらって一冊にしたのが、本書である。それぞれ独立した短編だけれど、ばらばらにあちこちに書き散らしたモノを一冊にしたのではないから、同じ世界の話として読んでもらって良いと思う。

本にするに当たってざあっと読み直してみたが、私の書くものはどれも、自分の実生活、実体験から来ていると改めて実感。

本書で私が最も気に入っているのは、筑豊（ちくほう）を舞台にした一連の作品である。これはいずれも、私が小学校の低学年の一時期に住み着いた筑豊の山で、実際にあった出来事を基にしている。幼い頃に母に聞いたり、自分で体験したりして、強烈な印象に残っていた山村のエピソードを小説にした。

幻覚にまつわる話は、私自身のアル中体験に基づいている。二十代の後半、大酒を食らい続けた時期、酒が切れると激しい禁断症状に襲われた。酒を断って二、三日すると幻覚幻聴に襲撃され、たびたび精神病院のお世話になった。その経験がなければ、私はスプラッタ表現に走らなかっただろうし、こんな短編は書いていないだろう。

コーンウォールのエピソードは、三十年前、ロンドンに住んでいた間にぶらり、セント・マイケルズの小島を訪れた旅行記である。こんなモン、小説になってないじゃないかと思ったが、編集さんが気に入ってくれたので、収録されることとなった。こんなモンが面白いなら、オリンピック前のソウルを訪れて怖い目に遭った話、香港のかの九龍（クーロン）城塞の周りをウロチョロして妄想を逞しくした話……他にも幾つか書いていた。

本書で最も量を占めているのは、映画ネタ。大好きな映画に対するパスティシュ。私の書く話はどれも、多かれ少なかれ好きな映画に触発されている。長編小説のエピソードで、好きな映画のお気に入りシークエンスをそっくり頂くことも少なくなかった。

ちなみに、これらの短編を書きながら並行して「小説Ｃｌｕｂ」本誌に連載した大長編は、単行本になる前にバブルが弾け、長らく陽の目を見ないままだった。今は、アドレナライズという会社が電子書籍にしてくれている。『黒の女王』『闇の王国』という二部作にまとまっている。


本書が出るのが嬉しくて、早いうちから友人たちに話して回った。みんな、不思議そうに訊いた。

「え、トモナリ、今も書いてるのか、短編を。どこに載せてたんだい」

「いやいや、大昔、書いた奴だよ。ほら、ガンガン書きまくってた頃の」

「おお、そうか、じゃあ、面白いだろう。あの頃のトモナリの小説、面白かったもんなあ」

なのだそうだ。その通り、本書は面白いはずである。

この〈幻夢城〉の他にも、たくさん書いている。血塗(ちまみ)れモノ、怪獣モノ、バイオレンス・アクション……テーマを絞ってさらに数冊は出せるだけ、原稿は見つかっている。本書が売れてくれると、続けて出せるのだが……

段ボールの中から、全く覚えのない原稿が見つかった。〈中井伸彦(なかいのぶひこ)〉という赤の他人の書いた中編を三本、雑誌から千切って取ってあった。

「なんで俺が、誰だかさっぱり判らない奴の原稿を持ってるんだ」

紙質から考えて「SMスナイパー」に少しずつ連載したもので、題名はそれぞれ「殺人の勧め」「怪物団」「漂流家族」と私好み——ざっと読み直して思い出した。

「あ、書いたのは俺だ。そうだ、SM雑誌にペンネームで書いてたことがあったっけ」

当時、ノベルズ作家として定着した私は、SM雑誌から離れざるを得なかった。SMとノベルズでは世界が違っていて、両方で書いていては双方ともに困る——そんな風潮があった。なので、古巣のSM雑誌に書き続けるために、ペンネームを使ったのだ。ペンネームは、編集部が勝手に付けてくれた。

この三本も、アドレナライズで電子書籍にしてもらっている。『獣儀式』『狂鬼降臨』等のSM雑誌に書いていた頃の私の作品が好きな方には、お勧めです。ノベルズで書けない書き方を、こちらで続けている。

三十年ほど前にSM雑誌に連載した、ペルーの山岳地帯に住むテロリストを扱ったバイオレンス・アクション中編があった。たった一度、一週間ほどペルーを訪れたことがあり、首都リマ、遺跡の宝庫クスコ、空中都市マチュピチュ、地上絵で知られるナスカを訪れた。当時のペルーは〈センドロ・ルミノソ〉等の共産ゲリラが頑張っていて、空港もリマの町もボロボロだった。リマの市街地で日本人だというので、乱暴され掛けたこともあった。そんな体験から思い付いた中編だった。

長編でも、旧満州を舞台に、日本の関東軍と中国の抗日ゲリラ、そして革命ロシアからの亡命貴族が三つ巴で陰謀と抗戦を繰り広げる一大冒険アクションの生原稿なども、段ボールの奥からひょこり見つかって、「こんなモノを書いてたのか」と自分で驚いた。

九十年代前半、私は旧満州を舞台にした一大長編「ボレロ」（編集さんが先に題名を決めてくれていた）を企図し、中国語会話の勉強までしつつ二年間、中国の東北地方に通ったことがあった。が、この原稿に期待してくれていた編集さんが亡くなられたので、それっ切りになっていた。以来、この話のことはすっかり忘れて、まだ何も書いていないつもりでいたが、いつの間にか書き始めてたんだなあ。二百数十枚まで書いたところで、放り出したあった。

原稿を書き始めた二十代後半から三十代に掛けて、それまで飲んだくれていただけの私には過去がないに等しく、ひたすら未来を見詰めて突っ走れば良かった。上手い具合にバブルに乗って、突っ走ることができた。

書いた切り放り出した原稿、書き掛けたままの作品……そして書きたかったものの、時代に合わなかったので諦めていた話……そういう亡霊のような原稿がたくさんある。

私の余生は残りせいぜい二十年、もはや未来などない。未来を見据（みす）えて突っ走るなんて、考えられない。それよりも、振り捨てた過去を顧みる必要を感じている。切り捨て、見殺しにした部分を、ぜひ生き返らせたい。未完成で投げていた作業に、きちんとケリを付けたい。そんな思いでいる、今日この頃……

二〇一七年八月五日　バリ島シダカリャにて

初出一覧　＊掲載誌はすべて〈小説ＣＬＵＢ〉（桃園書房刊）

邪神の呼び声　一九九四年十月増刊号
地の底の哄笑　一九九四年八月増刊号
蔵の中の鬼女　一九九四年六月増刊号
夢見る権利　一九九三年十二月増刊号
ありふれた手記　一九九三年六月増刊号
鬼になった青年　一九九一年十二月増刊号
後ろを見るな　一九九五年十一月号
幽霊屋敷　一九九三年八月増刊号
お伽の島にて　一九九二年十二月増刊号
壁の中の幻人　一九九三年二月増刊号
二人の男　一九九二年六月増刊号
恐竜のいる風景　一九九三年十月増刊号
妖精の王者　一九九二年八月増刊号
ハイヒール　一九九二年四月増刊号
缶詰めの悪夢　一九九二年十月増刊号

友成 純一（ともなり じゅんいち）

1954年、福岡県に生まれる。早稲田大学政治経済学部卒業。77年、「透明人間の定理 リラダンについて」で幻影城新人賞評論部門に佳作入選。85年、『肉の儀式』（ミリオン出版）で小説家デビュー。以降、ホラー、ハード・ヴァイオレンスを中心に活躍。映画評論家、コラムニスト、翻訳家、ダイバーとしても知られる。主な著書に小説『邪し魔』（河出書房新社）、『狂鬼降臨』（出版芸術社）、映画評論『世界ファンタスティック映画狂時代』（洋泉社）などがある。また、『人獣裁判』『凌辱の魔界』『髑髏町綺譚』（アドレナライズ）など、多数の作品が電子書籍化されている。現在、バリ島に在住で、トーキングヘッズ叢書（TH Seires）に映画エッセイ「バリは映画の宝島」を連載中。。

TH Literature Series

蔵の中の鬼女

著　者　友成 純一

発行日　2017年9月23日

発行人　鈴木孝

発　行　有限会社アトリエサード
東京都新宿区高田馬場1-21-24-301 〒169-0075
TEL.03-5272-5037 FAX.03-5272-5038
http://www.a-third.com/　th@a-third.com
振替口座／00160-8-728019

発　売　株式会社書苑新社

印　刷　モリモト印刷株式会社

定　価　本体2400円＋税

ISBN978-4-88375-278-2 C0093 ¥2400E

---

www.a-third.com